Knaus

K

Hajo Steinert

Der Liebesidiot

Roman

Knaus

MIX
Papier aus verantwortungsvollen Quellen
FSC® C006701

Verlagsgruppe Random House FSC® N001967
Das für dieses Buch verwendete FSC®-zertifizierte Papier
Munken Premium liefert Arctic Paper Munkedals AB, Schweden.

1. Auflage

Satz: Uhl + Massopust, Aalen
Druck und Bindung: CPI – Ebner & Spiegel, Ulm
ISBN 978-3-8135-0429-3
Printed in Germany

www.knaus-verlag.de

Lilo Steinert (1914–1976)

idio… (griech. ídeos >eigen<, >eigentümlich<), Wortbildungselement mit den Bedeutungen: 1. eigen, selbst, z. B. idiochromatisch; 2. eigenartig, spezifisch, z. B. Idiom.

Idiogamie (zu griech. gamein >heiraten<), *die*, –, besondere psych. Disposition, sexuellen Verkehr nur mit ein und derselben Person ausüben zu können.

Idiolatrie (zu griech. latreía >Gottesdienst<), *die*, –, Vergötterung der eigenen Person.

Idiopathisch (zu griech. Páthos >Leiden<), Medizin: selbstständig und ohne erkennbare Ursachen auftretend (bei Krankheiten).

Idiosynkrasie (zu griech. sýnkrasis >Vermischung<), *die*, –/…si/len,
1. Medizin: abnorme, anlagebedingte Überempfindlichkeit (Allergie) gegenüber speziellen Stoffen aufgrund eines Enzymdefekts; führt zum Atopie-Syndrom.
2. Psychologie: hochgradige Abneigung oder Überempfindlichkeit eines Menschen gegenüber bestimmten Personen, Lebewesen, Gegenständen, Reizen, Anschauungen u. a.; äußert sich in erhebl. Abweichungen von durchschnittl. Reaktionsweisen, etwa im erot. Bereich als übersteigerte Form des → Autoerotismus.

Idiot, Der (russ. >Ideot<), Roman von F. M. Dostojewskij; russ. 1868

Idiotie (lat., von griech. idiotes >gewöhnlicher Mensch<, >Laie<, >Stümper<), *die*, –/… ti/len, Ideotismus, nicht mehr gebräuchl. Bez. für schwere → geistige Behinderung.

Idiot savant (idijosa'va, frz.), Person, die auf einem speziellen Gebiet (z. B. in Gedächtnisleistung) überdurchschnittl. Fähigkeiten aufweist, im Übrigen aber schwachsinnig ist.

BROCKHAUS
Studienausgabe, Leipzig 2001

1

Freitag, 18. Juni Länge: 59.12

Guten Abend, liebe Zuhörerinnen und Zuhörer. Mein Name ist Sigmund Seiler. Ich bin ein »Siegerländer« wie Sie. Mein besonderer Dank gilt unserer Physio- und Klangschalentherapeutin sowie Beauftragten für den Bibliotheksdienst, Frau Rodenkirchen. Sie hat ein gutes Wort bei Professor Herrliberg, dem Direktor der Siegerlandklinik, eingelegt. Er hat mir den Vortrag des ersten Kapitels aus meiner unerhörten Liebesgeschichte, die wie jede Liebesgeschichte auch eine Krankengeschichte ist, erlaubt. Hoffentlich spreche ich laut genug. Unser Kreis ist überschaubar, wir brauchen kein Mikrofon. Stellen Sie sich vor, der Stängel im Väschen vor mir wäre eines, und das Glas wäre nicht mit Fachinger gefüllt, sondern mit Aperol Spritz. Ich verspreche Ihnen, es geht spritzig zu bei dem, was ich Ihnen von heute an, jeden Freitag um sieben nach dem Abendbrot, vorlesen darf. Vorausgesetzt, ich komme mit dem Schreiben oben in meinem Zimmer 527 so gut voran wie in der vergangenen Woche.

Ich weiß nicht, wie es dazu kam, dass sie vor mir an der Reihe war. Sie hatte sich nicht vorgedrängelt, ich war ihr nicht nachgestiegen, ich hatte sie noch nie im Leben gesehen, ich hatte ihre Stimme noch nie im Leben gehört. Sie stellte das Tablett auf die Ablage, reckte sich zum Wirt hinter der Theke und gab ihre Bestellung auf.

»Gyros mit Pommes frites und Krautsalat, bitte. Ohne Zaziki.«

Sie legte ihre Betonung auf das »oh« in »ohne« und nicht etwa, wie es die meisten täten, auf das »zi« in »Zaziki«. Ganz gleich, ob ihr der gegen Ende abfallende Satz nur so herausrutschte oder ob sie sich ihre Betonung vorher überlegt hatte – ihr Tonfall zeugte von einem gehörigen Maß an Sprachbewusstsein. Ihre von der Lautstärke her schüchterne, bis zum finalen »ki« sich senkende Stimme stand in einem reizenden Gegensatz zu ihrem einerseits angriffslustigen, andererseits wie von einem Angriff gezeichneten Äußeren.

Mein Blick fiel zuerst auf ihre Hochsteckfrisur. Die Small-Clip-Haarklammer aus dunkelbraunem Horn war nicht fest genug eingefügt worden, um die Flucht unzähliger Haare aus dem Gesteck zu verhindern. Hier und da zu Strähnen vereint, die meisten allerdings in wilder Vereinzelung, zogen sie hinab bis an den Ausschnitt ihres purpurroten Sommerpullis, einige ganz verwegene sogar darüber hinaus. Ihren Hals hätte ich von hinten mit beiden Händen, Daumenkuppe an Daumenkuppe, Mittelfingerspitze an Mittelfingerspitze, umfassen können, ohne mit der Haut in Berührung zu kommen. So schlank erschien er mir.

Doch für solche Annäherungsversuche besitze ich nicht den Mut. Ich bin kein Draufgänger wie Hannes Zimba. Ich scheute mich, den Kopf für alle Herumstehenden sichtbar zu senken, um die Unbekannte von oben bis unten zu mustern, als hätte ich es mit einer Bewerberin zu tun. Wenn hier einer zur Bewerbung anstand, war ich es. Es wurde eine Bewerbung, deren tragischen Ausgang ich hätte voraussehen können. Das Unglück nahm sich meiner schon an diesem sonnendurchfluteten Ort an. Noch am selben Tag, zwölf Stunden später, erfüllte sich mein Schicksal unter dem Flutlicht des Mondes.

Mein Blick rutschte zu ihrer schmalen Taille hinunter. Gradlinig wie bei einem Knaben ging sie in die Hüfte über. Ich gehöre nicht zu den Männern, die das Kurvige mögen. Ihre Beine standen dicht nebeneinander. Trotzdem war zwischen den Oberschenkeln noch so viel Raum, dass ein hinter ihr Kniender hätte hindurchgucken können. Die ins Hellblaue hinein verwaschenen Bluejeans setzten deutlich unterhalb ihrer Hüftknochen an. Unter der rechten Pobacke, die in ihrem Umfang zu erfassen fünf weit auseinandergespreizte Finger gereicht hätten, war der Stoff schon so dünn, dass es nur eine Frage von zwei oder drei Waschgängen war, bis er reißen und die Haut durchscheinen würde. Zwischen dem Saum ihres

Pullis und dem Bund ihrer hautengen Jeans bot sich mir eine handbreite Lichtung dar. Mich ergriff die Vorstellung, wie glatt und fest ihre, wie mir schien, weniger vom Sonnenbaden als vielmehr von Natur aus sandbraun getönte Haut auch in anderen Regionen ihres Körpers sein musste. Die von keinem Gürtel durchzogenen Schlaufen forderten mich heraus: Komm, schieb einen oder zwei Finger in uns hinein und zieh uns an dich heran!

»Gyros mit Pommes frites und Krautsalat, bitte. Ohne Zaziki.«

Ihre sanfte Stimme eignet sich nicht für ein Rufen, Belehren oder Befehlen, zu Durchsagen von Bahnstationen im Intercity Express so wenig wie zu Aufforderungen im Flugzeug, die Tischchen vor sich hochzuklappen, den Sitz in eine aufrechte Position zu stellen und das Anschnallzeichen zu beachten. Auch nicht für Kommandos am Beckenrand. Anleitungen aus ihrem Munde zur stilvollen Absolvierung unserer täglichen Wassergymnastik in der Siegerlandklinik würden verschluckt im Hall des Bewegungsbads. Ihre Stimme käme gegen das Schwappen im Wasser nicht an und verebbte, noch ehe sie unsere Ohren erreichte, wenn wir in Rückenlage unsere Köpfe in den Nacken legen, der auf einer blauen Schwimmnudel ruht.

Wir werden von orangefarbenen Schwimmflügeln an den Oberarmen über Wasser gehalten, unsere Beine halten wir so lange wie es geht gestreckt. Unsere Zehen ragen senkrecht aus dem Wasser. Mit gepressten Lippen schauen wir auf die schwungvoll gemalten Wolkenformationen an der Decke und führen mit unseren Händen unter Wasser kreisende Bewegungen im Uhrzeigersinn aus, um nicht unterzugehen. Wir tragen anstaltseigene Bademützen aus weißem, geriffeltem Gummi, um unser Trommelfell vor Lärm und einfließendem Wasser zu bewahren und die markante Stimme unserer Physiotherapeutin zu dämpfen. Wenn sie mit unserer Leistung zufrieden ist, überschlägt sich ihre Stimme vor Begeisterung wie die Stimme einer Fußballreporterin im Radio bei einem erfolgversprechenden Spielzug.

Was mir vor der Theke im Casino des Media Centers in meine Gehörgänge floss, war nicht die Stimme einer Anleiterin oder Ansagerin. Auch keine Reporterstimme, auf dem Gebiet kenne ich mich aus. Ich bin Sprecher von Beruf und verdiene mein Geld bei Voice. Kein anderer Betrieb im Media Center beschäftigt so viele Mitarbeiter wie die größte Sprecheranstalt weit und breit. Das Media Center wird von den Einheimischen MC genannt. Mir gefällt der Klang dieser Abkürzung. Sie erinnert mich an einen englischen Sportwagen im Autoquartett meiner Kindheit. Das schnittige Modell wäre etwas für meinen Kollegen Hannes Zimba.

Ich fahre nur einen Lupo. Ich spreche langsamer als er und habe eine weiche Stimme. Ich spreche Werbetexte aller Art, nur nicht für die Automobilindustrie. Dafür ist meine Stimme nicht männlich genug. Sigrid Raschke findet meine Stimme schön. Ihr sei schon bei meinem ersten Auftritt, sie sagte tatsächlich »Auftritt«, mein ausgesprochen intimes Verhältnis zum Mikrofon aufgefallen. Es übertrage sich, wenn ich in Form sei, auf meine Zuhörer. Sigrid Raschke muss es wissen. Sie ist meine Chefin. Wenn ich nicht in Form sei, klinge meine Stimme wie Süßholzraspeln. Ich muss aufpassen, im Wettbewerb der starken Stimmen nicht unterzugehen.

Es gibt allerdings Aufträge, denen meine weiche Stimme entgegenkommt. In meiner Freizeit betätige ich mich als Vorleser von Literatur. Ich fahre mit der Aktentasche voller Bücher auf dem Nebensitz von Lesekreis zu Lesekreis und bereichere mit meinen Rezitationen ausgewählter Kapitel die Diskussionen der Teilnehmer. Es sind in den meisten Fällen Teilnehmerinnen. Eine Zuhörerin flüsterte mir einmal zu, ich hätte eine erotische Stimme. Ich gab ihr mit einer Lesung aus *Tausendundeiner Nacht* Anlass zu diesem Kompliment. Darin nimmt ein junger Mann aus Mosul das Angebot seiner Freundin an, noch in derselben Nacht statt mit ihr mit einer anderen, einer von der Freundin selbst mitgebrachten »Dame«, zu »schlafen«. Mir liegen diese Geschichten. Sie sind in einem Ton mündlichen Erzählens geschrieben. Wenn ich an der entscheidenden Stelle an meine Lesebrille fasse und vom Buch aufschaue, kommen meine Zuhörerinnen nicht umhin, an einen sexuellen Kontext zu denken. Im Original ist »schlafen« buchstäblich gemeint.

»Meine Freundin bemerkte, dass ich ein Auge auf die andere geworfen hatte und diese auch auf mich. ›Mein Liebster‹, fragte sie mitten hinein in das fröhliche Spielen und Lachen, ›findest du nicht, dass die Dame, die ich mitgebracht habe, schöner und auch geistreicher ist als ich?‹ – ›Ja, bei Gott!‹, antwortete ich. ›Möchtest du mit ihr schlafen?‹, fragte sie mich. ›O ja, bei Gott!‹, antwortete ich. ›Von mir aus gerne‹, sagte sie, ›sie ist heute bei uns zu Besuch, und ich bin ja immer hier.‹«

Obwohl es Fragen sind, die die reife Dame dem jungen Mann aus Mosul stellt, bleibe ich am Ende der Sätze mit meiner Stimme unten. So unterstreiche ich die Selbstverständlichkeit, mit der sie ihr großzügiges Angebot formuliert. Filmschauspieler, die sich als Vorleser zunehmend unter meinen Berufsstand mischen, machen sich nicht so viele Gedanken wie ich, bevor sie mit ihren Rezitationen beginnen. Sie lesen bei der Produktion von Hörbüchern ganze Romane ein. Selbst wenn ich in privaten Kreisen nur Auszüge zum Besten gebe, lese ich zur Vorbereitung des Auftritts das ganze Buch und bemühe mich, dem Autor, der es geschrieben hat, gerecht zu werden, indem ich ihm eine unverwechselbare Stimme gebe. Ich verstehe mich als »Schausprecher«. Das steht auch auf meiner Visitenkarte. Die Geschichten aus *Tausendundeiner Nacht* sind ein besonderer Fall. Ihre Urheber sind namentlich nicht bekannt. Das macht es mir leicht. Kein Autor kann gegen meine Interpretation der Scheherezade protestieren. Auch die Damen im Lesekreis taten es nicht.

Selbst bei der Produktion einer Dauerwerbesendung über das Fußpflegewunder »Pedilux« – mit Raspel plus Polieraufsatz aus rostfreiem Stahl – zur Befreiung von schmerzhaften, Haut und Strümpfe in Mitleidenschaft ziehenden Hühneraugen, Schwielen und Schrunden lese ich im Studio nicht einfach drauflos. Ich übe vorher zu Hause, auf welche Silben ich bei Formulierungen wie »Reinigungsbürste gratis« oder »mit integriertem Auffangbehälter« die Betonung lege. Ich überlege mir genau, ob ich zum Ende des Satzes hin die Stimme hebe oder senke. Vor der Aufnahme lese ich mir jeden Satz laut vor, bis er klingt, wie ich ihn klingen lassen will. Ich kann nichts dem Zufall überlassen. Ich habe nie Sprechunterricht genommen. Auch keinen Schauspielunterricht. Es ist ein Unterschied, ob ich, um bei den zwei Worten LAUT LESEN zu bleiben, die Betonung auf »laut« oder »lesen« lege. Meine Manuskripte sind gezeichnet von Unterstreichungen einzelner Silben von Wort zu Wort, Zeile zu Zeile, Seite zu Seite, Kapitel zu Kapitel. Ich habe mir eine Aussprachedatenbank auf meinen PC aufspielen lassen. Ich weiß genau, wie man Haruki Murakami ausspricht. Als einmal jener Filmschauspieler, der einen Roman des japanischen Bestsellerautors für einen Hörbuchverlag komplett einlesen durfte, in Begleitung von Hannes Zimba zu uns zum Sprechstammtisch kam und über die Produktion erzählte, bewegte ich mich am Tresen Meter um Meter von ihm fort, damit ich seine hauruckhafte Betonung auf »ru« bei Haruki nicht weiter ertragen musste. Betonung auf »Ha«, abfallende Stimme zum »ki« hin, bitte schön, so ist es korrekt. Ich traute mich nicht, ihn zu verbessern, starrte am äußersten Ende der Theke vor mich hin und schwieg für den Rest des Abends.

Ich kenne Sprecher, die in dem Moment, da das Rotlicht aufleuchtet und die Aufnahme startet, zum ersten Mal auf das vor ihnen liegende Manuskript schauen. Egal, welchen Schriftsteller man den Stars des Vorlesebetriebs auch vorlegt, sie lesen immer alles gleich und klingen folglich immer nur wie sie selbst. »Keine Variationskünstler, sie sind Wiederkäuer ihrer eigenen Stimmen«, ergriff ich an einem Dienstagabend beim Sprecherstammtisch in unserer Stammkneipe Beim Franz das Wort, als die Rede auf einen Fernsehkommissar kam, der schon wieder ein Hörbuch mit dem Kriminalroman eines amerikanischen Vollbluterzählers eingesprochen hatte. Ich solle mich nicht so haben, konterte Hannes Zimba, »ein rechter Sprecher liest, was ihm vor die Flinte kommt!«

Ich selbst rezitiere nicht nur in Lesekreisen, sondern auch auf Kommunionen, Konfirmationen, bei runden Geburtstagen, Hochzeiten und Betriebsfesten. In der Vorweihnachtszeit trete ich für den Lohn einer Flasche Wein und einen bunten Teller gerne in privaten Kindergärten als Nikolaus auf und lese vor. Hannes Zimba macht es, wenn er sich in der Öffentlichkeit sehen und hören lässt, nicht unter fünfhundert Zuhörern und tausend Euro Honorar. Er steht sogar als Moderator auf der Bühne. Erst neulich war er wieder bei einem Autosalon und kam mit Fotos von Hostessen in Bikinis auf Kotflügeln und Kühlerhauben zurück. Sie liegen auf der Seite, das betont ihre Hüften. Sie stützen ihren Kopf in die Handfläche und lächeln verzückt. Sie lächeln für Zimba. Verglichen mit solchen Galavorstellungen fallen meine Außeneinsätze eher glanzlos aus.

Einmal durfte ich einspringen. Hannes Zimba musste kurzfristig einen wichtigen Fernsehtermin wahrnehmen. Ich übernahm den Vortrag einer Grabrede aus berufsständischer Perspektive. Der verstorbene Sprecherkollege war auf Synchronisationen von Werbefernsehspots über Arzneien, Weinbrand und Lebensversicherungen spezialisiert. Die Witwe hatte mich noch nie vorher gesehen. Und ich die Witwe nicht. Ich wunderte mich, dass sie von mir vor dem Begräbnis keine Sprechprobe verlangte. Die Witwe steckte mir das korrekt in zweizeiligem Abstand getippte Manuskript kurz vor Ankunft des Trauerzugs an der letzten Ruhestätte wortlos zu. Ich kannte den verstorbenen Sprecher kaum und fühlte mich für das spontan in mich gesetzte Vertrauen geehrt. »Meine Stimme in Gottes Ohr«, sprach ich mir vor dem Grab, den Blick gen

Himmel gerichtet, selbst zu, in Abwandlung des Werbeslogans von Voice, der von UNSERE STIMMEN spricht.

Voice liegt auf der ersten Etage im Media Center. Es handelt sich beim MC um ein fünfstöckiges, ovales, voll klimatisiertes Gebäude mit einer geschwungenen Fassade aus getöntem Glas. Die umstehenden Gebäude spiegeln sich darin verzerrt. Das Casino liegt im lichten Erdgeschoss auf einer Ebene mit dem großzügig ausgemessenen Foyer und dem weitläufig angelegten, mit Kopfsteinpflaster mustergültig bepflanzten und von Baumreihen begrünten Platz vor dem Gebäude. Weltoffen wie in einen Flughafenterminal finden hier selbst Rollatorpiloten und Rollstuhlfahrer Einlass. Die mindestens drei Meter hohen und noch breiteren Glaspforten öffnen und schließen sich bei jeder Annäherung und nach jedem Abschied lautlos und wie von selbst. Ins Media Center könnten zwei Rollstühle nebeneinander ein- oder ausrollen, ohne miteinander zu kollidieren, vorausgesetzt, man rast nicht so wie unser Herr Steinmüller. Seine sportliche Fahrweise hat sich in der Klinik herumgesprochen.

Wenn wir in unserer Siegerlandklinik nach dem Mittagessen Ausgang haben und alle, die Langsamen wie die Schnellen, die Humpelnden wie die Rollatorpiloten, die Rollstuhlfahrer wie die Krückenläufer, die Neuaufnahmen wie die Alteingesessenen, gleichzeitig ins Freie streben oder von unseren Ausflügen zurückkommen, gibt es selbst am Haupteingang ein gehöriges Geschiebe und Gedränge. Ich selbst gelange immer als Erster nach draußen und komme als Letzter zurück. Herr Steinmüller hält sich nicht an die Hausordnung. Er rollt, was heißt rollt, er zischt mittags immer in den Siegerländer Hof ab. Herr Steinmüller isst auswärts. Auch im Erdgeschoss des MC kann es eng werden zur Mittagszeit. Wenn es Gyros gibt, kommen alle so früh wie es geht ins »Casino«, wie man die Kantine im Media Center nennt.

»Gyros mit Pommes frites und Krautsalat, bitte. Ohne Zaziki.«

Eine Stimme wie diese verströmt ihren süßen Klang, wenn sie nur an einen gerichtet ist. Vor einer Schar von Zuhörern ginge sie unter. Die beiden »z« in Zaziki rieselten ihr mit zwei weichen »s« von der Zungenspitze. Sie sagte nicht »Pommes« mit einem scharfen und aufgeblasenen »p« und zischendem »s«. Ihr »p« klang fast wie ein »b«. Sie sprach »Pommes« und »frites« wie die Franzosen aus, mit einem angedeuteten »e« am Ende von »Pommes« und einem langen »ie« in »frites«. Das Wort »Fritten« aus ihrem Munde – unvorstellbar. Menschen, die »Fritten« sagen, bediente ich, wäre ich in der Gastronomie angestellt, nicht persönlich. Wenn Susi »Pomm Fritz« sagt, korrigiere ich sie auf der Stelle. Susi ist sechzehn und meine einzige Tochter. Eigentlich heißt sie Susanne. Ihre Mutter wollte sie Eva nennen. Ich wollte, wie in meinem eigenen Fall, unbedingt eine Alliteration. Susi Seiler. Wie Sigmund Seiler.

Seit drei Jahren leben Susi und ich zu zweit unter einem Dach. Wir reden über alles. Ich nehme es mit ihr genau. Und sie nimmt es genau mit mir. Ich korrigiere ihre Aussprache, sie macht mich auf meine schlechten Manieren aufmerksam. »Man spricht nicht mit vollem Mund!«, so etwas sagt sie ausgerechnet mir. Wir nehmen unsere Mahlzeiten mindestens einmal am Tag gemeinsam zu uns. Susi hätte das auch bestellt: »Gyros mit Pommes frites und Krautsalat, bitte.« Allerdings mit Zaziki.

Der Casinowirt hinter der Theke aus Glas und Edelstahl beugte sich vor – seine weiße Kochmütze fest auf dem Kopf, ein Schweißfilm auf seiner Stirn – und hielt der vor mir Wartenden den Kopf seitwärts entgegen, so leise sprach sie. Beim Sprechen in ein Mikrofon müsste sie ganz nahe mit ihrem Mund herangehen, damit ihre Stimme Volumen bekäme. Auch wenn sie das »p« annähernd wie ein »b« ausspricht, müsste sie scharf am Mikrofon vorbeisprechen, damit es bei der Aufnahme nicht »ploppt«, wie es in der Fachsprache von Tontechnikern heißt. Sie mögen Worte wie Promi, Profi, Pommes, Pedilux, Pullover, Piloten, Pulli, Pop oder Purpur nicht. Dabei sind P-Worte die schönsten Worte überhaupt. Sollte mich Susi eines Tages, wie es heute Mode geworden ist, mit dem Vornamen anreden wollen, verbäte ich mir das. Sie möge mich weiter als denjenigen ansprechen, der ich am liebsten bin: »Papi.« So oft wie in den vergangenen Monaten hatte sie meinen Lieblingssatz noch nie ausgesprochen. Grund dafür war ihr Herzenswunsch: die Anschaffung eines Mopses. »Du bist der beste Papi der Welt!« Ein Satz, den sich alleinerziehende Väter auf ihren Grabstein wünschen. Sollte ich vor Zimba sterben, dachte ich auf dem Heimweg nach der Beerdigung, sollte er es auf keinen Fall sein, der auf meinem Begräbnis spricht. Weder als Beauftragter von Voice aus berufsständischer Perspektive noch als Repräsentant aus dem Kreis meiner Stammtischbrüder.

Die weiche Stimme der Unbekannten im Casino erschien mir wie geschaffen für ein verschwörerisches Flüstern im überfüllten Psst-Abteil des ICE, einen intimen Dialog in der voll besetzten Saunakabine, ein Tuscheln in der letzten Reihe im Kino während der Vorführung oder für ein sanftes Flehen vor einem Ständer mit hübschen Sommerkleidern. »Dieses rote da, Liebling, dieses kurze, ärmellose mit den weißen Pünktchen und Knöpfen vorn von oben bis unten, 36, das ist meine Größe!« Ich würde sie auf der Stelle in die Umkleidekabine schicken, hinter ihr hergehen und, damit auch alle sehen, dass sie zu mir gehört, den Bügel mit dem Kleidchen am erhobenen, halb eingeknickten Arm halten. Nach einem unauffälligen Überholmanöver würde ich ihr das Kleid reichen, den Vorhang öffnen und nur so weit wieder zuziehen, dass es mir möglich wäre, meinen Kopf in die Kabine zu stecken und ihr beim Anprobieren zuzusehen. Die Vorstellung, der Verkäufer würde an meine Seite treten und seinen Kopf neben meinem in Stellung bringen, steigert meine Erregung erheblich.

Doch angenommen, sie ließe mich nicht hineinschauen, und ich müsste vor dem Vorhang stehen bleiben und in eine andere Richtung blicken – die Geräusche beim Ausziehen und Anziehen im Unsichtbaren, der spitze Ton beim Aufhängen des Bügels an den Kleiderhaken, das Fallen von Kleidungsstücken auf den Boden – auch das würde meine Ohren zum Glühen bringen.

Hannes Zimba an meiner Stelle ginge nicht in scheuen, kurzen Schritten hinter ihr, sondern wie ein Tambourmajor vor ihr her zur Kabine, am vorgestreckten Arm das Kleid ihrer Wahl, eine Demonstration seiner Macht. Hannes Zimba, mit dem Rücken zur Umkleidekabine, den Blick siegesbewusst auf die zwischen den Kleiderständern herumirrenden Frauen gerichtet, die Unterarme verschränkt, ließe keinen Mann in die Nähe kommen, während seine Begleiterin in der Kabine das neue Kleid anprobiert, welches er dann nach dem Anprobieren, als wäre nichts geschehen, entgegennähme und, noch bevor sie wieder aus der Kabine herausgekommen wäre, wiederum am vorgestreckten Arm zur Kasse trüge. Die Platincard flutschte an der Kasse nur so aus dem Steckfach seiner Brieftasche heraus.

Mir dagegen zittern beim Zahlen mit der Karte die Finger vor Aufregung. Ich bin es nicht gewohnt, in einer Boutique zu bezahlen. Margot Bruch zahlte immer selbst.

Sie hatte eine Kreditkarte. Ich nur eine Maestro. Mit Margot Bruch war ich achtzehn Jahre verheiratet. Im Verlauf unserer Ehe nahm sie mich zum Einkaufsbummel am Ende gar nicht mehr mit. Mit mir dauerte es ihr zu lange. In den ersten Jahren fragte sie mich noch an Ort und Stelle, welche Farbe ihr am besten stehe. Manchmal durfte ich meinen Kopf in die Umkleidekabine stecken und sie dirigieren. »Am Hintern ist deine Hose nicht eng genug!« Doch dann mochte sie es grundsätzlich nicht mehr, wenn ich ihr reinredete, egal, in was. Den größten Streit gab es im Auto, wenn wir uns nicht über den kürzesten Weg zum Fahrziel einigen konnten. Ein Navigator kam und kommt für mich nicht infrage, bitte nicht noch eine künstliche Stimme in mein Ohr. Im Casino des Media Centers kann man nur bar bezahlen. Aber noch ist es nicht so weit. Noch stehen wir nicht vor der Kasse.

Im Zuge ihrer Bestellung des Mittagsmahls deutete die Unbekannte auf die matt glänzenden Behälter aus Edelstahl. Das an gewöhnlichen Tagen metallen an meine Ohren drängende Zusammenschaben der Pommes frites mit der Kelle überhörte ich beim Anblick ihres vorgestreckten Zeigefingers. Die hochgezogene Fingerkuppe und das Rot auf dem vorn sorgfältig zu einem Oval zurechtgefeilten Nagel verliehen ihrem Auftritt einen frivolen Glanz. Für wen hatte sie sich die Fingernägel lackiert? Ihren Freund, ihren Mann, einen Geliebten? Nur für sich selbst? Hatte sie sich schon am Morgen die Nägel lackiert, um am Abend mit der Maniküre nicht Zeit zu verlieren, ehe sie mit dem Mann ihres Herzens aufbrach, in ein Restaurant, eine Kneipe, eine Bar womöglich?

Ihr Zeigefinger kam mir mindestens so lang vor wie der der glanzblonden Fernsehschönheit vor der Wetterkarte im ersten Programm. Wenn sie mit ihrer spürbar von Sprechtrainern geschulten Stimme auf dem Bildschirm erscheint, drücke ich, in meinem Fernsehsessel, ein Glas Rotwein in der linken Hand, den rechten Arm vorgestreckt, mit dem Daumen die Stumm-Taste an der Fernbedienung, um mich besser darauf konzentrieren zu können, wie sie vom rechten Bildrand aus ins Zentrum rückt und mit ihrem erigierten Zeigefinger auf Wolkenformationen, Windrichtungen und eingeblendete Temperaturangaben weist. Ich stelle mir vor, wie sie, ehe sie auf Sendung geht, von unten nach oben mit ihren gespreizten Fingern durch ihr langes Haar fährt, um der Frisur ein wenig von ihrer Glattheit zu nehmen. Nie tritt sie mit einer Hochsteckfrisur vor die Kamera. Dieses Verbergen ihrer Ohren unter dem fließenden Goldhaar dauert mich über die Maßen. Denn Ohren sind es, die ich bei einer Frau, die für mich ernsthaft in Frage kommt, als Erstes in Augenschein zu nehmen versuche.

Nur einen Schritt nach vorn hätte ich im Casino machen müssen, um meine Nasenspitze an das leicht abstehende linke Ohr halten zu können und ihr Parfüm einzuatmen. Hannes Zimba ist mindestens zehn Zentimeter größer als ich. Er hätte über sie hinweg seinen Blick in die Weite des Raums schweifen lassen können. Mir kann das nicht gelingen. Sie ist fast so groß wie ich, etwa einen Meter und achtzig. Zimba gehört zu den Menschen, die immer alles überblicken müssen. Doch wie ich ihn kenne, hätte er keineswegs über sie hinaus in die Ferne geschaut. Ohne zu zögern, hätte er sie von hinten angesprochen. Doch es sollte dieses Mal nicht seine Stimme sein, die den Ton angibt. Es sollte mein, ganz allein mein Sprechtag werden, an diesem Ort, wo alles glänzt und die Stimmen sich überschlagen, nur eine nicht, und zwar die, die in mir zu summen begann, nur in mir.

Verglichen mit dem glanzvollen Casino im MC findet das Leben in unserer Kantine auf niedrigem Niveau statt. Die Stimmen bleiben im »Siegerland« ganz auf dem Boden. Die Vitrinen, noch mit Klappen aus Plexiglas, sind tiefergelegt, damit auch Rollstuhlfahrer und Rollatorpiloten ihre Götterspeise zum Nachtisch ohne fremde Hilfe hervorholen können. Fahrer in Rollstühlen, ganz gleich, ob es sich um einen Greifreifenrollstuhl, einen Faltrollstuhl oder einen Schieberollstuhl handelt, haben gegenüber Rollatorpiloten einen Nachteil. Sie können nicht wie ihre aufrecht gehenden Mitpatienten eine quer ins Fahrzeug integrierte Ablage und dazu noch einen darunter angebrachten Korb zum Transport nutzen. Die Rollstuhlfahrer im »Siegerland« verlieren bei der Entgegennahme der Nahrungsmittel an den Theken kostbare Zeit. Es sei denn, man besitzt ein elektrisch betriebenes Fahrzeug wie Herr Steinmüller. Dann geht alles sehr schnell.

Der »Adventure« von Herrn Steinmüller ist ein Traum. Er hat alles: Joystick, elektrische Liftfunktion, neun unterschiedliche Konfigurationen an den Rückensitzlehnen, zwei Außenspiegel und vor allem: ein Tischchen mit Platz für ein vollständiges Menü. Rollatorpiloten können Brotkörbchen, Vor- und Nachspeisen im Handumdrehen selbst aufladen und zu den Esstischen transportieren, wo Gläser, Fachinger und Granini-Säfte in der Mitte zum Selbsteinschenken auf der dunkelroten Stofftischdecke bereitstehen. Die am Vorabend von jedem Patienten sorgfältig ausgefüllten Speisepläne mit der angekreuzten Auswahl aus dem Angebot der verschiedenen Menüs liegen vor uns auf dem Esstisch neben dem Besteck und werden überprüft. Stimmt das Gebrachte mit dem Angekreuzten überein? Denn die Auswahl in der Siegerlandklinik ist enorm. Wir wählen zwischen Menü rot (Vollwertige Kost, insgesamt 30 g Fett, ca. 650 kcal/2700 kJ), Menü gelb (Vollwertige Kost & Kost bei Diabetes mellitus, insgesamt 20 g Fett, ca. 550 kcal/2300 kJ) und Menü grün (Reduktionskost & Kost bei Diabetes mellitus, insgesamt 10 g Fett, ca. 450 kcal/1900 kJ). Ich entschied mich heute für Menü gelb, Geschmorter Fleischspieß mit Zigeunersauce, Balkangemüse, Reis, Salat & Dessert vom Buffet.

In meiner Sektion werden die Hauptgänge von Schwester Rita an den Tisch gebracht. Nicht auszudenken, unsere Gehwagenfahrer müssten ihre Flaschen und Gläser selbst auf ihre schmalen Ablagen stellen. Es käme zu Unfällen, die nicht immer so glimpflich ausgingen wie neulich, als unser Raser, der Herr Steinmüller, bei einem Überholmanöver einen Rollatorwalker so dicht an die Theke drängte, dass dieser beinahe in die Vitrine mit der Götterspeise und dem Himbeerpudding kippte. Schwester Rita drückte ein Auge zu. Das tat sie auch, als sie mich einmal dabei erwischte, wie ich mir zwei Schälchen Götterspeise holte.

Schwester Rita vertraute mir einmal an, dass sich auch Herr Steinmüller, als er noch nicht seinen Stammtisch im Siegerländer Hof hatte und ich noch nicht Patient im »Siegerland« war, immer eine doppelte Portion Nachtisch genommen habe. Bei Dosenobstcocktail im Angebot habe er ein Fläschchen Rum aus der Innentasche seines Jacketts gezückt und über den im Saft schwimmenden, von einer knallroten, klebrigen Kirsche gekrönten Mix aus Mandarinen, Ananaswürfeln und Birnenstückchen ausgegossen.

Ich, ein frei Stehender und selbsttätig Gehender auf Wiederruf – nur an bösen Tagen am Stock – schaue an unserer Verköstigungsanlage beim Anstehen auf die Köpfe älterer Frauen. Ihre Ohren sind von oben nicht zu erkennen. Sie verbergen sich unter Löckchen und Dauerwellen. Die Länge der Ohrläppchen steht bei ihnen in einem unvorteilhaften Größenverhältnis zu den Muscheln. Manchmal erkennt man noch ein Loch in den Läppchen. Früher legten sie ihren Ohrschmuck täglich an. Heute liegt er oben auf den Zimmern in ihren Nachttischschubladen. Vor dem Schlafengehen holen sie ihn heraus, hängen sich ihn an, stellen sich kurz vor den Badezimmerspiegel, drehen ihren Kopf von rechts nach links und von links nach rechts und legen ihren Schmuck wieder zurück.

Schmuck hat an einem schönen Ohr nichts zu suchen. Ein schönes Ohr ist ein Kunstwerk an sich. Eine Skulptur. Selbst ein Perlenohrring, wie ich ihn am Läppchen des ebenso stolz wie scheu dreinschauenden Mädchens auf dem Bild eines niederländischen Meisters habe hängen sehen, würde mich stören. Ich habe einmal aus dem Buch über das Mädchen mit dem Perlenohrring in einem Lesekreis vorgetragen. Der Weg ins Innere eines Menschen führt durch den Gehörgang, das Trommelfell, an Hammer, Amboss und Steigbügel vorbei zur Gehörschnecke, wo die Sinneshärchen den Schall in Impulse umwandeln, die für das Gehirn verständlich sind.

»Gyros mit Pommes frites und Krautsalat, bitte. Ohne Zaziki!«

Mein Trommelfell vibrierte, meine Sinneshärchen zitterten, meine Gehörschnecke frohlockte, als diese Stimme, eine Stimme, wie ich sie zuvor noch nicht vernommen hatte, einen Impuls in meinem Gehirn auslöste, der im Nu meinen ganzen Körper erfasste.

Schmuck hat übrigens auch an den Ohren von Nachrichtensprecherinnen beim Fernsehen nichts zu suchen. Das gilt auch für jene Wetterberichterstatterin, die sich an diese Maßgabe gottlob hält. Ich bin eifersüchtig auf ihren Wetterkollegen mit der Märchenstimme, den lustigen Augen, den weit ausholenden Armen und dem unnachahmlichen Hüftschwung beim Vortrag der Wetteraussichten. Ich bin sicher, er braucht bei meiner Wetterfee nicht anzuklopfen, wenn er vor ihrem Auftritt zu ihr in die Maske geht. Schließlich ist er ihr Abteilungsleiter. Ich muss mich mit seiner Existenz abfinden. Es erregt mich nicht nur, es schmerzt mich die Vorstellung, wie sie ihm unmittelbar vor der Live-Performance, wenn auch nur so zum Spaß, in den Schritt greift. Von selbst kann die enorme Wölbung hinter dem Hosenschlitz seiner von einem breiten Gürtel cowboyhaft zusammengehaltenen, für einen öffentlich-rechtlichen Fernsehsender entschieden zu tief sitzenden dunkelblauen Designerjeans beim Vortrag der meteorologischen Ursachen eines Hochwassers in Süddeutschland nicht kommen.

Zu Sprecherinnen im Fernsehen haben wir Sprecher, die im Unsichtbaren arbeiten, ein gebrochenes Verhältnis. Fernsehnachrichtensprecherinnen und Wetterberichterstatterinnen im Ersten oder im Zweiten tragen heutzutage, wenn sie nicht Diplommeteorologinnen sind und im sportlichen Hosenanzug von der Seite her in die Mitte des Bildes schreiten, in den allermeisten Fällen ihr Haar lang. Keine Bananen, keine Hochsteckfrisuren, keine Locken, kein Bubikopf. Sie lassen es an einer Seite vor ihrer Schulter hinunterfließen, auf der anderen Seite haben sie es sich von der Frisörin in der Maske keusch hinter das Ohr stecken lassen.

Das Dekolleté ist frei von Geschmeide. Die meisten Nachrichtensprecherinnen im Fernsehen sind blond, im Gegensatz zu ihren männlichen Kollegen. Die haben in überwiegender Mehrheit graue oder dunkle Haare. Sie müssen sich von den Sprecherinnen stimmlich und farblich unterscheiden. Fernsehnachrichtensprecherinnen sind oben ziemlich flach. Vor den Hemdbrüsten von Fernsehnachrichtensprechern hängen Schlipse. Ihre förmliche Kleidung überträgt sich auf ihre Stimmen. Sie sprechen nicht so locker wie wir, die nicht in Schlips und Kragen ans Mikrofon gehen und einen Gesichtsausdruck auflegen müssen, der vor allem eins ist: neutral.

Als sich das Fernsehen noch Programmansagerinnen leistete und es keine Trailer gab, waren alle möglichen Frisuren und Oberweiten vertreten. Für jeden etwas. Irene Koss, »das Lächeln der Nation«, trug in den langhaarigen sechziger Jahren eine freche Kurzhaarfrisur. Als Heike Maurer, Jahrzehnte später, einmal ein Silvesterkonzert anzusagen hatte, thronte feierlich auf ihrem Haupt ein kunstvoll arrangierter Dutt. Ein Haarteil hatte sie nicht nötig. Dagmar Berghoff hingen von »Taft« gefestigte Strähnchen schräg vor der Stirn. Ihre langen

Wimpern waren getuscht. Wenn sie ihren Schlafzimmerblick aufsetzte, dachte ich an Stéphane Audran in Claude Chabrols *Die untreue Frau*. Und wenn Dagmar Berghoff nach der Fanfare mit ihrem »Guten Abend meine Damen und Herren«, den Blick von unten nach oben gerichtet, gleichsam durch uns Zuschauer hindurch in eine vernebelte Ferne, die Tagesschau anmoderierte, erhielt selbst der anschließende Bericht über eine Debatte im Bundestag einen erotischen Touch.

Doch jetzt geht es nicht ums Fernsehen. Es geht um die Realität. Ich stand hinter der Unbekannten. Die Verwegenheit ihrer provisorisch anmutenden Hochsteckfrisur vermittelte sich mir aus der Hinteransicht haargenau. Das dunkle Blond ging hier ins Braune, da ins Goldene über. Wer weiß, wie sie reagiert hätte, wenn ich, vor ihr stehend, unter dem Vorwand, jemanden weit hinter uns in der Warteschlange zu suchen, ihr frontal ins Gesicht geschaut und meinen Blick nicht unverzüglich von ihr abgewandt hätte. Hinter ihr stehend konnte ich ihre Ohren in Augenschein nehmen. Ihre Ohren, Engelsflügeln gleich, stehen weit genug ab. So konnte ich die feinen Windungen, sanft geschwungenen Bogen sowie das zarte Läppchen an ihrer Muschel – ohne Behang, ohne Angestecktes – im einfallenden Sonnenlicht erkennen. Ein Ohrläppchen sanft zwischen die Zähne nehmen – wann hatte ich das zuletzt getan? Um der Schönen vor mir an der Theke meinen Atem an ihrem Ohr spüren zu lassen, hätte ich weniger als einen Meter vorrücken müssen. Doch sie hatte nur Augen und Ohren für den Wirt. Sie zog die Ärmel ihres dünnen Pullis bis fast zu den Ellbogen hoch. Es war mir, als flimmerten die Härchen auf ihrem Unterarm im Sonnenschein.

Der Wirt reichte ihr den beladenen Teller. Sie platzierte ihn mit beiden Händen lautlos auf dem Tablett. Dann geschah etwas Ungeheuerliches. Als sie ihr Besteck aus den Behältern am Ende der Versorgungsstation zu ziehen im Begriff war, fiel ihr das Messer mit einem scharfen »Zäng« auf den Boden. Sie stellte das Tablett in aller Seelenruhe zur Seite. Bei der Gelegenheit sah ich das Portemonnaie darauf neben der Papierserviette. Das Portemonnaie! Sie kam nicht mit einer Handtasche ins Casino! Sie musste ihren Arbeitsplatz im Media Center haben! Sie war auch nicht zu Besuch hier. Ihre Handtasche konnte nur oben in ihrem Büro neben oder auf ihrem Schreibtisch stehen!

Als sie dann in die Hocke ging, um das Messer aufzuheben, beugte ich mich reflexartig vor. Mein Gluteus maximus zuckte. Zum ersten Mal an diesem Tag. Doch statt ihr, wie es meiner Art eigentlich entspräche, behilflich zu sein, blieb ich, die linke Hand mit abgewinkeltem Daumen zur Unterstützung meiner Standfestigkeit in die Hüfte gedrückt, wie angewurzelt stehen und blickte an ihr hinunter, direkt hinein ins Innere ihrer Bluejeans. Der zur Farbe der Fingernägel passende, ohnehin etwas kurz geratene Pulli war ihr beim Hinuntergehen in die Hocke noch weiter nach oben gerutscht. Die Sicht wurde für einen Augenblick frei auf den Anfang der Furche über ihren Hinterbacken und ferner: die Form und Farbe ihres Höschens, das diesen Namen allerdings kaum verdiente. Denn es bestand im Wesentlichen aus einem Riemchen. Dort, wo es sich anschickte, einerseits oberhalb ihrer Pobacken um ihren Unterleib herum, andererseits durch die Furche zu ziehen, kreuzte es sich und wurde von einem transparenten Stückchen Stoff in Form eines leicht verzogenen Dreiecks zusammengehalten.

Ich ziehe das Wort »Höschen« dem einschneidenden, wenn nicht gar würgenden Klang von »String« vor. Auch das rutschige Wort »Slip« ginge mir nicht glatt über die Lippen, wenn ich die von mir Begehrte darum bäte, ihr Höschen vor meinen Augen auszuziehen. »Slip« ist für mich ein Wort aus der Surfersprache und reserviert für kalifornische Schönlinge. Sie balancieren auf Brettern bei hohem Wellengang in der Hocke und gehen, vom Surfen den ganzen Tag lang müde geworden, am Abend mit ihnen ins Bett. Bäuchlings liegen sie auf den Brettern die ganze Nacht. Ihre harten Schwänze, hochgestellt bis an den Bauchnabel, reiben sich in ihren nassen Träumen auf den mit Starlets übermalten Sportgeräten. Der Gedanke an die Standfestigkeit der Surfer auf ihren Brettern beim Herumkurven zwischen wild heranrollenden Wellen und beim nächtlichen Reiten verursacht an meiner linken Hüfte und am Oberschenkel links außen bis hinunter zu den Waden ein scharfes Ziehen – ich leide schon seit jungen Jahren an einem Gleitwirbel, neuerdings auch an einem Bandscheibenvorfall. Es besteht bei mir eine linkskonvexe Aufbiegung des thorakolumbalen Übergangs, wobei die LWK osteophytäre Randbauten aufweisen. Zudem lässt sich bei mir eine multisegmentale, hochgradige Hypertrophie der Facettengelenke nachweisen. Im Segment L5/S1 besteht ein Ventralversatz von LWK5 gegenüber SWK1 von maximal 1,5 Zentimetern. Meine Bandscheibe wölbt sich breitbasig in den Spinalkanal und die Neuroforamina vor. Es besteht bei mir eine beidseitige Spondylolyse. Hierdurch kommt es zu einer diskogenen und osteogenen Foramenstenose beidseits mit Kompression der Nervenwurzel L5 beidseits, links stärker ausgeprägt als rechts. Doch wer denkt schon in einem Moment, da von ihm eine gute Figur erwartet wird, an seine Diagnose?

Beim Schielen in den aufklaffenden Hosenbund unterhalb des Steißbeins überging ich, bemüht um einen tief gehenden Blick, eine der Grundlektionen unserer Rückenschule: sich niemals ohne Anspannung der Bauchmuskulatur ruckartig nach vorn beugen. Erbärmlich, was mir einmal in einem überfüllten Bus vom Gate zur Maschine im Flughafen passierte. Hätte ich nicht direkt an der senkrechten Haltestange gestanden, wäre ich mitten im Pulk vor einer Frau in einer extrem hüfttiefen, sehr engen und weißen Jeans hingesunken.

In der Warteschlange des Casinos ist die Gefahr, dass Dritte einen bei einer eingehenden Körperbetrachtung erwischen, eher gegeben als im Gang eines überfüllten Autobusses. Einer wie Zimba könnte überall und jeden Moment auftauchen. Er geht ins Casino nicht nur, um zu essen, er geht ins Casino, um erkannt zu werden. Ich kann froh sein, dass Sigrid Raschke nur noch selten hierhinkommt. Nicht auszudenken, sie hätte mich bei meinem Lauschen und Schauen erwischt. Oder Herr Steinmüller. Gott, welche Vorstellung! Er im Casino des MC – unvorstellbar meine Niederlage, wenn er mich in dieser ganz speziellen Situation mit seinem Fahrzeug verdrängt und sich zwischen mich und das Objekt meiner Begierde gestellt hätte und sein Blick es gewesen wäre, ihm den Genuss zu bescheren, auf Augenhöhe mit dem Popo der Schönen zu gehen.

Die Lust am Ertappen dagegen, gepaart mit der Furcht vor dem Ertapptwerden, hat mich schon als Junge erfasst und zieht sich durch mein Leben wie ein Leitmotiv. Am Anfang war der Spielplatz. Er bot mir Aussichten wie kein anderer Ort meiner Kindheit. Er lag in Rufweite zum Mietshaus, in dem wir damals wohnten, bevor wir in ein Reihenhäuschen zogen. An der Rutsche kletterte ich, Volksschüler der ersten Klasse mit dünnen Beinen und spitzen Knien – die langen Strümpfe am oberen Rand umgeschlagen, damit sie wie Stutzen eines Fußballspielers aussahen –, in kurzer, speckiger Lederhose und in einem kurzärmeligen Buschhemd mit bunten Palmen und Äffchen darauf, immer dicht hinter den Mädchen die Leiter hoch und linste unter die Kleidchen mit Blümchenmuster, mein Freund Uwe Bickenbach hinter mir her. Noch auf der untersten Sprosse stehend, zurrte er an meinen Hosenträgern, doch nichts und keiner konnte mich stoppen.

Wenn es nicht Sonntag war, übertönte das maschinengewehrhafte Knattern der Presslufthämmer, das Abrutschen von Kies aus den hochgestellten Ladeflächen der Lkw, das rhythmische Puffen der mit zwei Händen festgehaltenen, auf und ab hüpfenden Explosionsstampfer, das Rattern der Planierraupen und Rasseln der Betonmischmaschinen in den umliegenden Straßen das Rufen und Schreien der Kinder. Die Phase des Wiederaufbaus nach dem Krieg in Deutschland war noch nicht abgeschlossen. Im Himmel schnitten Düsenjäger die Luft durch. Wir hielten uns die Ohren zu, schauten ihnen sehnsüchtig nach und leckten weiter an den mit Spucke aufgeklebten Formationen von Salmiakpastillen auf unseren Handrücken.

Im Zentrum des Spielplatzes der Sandkasten. Ich setzte mich neben die Kleinen mit bunten Eimerchen aus Plastik und schielte, während auch ich einen Kuchen nach dem anderen buk, zu den Müttern auf den Bänken hinüber. Ihretwegen war ich hierhergekommen. Ich schaute zwischen ihre Beine. Die strickenden, lesenden, nur so dasitzenden und vor sich hin träumenden Mütter bemühten sich, die Beine eng aneinandergestellt, erfolgreich um eine keusche Sitzposition – ich konnte partout nichts erkennen.

Mehr Erfolg war mir bei den abgelenkten, miteinander schwatzenden und ihre Kinder unruhig von der Bank aus beobachtenden, hin und wieder zu ihren Sprösslingen springenden Müttern beschieden. Die gemessen am Hellbraun der Strümpfe deutlich dunkleren, fester gewirkten Strumpfbänder auf halber Höhe an den Oberschenkeln erschienen mir wie Grenzstreifen zwischen zwei streng voneinander geschiedenen Landschaften. Mein Interesse bezog sich auf das nackte Feld oberhalb dieser Grenze. Je länger die Beine der sitzenden Frauen, umso genauer musste ich schauen. Je schwieriger es war, einen direkten Blick auf die Endzone zwischen den Beinen zu werfen, umso ausdauernder gestalteten sich meine Bemühungen – umso größer allerdings die Enttäuschung, im hintersten Winkel zwischen ihren Beinen wieder nichts gesehen zu haben.

Ich erinnere mich an die Stimme meiner Mutter, wie sie, um durch den Baulärm zu dringen, die Unterarme auf das Fensterbrett gelehnt, beim Mich-Hochrufen zum Essen die erste Silbe meines Vornamens singend in die Länge zog. Je länger ich brauchte, ihrem Ruf, der bei mir auch wie eine Ermahnung ankam, mit meinen voyeuristischen Bemühungen am Sandkasten endlich aufzuhören, zu folgen, umso lauter und länger wurde das »Siiiiiiiig« und umso leiser wurde das »mund« von oben.

Auch auf dem Grundstück der Siegerlandklinik gibt es einen Spielplatz. Wenn wir »Siegerländer« Ausgang haben, bin ich es, der seinen Gang an Ort und Stelle zielstrebig verschleppt und nebenbei zu den um den Sandkasten herumsitzenden Müttern schaut. Sie müssen sich heute nicht mehr so in Acht nehmen wie Generationen von Müttern vor ihnen. Die Heutigen tragen mehrheitlich Hosen. Ihre Beine öffnen und schließen sich, wie es die Situation gerade erfordert, ganz ohne Risiko. Wenn ich nahe genug an ihnen vorbeigehe, schaue ich ihnen in den Schritt. Reine Gewohnheit. Im Sommer sitze ich, wenn der Schmerz an Hüfte und Beinen vom Gehen unerträglich zu werden droht, auf einer Parkbank in meiner Heimatstadt und blicke über den oberen Rand eines Manuskripts hinaus zu den sich hingießenden oder vorbeischlendernden Sonnenanbeterinnen auf dem Rasen – wie einst Dirk Bogarde im Strandstuhl auf den schönen Knaben und seine Spielkameraden in Viscontis Verfilmung von Thomas Manns *Tod in Venedig*. Er schaute den Spielenden sehnsüchtig nach und fürchtete sich sogleich, von den Müttern der miteinander Balgenden bei seinem Schauen erwischt zu werden.

Ich sage übrigens bewusst »erwischt« und nicht »ertappt«. Die Furcht, ertappt werden zu können, ist ein süßes Gefühl. »Erwischt« zu werden ist dagegen peinlich. Das Objekt meiner Begierde im Casino hat mich gottlob weder ertappt noch erwischt. Fürs Erste hatte ich Glück. Mein Wirbel geriet im Moment, da sie das Messer vom Boden aufhob, nicht ins Gleiten. Ich konnte mich für den kurzen Moment dieses Schauspiels ganz auf die Farbe ihres Höschens konzentrieren. Das Rot war heller als das ihres Pullovers, fast schon rosa, vielleicht vom vielen Waschen, weil es ihr Lieblingshöschen war oder das des Mannes, der sie schon länger als ich begehrt. Dieses Höschen würde glänzend unter jenes kurze, ärmellose Kleidchen aus dünnem Stoff mit den weißen Punkten und Knöpfen vorn von oben bis unten passen. Ich hatte wieder, wie es so meine Art ist, alles gleichzeitig im Blick behalten.

Schaut jemand zu mir herüber, während ich schaue, und kriegt die, die ich anschaue, oder jemand Drittes mein Schauen mit? Das sind Gefahren, denen sich jeder Voyeur im öffentlichen Raum aussetzt. Nicht jeder beweist in der Beherrschung der Gefahrenlage so viel Geschick wie ich. Nicht nur im MC. Auch im »Siegerland«.

Im Gymnastikraum lief am Dienstag Entspannungsmusik vom Tonband. Frau Rodenkirchen nahm den Filzklöppel in die Hand und fiel mit sanften Schlägen ins Innere der herumstehenden, unterschiedlich großen Klangschalen, von der Form her Salatschüsseln durchaus vergleichbar, in den Rhythmus ein. Eine etwa Vierzigjährige lag auf der Matte neben mir, der Länge nach hingestreckt, in einem engen, schwarzen Gymnastikanzug, ein entspanntes Lächeln auf ihrem Gesicht, die Wölbung ihres Schamhügels enorm. Statt das tiefe, an der Grenze zum Stöhnen liegende Rodenkirchen-Hauchen »Locker lassen, gaaanz locker lassen« und den Sound der Klangschalen in meinen Körper aufzunehmen, befasste ich mich – die Augen halb zugekniffen – mit nichts anderem als der Figur meiner Nachbarin. Als sie an der Reihe war, die flachste aller Schalen für eine Minute auf ihrem Bauch zu dulden, stellte ich mir vor, ich wäre es, der ihre Schale und damit ihren ganzen Körper mit dem Klöppel zum Vibrieren bringt. Als die Schale auf meinem Bauch abgestellt werden sollte, weigerte ich mich mit einer kurzen, wegwerfenden Handbewegung und schaute in die Tiefe des Raums. Der zweite Mann unter den gut zwanzig Frauen – ein-, zweimal schaute ich zu Herrn Steinmüller hinüber – hielt seine Augen geschlossen und lag da wie tot; er verging förmlich im Klang der Schalen. Er schien hundertprozentig desinteressiert an der neben mir Liegenden im schwarzen Gymnastikanzug.

Doch dann diese unerhörte Begebenheit. Ein kurzer, trockener Furz raubte mir die Konzentration auf die neben mir Liegende und den wohligen Klang der Schalen. Wer war das? Die Neuaufnahme konnte es nicht gewesen sein. Der Klang des Furzes kam aus größerer Entfernung. Das Knirschen der Gesundheitssandalen unserer zwischen den totenstill Daliegenden umherwandernden Klangtherapeutin nach dem unerhörten Geräusch trug zur Entspannung der Lage nicht bei. Gottlob hat Frau Rodenkirchen meine Irritation nicht bemerkt, ehe sie die Matten, eine nach der anderen, aufnahm und an den Spielfeldrand zog, sie übereinanderlegte, dann die Klangschalen zurück in den Materialschrank stellte, vorsichtig ineinander, den Klöppel behutsam daneben, und die zur Hebung der spirituellen Gesamtstimmung im Raum verteilten Kerzen in aller Seelenruhe ausblies, ehe sie Herrn Steinmüller zurück in seinen »Adventure« hob und ihn zur Nachbesprechung in ihr Büro begleitete.

Nach Beendigung der Klangschalentherapie kam niemand zu mir, um mich zu ermahnen, beim nächsten Mal mehr bei der Sache zu bleiben. Selbst Herr Steinmüller, der bei jeder sich ihm bietenden Gelegenheit, das heißt, wenn er genug Zuhörer hat, mit seiner Mikrofonstimme *con forza* zu einer kleinen Ansprache anhebt, hatte dieses Mal nichts zu sagen. Zu verdanken war dies gewiss auch Frau Rodenkirchen und ihrer klangvollen Stimme, die auf alle beruhigend wirkt.

Auch die hinter mir an der Theke des Casinos im Media Center stehenden Männer, sich ihres Glückes nicht bewusst, in einem Raum mit einer Göttlichen weilen zu dürfen, hatten keinen Grund, mich am Ende der Sequenz vor den Vitrinen zu ermahnen: »He, wo gucken Sie denn die ganze Zeit hin!« Ich hätte vermutlich geschwiegen.

So wie ich, einer Verzauberung hingegeben, geschwiegen habe, als die Leuchtende im purpurroten Sommerpulli ihren herrlichen Satz ausgesprochen hatte. Ich war vor Aufregung nicht darauf gekommen, sie nach ihrer Bestellung etwas zu fragen, um noch einmal ihre Stimme zu hören. Ich hätte sie um Wechselgeld für den Kaffeeautomaten bitten oder sie fragen können, ob sie hier schon einmal Gyros gegessen habe und fürchte, dass im Media Center das Zaziki zu viel Knoblauch enthalte. Das hätte eine günstige Überleitung ergeben, über meinen Beruf zu sprechen. Bei dessen Ausübung führen Mundgeruch hervorrufende Gewürze zu Missklang. Wer sitzt einem am Mikrofon schon gerne gegenüber, wenn man aus dem Mund nach Knoblauch riecht.

Ich hätte aber auch einfach nur »Hallo« sagen können. Nicht einmal das ging mir über die Lippen. Vielleicht hätte auch sie »Hallo« gesagt und zurückgelächelt.

Ich aber blieb stumm, war sprachlos, fand keine Worte, hatte keine Stimme, das Schlimmste, was einem Sprecher passieren kann.

Grußlos bewegte sie sich, nachdem sie das Messer aufgehoben, zur Seite weggelegt und ein neues aus dem Besteckkasten gezogen hatte, von mir fort. Es war ihr allerdings wegen des Andrangs vor ihr an den Vitrinen, wo der Nachtisch steht, nicht möglich, großräumig auszuweichen und in einem Schwung zur Kasse und dann zu den Esstischen abzubiegen. Beim Zurückweichen um ein, zwei Schritte – mehr Platz war nicht, denn hinter mir wartete die Schlange mit den anderen Hungrigen auf ein Vorrücken – hätte sie mich mit ihrer Hüfte streifen können. Auf etwas Hartes wäre sie nicht gestoßen. Wegen der sommerlichen Temperaturen hatte ich an jenem Morgen auf meine orthopädisch geprüfte Überbrückungsorthese aus elastischem Material in Verbindung mit unelastischem Frontverschluss zur Bauchstützung sowie einer Rückenschale aus Kunststoff mit stufenlos verstellbarem Klettverschluss zur Entlastung des Lendenwirbelbereichs intuitiv verzichtet. Zu Hause verstecke ich mein Korsett im Kleiderschrank. Als ich es einmal am Handtuchhalter neben dem Waschbecken im Badezimmer hatte hängen lassen, wies mich Susi zurecht. »Was sollen meine Freundinnen denken, wenn sie das sehen!«

Als hätte die Ausscherende im letzten Moment doch eine Ahnung von meinem Lauschen und von meinen Blicken bekommen, drehte sie sich auf einmal um. Ein Hauch von Entsetzen befiel ihr Antlitz. Ich zuckte zusammen und senkte meinen Blick reflexartig zu den Pommes frites im Trog. Für den Bruchteil einer Sekunde hatte ich, der Entdecker, ihr, der Entdeckten, ins Gesicht schauen können. Ihre weit auseinanderstehenden Augen! Die hohen Wangenknochen! Der hohe Haaransatz! Die gewölbte Stirn!

So viel für heute. Wenn Sie wissen wollen, wie es dem Hingerissenen weiter ergeht, kommen Sie nächste Woche wieder. Eine Teilnehmerliste hänge ich am Schwarzen Brett aus. Morgen zur gleichen Zeit werden hier an diesem Tisch die Karten neu verteilt. Es werden noch zwei Mitspieler gesucht. Dann kann die Skatrunde loslegen. Aber was ist schon ein Kartenspiel gemessen an der Leidenschaft, die mich im Casino des MC übermannt hat. Warten Sie ab, was ich Ihnen nächste Woche erzählen werde, vorausgesetzt, der Klinikdirektor erlaubt mir das Vorlesen der Fortsetzung meiner Geschichte. Ich lege die Betonung mit Absicht auf »Geschichte« und nicht auf »meine«. Ich möchte, dass Sie bei meinem Vortrag nicht nur an mich persönlich denken. – Die großzügige Freundin des jungen Mannes aus Mosul schlägt am Ende übrigens aus Eifersucht ihrer Nebenbuhlerin den Kopf ab. Gute Nacht.

2

Freitag, 25. Juni Länge: 42.08

Schönen guten Abend. Wer mich noch nicht kennt: Mein Name ist Sigmund Seiler. Ich bin Sprecher von Beruf und freier Mitarbeiter bei Voice. Ich sehe, wir sind mehr als am vergangenen Freitag. Einige von Ihnen haben sich nicht in die Teilnehmerliste eingetragen. Aber wir kriegen das hin. Wir haben noch einige Stühle hinzugestellt. Unsere Rollatorpiloten und Rollstuhlfahrer bitte ich aus Sicherheitsgründen, sich an den Seiten oder hinter der letzten Reihe aufzustellen. Schön, dass auch Sie gekommen sind, Frau Rodenkirchen. Nochmals vielen Dank, dass Sie sich bei der Direktion für mich eingesetzt haben. Heute erfahren Sie, wie es mir im Casino des Media Centers weiter ergangen ist, nachdem mir an der Essensausgabe in der Warteschlange die Stimme einer Frau ins Ohr drang, die mich betörte wie ihre ganze Erscheinung.

Es war einer dieser seltenen Augenblicke, die über das Schicksal eines von Amors Pfeil Getroffenen entscheiden. Ich bin allerdings schon in einem Alter, in dem es einem Mann kaum noch möglich ist, selbst Neuerscheinungen, die einem den Boden unter den Füßen wegziehen, die Aura des Unvergleichlichen anzudichten. Aus dem Stand heraus hätte ich nicht bestimmen können, welche meiner aktuellen Geliebten die Göttliche vor mir in der Schlange an Schönheit überflügelte: die Russin Anastasia Fuckmenow oder die Italienerin Simonetta Vespucci.

Anastasia hatte ich unter der Rubrik »Skinny« im Internet aufgespürt. Sie hat die Figur einer Eiskunstläuferin, ihre Augen sind wie Mandelspalten, sie ist blond. Mal steckt sie ihr glattes Haar hoch, mal flicht sie es zu einem oder zwei Zöpfen. Sie benutzt kein Make-up. Ich schätze sie auf Mitte zwanzig. Es gab Zeiten, da besuchte ich sie täglich im Netz. Sie empfing mich meist nackt. Manchmal in Höschen und Trägerhemdchen. Sie passen weder von der Farbe noch vom Design her zusammen, falls man im Fall ihrer Unterwäsche überhaupt von Design sprechen kann. Auf ihren T-Shirts stehen Worte wie »Love« oder »Kiss me«. Sie trägt pinkfarbene Höschen mit weißem Rand. Einmal lag sie auf dem Bauch und tat so, als läse sie in dem Buch, das vor ihr lag. Den russischen Titel in kyrillischen Buchstaben ließ ich mir übersetzen. Es handelte sich tatsächlich um Nabokovs *Lolita*.

Simonetta Vespucci sah ich zum ersten Mal mit Susi zusammen an der Wand in einem Berliner Museum. Gesichter der Renaissance wurden ausgestellt. Auch wenn man sie nur im Profil sieht – ihre Augen stehen weit auseinander. Die Stirn hoch. Ihr Haar braun bis rötlich, ihre

Lippen geschwungen, leicht gerötet, das Gesicht bleich. Ihre aufwendige Flechtfrisur ist von Hunderten von kleinen Perlen, schmalen roten Bändern und am Mittelscheitel von einer goldenen Agraffe mit einem roten Edelstein verziert, in ihn eingesteckt Federn. Zwei Zöpfe legen sich um ihre Schulter und fließen zwischen ihren Brüsten hinunter, bis sie sich zu einer dicken Quaste verknoten. Ihr leichtes, dezent plissiertes, fast durchsichtiges Kleid weist graue Zierstreifen auf. Darunter trägt sie, passend zu ihrer Haarfarbe, ein kaminrotes Unterhemd mit weißer Spitze.

Susi fand Simonettas Gesicht traurig. »Du immer mit deiner Melancholie!«, wies sie mich zurecht, als ich andächtig vor dem Bild stand. Sie griff an meinen Unterarm und zog mich von ihr fort. Sie wollte zur *Dame mit dem Hermelin*. Ich wies Susi auf die ausgesprochen hässlichen Hände dieser Dame hin. Nun griff ich ihr an den Unterarm. Andere Gesichter der Renaissance hatten bei uns keine Chance mehr. Wir gingen in den Museumsshop. Dort kauften wir uns die Poster. Ich hängte mir, wieder zu Hause, Simonetta Vespucci in meinem, Susi die *Dame mit dem Hermelin* in ihrem Schlafzimmer auf.

Mit Anastasia hat Susi keine Bekanntschaft gemacht. Ich habe ihr meine russische Geliebte verheimlicht. Deshalb konnte sich Susi, selbst wenn ich es gewagt hätte, sie um Rat zu fragen, bei meinen vergleichenden Studien nicht einmischen. Nur eine der beiden, Anastasia oder Simonetta Vespucci, wollte ich nach dem Erscheinen der Unbekannten im Casino in der Hinterhand behalten. Noch konnte ich ja nicht wissen, wie es mit der Neuen weitergehen würde. Ich wusste sofort, von einer musste ich mich trennen. Die Wahl fiel auf Anastasia.

Anastasia selbst hatte mit ihrem Verhalten zu meiner Entscheidung beigetragen. Nichts ist bei einer laufenden Liebesbeziehung so schlimm wie die Gewohnheit. Mimik und Motorik – alles an ihr erschien mir mit der Zeit berechenbar. Ich kannte lamgsam jeden Quadratzentimeter ihrer Haut, von der Stirn bis zu ihren Zehen – schönen, langen Zehen übrigens, so schön wie die unserer Klangtherapeutin. Ich habe Frau Rodenkirchen einmal heimlich dabei beobachtet, wie sie von der Klangschalentherapie ins Bewegungsbad ging und sich auf einer Liege am Beckenrand hingoss. Täglich steht die Halle für eine Stunde den Festangestellten der Klinik zur freien Verfügung. Ich beobachtete, wie Frau Rodenkirchen ihre vom Umhergehen zwischen den Gymnastikmatten und Klangschalen zwickenden Sandalen auszog, ihre Beine anzog, sich aufrichtete und ihre Zehen einzeln massierte. Ich hatte mich barfuß herangeschlichen. Ich kam aus der Dusche, das Wasser ließ ich laufen, damit sie dächte, da sei noch einer mit seiner Körperpflege beschäftigt.

Anastasia massiert weniger sich selbst als die Gliedmaßen anderer. An sie muss man sich nicht heranschleichen. Man klickt sie einfach an. Sie steht einem auf Knopfdruck zur Verfügung. In meinem persönlichen Ranking stand »Skinny« ganz oben. Gefolgt von »Two Cocks« und »Threesome«. Aus Versehen landete ich auf meiner amerikanischen Seite im Internet einmal im Fachbereich »Footjob«. Ich wurde Zeuge, wie Anastasia mit ihren rosigen Fußballen – einen »Pedilux« hätte sie nicht nötig – die Spitze eines männlichen Geschlechtsteils massierte. Das Gesicht des Darstellers sah man während des ganzen 6:30 langen Clips nicht. Ich kann mir nicht vorstellen, dass diese Technik, im Gegensatz zu einem »Handjob«, dem Beteiligten umstandslos Freude bereitet. Ich persönlich verbäte mir diese Spielart, zumal ich mir nicht sicher bin, ob mein Glied die nötige Länge mitbringt, um ihm *per pedes* über das schlicht Handwerkliche hinaus ein Maß an ästhetischer Raffinesse angedeihen zu lassen.

Auch an Anastasias Tattoo mit der Spinne im Netz auf ihrem Schulterblatt hatte ich mich gewöhnt. Es verursachte schon lange kein Kribbeln mehr in mir wie noch am Anfang unserer Beziehung. Anastasias Lautmalereien erschienen mir von Clip zu Clip, von Liebhaber zu Liebhaber einstudierter und stereotyp, von Modulationen und Variationen in der Stimme keine Spur. Ich war schon so weit, die Lautsprecherkabel aus dem Computer herauszuziehen und die Boxen zurück in ihre Verpackung zu legen. Wie sie ihren Athleten mit der Hand, dem Fuß oder dem Mund, neben ihnen liegend oder vor ihnen in der Hocke, zu gefallen trachtete, kam mir zunehmend gekünstelt vor.

Keinen der einhundertachtunddreißig Videoclips mit Anastasia in der Hauptrolle ließ ich aus. Sämtlich waren sie vier bis neun Minuten lang, keiner war geschnitten, keiner synchronisiert, im Originalton stöhnte es aus den Boxen. Die besten Clips speicherte ich auf einer Favoritenliste ab. Am Ende bekam ich, Anastasias vielseitigem Treiben Nacht für Nacht ansichtig, kaum noch eine vollständige Erektion.

Als ich einmal Anastasia – meine Hose und Unterhose heruntergestreift bis zu den Kniekehlen, den Hintern nach vorn auf die Schreibtischstuhlkante geschoben, Zehen und Fußballen fest auf den Teppichboden gestellt, um den Druck auf den Lendenwirbel zu mindern, die Gläser der Lesebrille verschmiert, Daumen und Zeigefinger der linken Hand an der Spitze meines Geschlechtsteils, in der rechten die Maus, der Bildschirm auf Vollmodus, der Liebhaber im Bild neben ihr stehend und nackt, in Reichweite dahinter noch ein zweiter Mann, sie hingestreckt auf einer Massagebank, ihre Augen geschlossen, Schweißperlen auf ihrer, Schweißperlen auf seiner, Schweißperlen auf meiner Stirn, ihr Nacken auf eine Rolle gelegt, der ganze Körper glänzend von Öl (Viewers 13.576. Did you like it? Yes: 11.001, No: 2.575), ihr eng geflochtener Zopf zu einem Haarkranz geformt wie bei der bekannten ukrainischen Politikerin, der zweite Mann, jetzt auch mit heruntergezogener Hose, auch sein Glied tüchtig hervorgestreckt – *meine Stimme muss bei jedem*

Satzende, auch wenn es nur ein Halbsatz ist, oben bleiben, bis endlich der Punkt kommt –, als ich also Anastasia derart bedrängt vor mir liegen sah, bestürzte mich ihr Wimmern so unmittelbar, dass ich aufstand, den Lautstärkepegel nach oben korrigierte, die Ausrichtung der Boxen auf dem Computertisch neu arrangierte, mich erhob, das Zimmer verließ, Unterhose und Hose bis zu den Füßen abgerutscht, und dem Theater vom Flur aus lauschte, wo ich mich mit flinker Hand in den freien Raum hinein von meiner Not zu befreien versuchte. Vergeblich. Auf meiner Netzhaut Tränen. In meinen Ohren Hohngelächter. Es konnte mich niemand sehen und hören. Susi übernachtete bei einer Freundin. Das Rollo am Fenster war heruntergelassen.

Egal, ob am Strand, unter der Dusche, in der Küche, auf dem Rücksitz eines Automobils oder im Bett, egal, ob mit einem Mann solo, zwei Männern nacheinander oder gleichzeitig – ich nahm Anastasia die zur Schau gestellte Lust nicht mehr ab. Nachdem ihr Liebhaber seinen Zeigefinger in ihr Geschlecht steckte, um zu prüfen, ob es darin schon nass genug wäre für die anstehende Penetration , zog er ihn schnell wieder heraus, rieb ihn, als wollte er andeuten, Geld von ihr für seine Dienste erwarten zu dürfen, in fixer Geschwindigkeit an seinem Daumen. Ich war mir sicher, die Feuchtigkeit an seinen Fingerspitzen rührte von der Schmiere aus einer Tube her.

Anastasias Dramaturgie litt spürbar unter Erfolgsdruck. Für ein *l'art pour l'art* – und keinem anderen ästhetischen Gesetz sollte die Liebe gehorchen – fehlte ihr die Geduld. Sie war scharf auf eine hohe Einschaltquote, und sonst nichts. Sie macht sich einen Zopf, nicht weil sie ahnt, dass es draußen in der Welt Männer wie mich gibt, die Zöpfen verfallen sind. Sie will einem Zopfliebhaber keinen Gefallen tun, sondern einzig und allein dem Kameramann. Seine Tätigkeit führt nicht zu dem gewünschten Ergebnis, wenn die in den Fokus genommenen Körperpartien in den entscheidenden Momenten von offenen Haaren verhängt sind. Das Entscheidende ist *action* in Großaufnahme. Damit diese gelingt, steckt Anastasia ihr Haar hoch oder macht sich Zöpfe, aus keinem anderen Grund.

Schon als Kind schaute ich, rannte ich, kletterte ich Zöpfen hinterher. Mädchen mit Zöpfen kommen aus Familien, in denen sich die Eltern liebevoll um ihre Kinder kümmern. Ich liebe diese Heimatfilme aus den fünfziger und sechziger Jahren. Ehe sie zur Schule hüpfen, bekommen die Mädchen von ihren Müttern am Gartentörchen noch schnell einen Zopf oder, wenn es die Zeit erlaubt, zwei Zöpfe geflochten. Ich weiß, es ist etwas Besonderes, dies hier im Siegerland zu sagen. Ist doch die Region bekannt für ihre religiösen Sekten, die den Töchtern das Abschneiden der Haare verbieten. Die Mädchen im Siegerland müssen bodenlange Röcke und Kleider tragen. Hosen dürfen sie nicht anziehen. Bluejeans nie und nimmer. Susi bekam Mitleid mit den Mädchen aus dem Siegerland, als ich ihr von ihnen erzählte.

Wenn wir Volksschüler im Rheinland uns an den fünf nebeneinander hängenden, geflochtenen, für unsere Kinderhände viel zu dicken Tauen im Wettkampf bis zur Turnhallendecke hochzogen, stellte ich mir vor, ich zöge mich an Rapunzels Zopf in die Höhe. Als Erster oben angelangt, wollte ich von ihr den Siegerkuss empfangen. Beim Hinunterrutschen brannte es mir zwischen den Beinen.

Je länger die Zöpfe waren, desto länger blieb ich vor den Mädchen stehen, wenn ich sie beim Nachlaufen eingeholt und angeschlagen hatte. Während die anderen mit Getöse hinter ihnen herliefen, um an den Zöpfen zu ziehen, versprach ich den Mädchen Schutz vor diesen Lümmeln, vorausgesetzt, ich dürfte einen solchen Zopf mal in meiner Hand halten, an ihm schnuppern und mir mit seiner Spitze die Wange oder Nasenspitze kitzeln. Doch das dachte ich nur. Ich wagte es nicht, meinen Wunsch auszusprechen.

Als ich mich einmal, junger Kinogeher, der ich anstand, das wirkliche Leben auf der Leinwand zu suchen, in ein Mädchen mit zwei pechschwarzen Zöpfen von der Realschule verliebte, griff ich statt zum *Kicker* zur *Bravo* meiner Schwester Rosetraut und vertiefte mich, Kopf an Kopf mit meinem Freund Uwe, in das Bild einer französischen Filmschauspielerin und zog sie zum Vergleich in

Betracht. Sie spielte Nscho-tschi, die Schwester Winnetous, des stolzen Apachen, auch er im realen Leben Franzose. Sie war das Urbild aller Mädchen, die für mich in den darauffolgenden Jahren infrage kamen. Viel später, in der Stimme deutlich tiefer, wenn auch nicht so tief wie mein Freund Uwe, war es mir einmal gelungen, eine Geliebte mit einem sehr langen, sehr streng geflochtenen Zopf dazu zu bringen, mir mit der Spitze ihres Zopfes meine Wangen und Nasenspitze und darüber hinaus auch meine Lende und am Ende sogar die Kuppe meines erigierten Geschlechtsteils zu necken.

Ich weiß, ich bin nur einer unter Tausenden, der auf der Suche nach Ersatz für die verlorenen Frauen aus Fleisch und Blut bei Anastasia Fuckmenow gelandet ist. Ihre unter den laufenden Videos eingeblendete Einschaltquote ist enorm. Sie raubt einem Romantiker wie mir die Illusion, ihr Einziger zu sein. Anastasia eignet sich nicht für eine Zweierbeziehung. Ich onanierte vor dem Bildschirm, obwohl ich wusste, dass gleichzeitig mit mir Heerscharen von Schicksalsgenossen, über den Erdball verteilt, das Gleiche tun. Eingefleischte Onanisten schaffen es nicht mehr zusammen mit einer realen Frau.

Auch das kann übrigens eine Folge sein von extrem verschobenen Gleitwirbeln, einem breitbasigen Bandscheibenvorfall, einem extrem verengten Spinalkanal, einer Spondylolisthesis vera Meyerding Grad IV bei beidseitiger Spondylolyse. Ich war, bevor es zur Katastrophe kam, erst bei Grad II angekommen, eine Spinalkanalstenose lag bei mir noch nicht vor. Der Befund der muskulären Strukturen meines Beckens war noch unauffällig, die noduläre Prostatahyperplasie zwar hochgradig, der Befund der Samenbläschen indes unauffällig, kein Aszites. Es gab von daher, als ich noch mit Anastasia zugange war, keinen Anlass zur Panik. Der Selbsthilfegruppe für Männer im »Siegerland«, die an einer beginnenden Erektionsschwäche leiden, bin ich nicht beigetreten.

Im »Siegerland« zeigt man sich reserviert im Umgang mit dem Internet. Herr Steinmüller bildet auch in diesem Punkt eine Ausnahme. Ehe er sein Notebook aufklappt, stellt er seinen stufenverstellbaren Sitz im Rollstuhl hoch und rückt in seinem »Adventure« ein Stückchen nach vorn. Ich weiß nicht, was er sich da immer anschaut. Nicht viele von uns sind mit Laptop hier angereist. Das Sitzen am Abend auf dem Schreibtischstuhl fällt einem »Siegerländer« schwer. Ich schreibe im Liegen. Mein Notebook stelle ich im Bett, Schulter und Kopf an die Wand hinter meinem Rücken gelehnt, Beine angezogen, ein festes Kissen hinter die Lendenwirbel geschoben, auf den Unterleib. Die Kante unterhalb der Tastatur stößt knapp unterhalb des Nabels an meine Speckfalte. Die aufgestellten Oberschenkel schützen den aufgeklappten Bildschirm vor dem Umkippen. Inzwischen beherrsche ich das Anklicken einer Textstelle ohne Maus. Mein

Mittelfinger kreist sanft auf dem Trackpad, bis der Cursor an der gewünschten Stelle steht und ich weitertippen kann. Im »Siegerland« schreibe ich nur, ich gehe hier nicht ins Internet. Ich werde nicht rückfällig. Anastasia kann tun und lassen was sie will – ich statte ihr keinen Besuch mehr ab.

Durchschnittlich fünf Patienten am Tag, alle männlich, weiß ich von Frau Rodenkirchen, begehren den stunden- oder tageweise erhältlichen Zugang ins weltweite Netz und bezahlen zwei Euro fünfzig pro angefangene Stunde, um über W-LAN online zu gehen. Die Siegerlandklink ist kein Media Center, wo die Bildschirme auf jeder Etage die Gesichter ohne Unterbrechung zum Strahlen bringen. Wir Männer in der Rehabilitation sitzen lieber auf den Zimmern und erinnern uns. An Zeiten, in denen man auf Straßen unterwegs war, um Frauen in Netzstrümpfen anzubeten, und nicht im Netz.

Als ich einmal im Verlauf einer Oberstufen-Klassenfahrt nach Hamburg in den zu einer Besichtigung von unserem Klassenlehrer nicht freigegebenen Stadtteil geriet, lungerte ich vor einem festlich beleuchteten Schaufenster herum und überhörte für eine Weile das dumpfe Tuten der auslaufenden Schiffe im Hafen. Ich wartete darauf, dass die Neonikone auf dem Barhocker hinter der Scheibe in violettem Büstenhalter, violettem Schlüpfer, Strapsen, schwarzen Netztrümpfen, roten Stöckelschuhen, Hochfrisur wenigstens für einen Moment ihre Beine spreizte, ihren Schlüpfer zur Seite wegfingerte, um mir den Blick in die heimlichste aller heimlichen Regionen zu gewähren, was nicht geschah. Stattdessen war ihr prüfender Blick auf die Fingernägel an der linken Hand gerichtet, in der rechten Hand hielt sie die mit Daumen und Zeigefinger filigran zum Einsatz gebrachte Nagelfeile. Unter dem transparenten Schlüpfer zeichnete sich ein schwarzes Dreieck ab. Das bildete ich mir zumindest ein. Dank des heimlichen Handels des Mannes im Kiosk gegenüber vom Hallenbad meiner Jugend mit spielkartengroßen, schwarz-weißen Nacktbildchen wussten wir: Frauen sind auch »unten« behaart.

»Hairy« – so heißt eine Abteilung für Nostalgiker im Internet, ein Segen für Männer, die sich nicht damit abfinden wollen, dass die meisten jungen Frauen heute »unten« rasiert sind. Manche lassen sich, wie Anastasia Fuckmenow, einen dünnen und furchterregenden Haarstreifen senkrecht über ihrer Vagina stehen – eine angriffslustige Frisur, wie auf Köpfen von Irokesen und Punks.

Einmal wurde ich von Susi bei einer meiner nächtlichen Visiten in Anastasias Schlafzimmer überrascht. Ich hatte vergessen, die Türe zu schließen. Sie musste nicht anklopfen, was sie sonst immer tut, drei Mal, im Gegensatz zu mir, der nur einmal klopft und ohne eine Antwort abzuwarten die Klinke drückt. Schon mehrfach wurde ich von ihr wegen meines aufdringlichen Verhaltens ermahnt. Genau im Moment, als die vor dem Behandelten kniende Russin, nachdem sie sich bekreuzigt hatte, damit anfing – ich befand mich auf der Spezialseite »Big Cock« –, das Ungeheuer eines geduldig vor dem Kingsizebett stehenden Liebhabers der Länge nach abzulecken (Viewers 12.232, Did you like it? Yes: 11.231, No: 1.001), genau in diesem Moment, als mich ein Schauder ob des blasphemischen Beigeschmacks der dargebotenen Szene ergriff, stand Susi im Türrahmen und zog sich umgehend wieder in den Flur zurück. Sie war früher als erwartet nach Hause gekommen. Um mich, von dem sie annahm, er schliefe, nicht zu wecken, hatte sie die Wohnungstüre lautlos geöffnet und geschlossen. Vor Schreck fand ich im Moment ihres Auftauchens in meinem Rücken das Knöpfchen zum Verdunkeln am Bildschirm nicht. Mich in der Sekunde des Erwischtwerdens hinunter zum Rechner zu beugen, hätte zu viel Zeit in Anspruch genommen, um Susi vor dem Anblick splitternackter Menschen zu bewahren. Meine Stirn stieß vor Schreck hart auf den oralen Verkehr.

Bis heute habe ich Susi über die wahren Umstände dieses Zwischenfalls nicht aufklären müssen. Sie hat mich nie nach ihnen gefragt. Im Zuge von Recherchen für die Synchronisation eines Nacktfilms musste ich mir, so hätte meine Version geklungen, amerikanische Stimmen im Originalton anhören. Die Aufgabe eines Synchronsprechers bestehe darin, die Filmschauspieler auch in Deutsch wie echt klingen zu lassen.

Das Thema Kinder stand an unserem Sprecherstammtisch wiederholt auf der Tagesordnung. Auf die Frage, ob die Kollegen an meiner Stelle Susi einen Mops anschaffen würden, bekam ich nur ablehnende Antworten. Das bestätigte mich. Bei der Frage, was man seinen Kindern verheimlichen soll und was nicht, ging es hoch her. Ein Sprecherkollege erzählte eines Dienstags beim Franz die Geschichte eines anderen Sprechers. Der sei seinem halbwüchsigen Sohn beim Schlendern um die offenen Türen der Einzelkabinen in der Peepshow-Arena urplötzlich begegnet, und der Sohn habe tatsächlich den Satz gesagt: »Was machst du denn hier?« Mit der Erfindung der Peepshow habe der Niedergang der Dialektik von Erwischen und Erwischtwerden begonnen, mit dem Internet sei es darum endgültig und unwiederbringlich geschehen, dozierte ich, an jenem Dienstag groß in Form, weil Hannes Zimba nicht da war und mir auch sonst keiner ins Wort fiel. Habe man es geschafft, angelockt von hämmernder Discomusik und kirmesreifer Ansagen vorbei an den traurig herumlungernden Männern anonym ins Zentrum des Peep-Palastes vorzudringen, »jetzt tanzt unsere reizende Chantal für Sie«, sei alles nur noch eine Frage des passenden Kleingelds gewesen. Der Wechselautomat stand direkt hinter dem Eingang. Es rasselte unaufhörlich.

Gern erzähle ich über meine Zeit als Buchhändler. Als mir einmal, lang ist es her, von meiner Chefin Carmen Graf eine Dienstreise zur Buchmesse nach Frankfurt am

Main genehmigt worden war, entspannte ich mich jeden Abend von Mittwoch bis Freitag, erschlagen von Abertausenden Büchern in den Regalen der Verlagskojen, in der Bahnhofsgegend. In den vom gierigen Einwerfen der Markstücke klackenden Kabinen der Peepshow-Paläste waren es die vom Onanieren unter Zeitdruck schmerzverzerrten Gesichter der Männer hinter den viereckigen Glasfensterchen, die ich nach dem betont langsamen Aufziehen der Vorhänge länger anstarrte als die sich räkelnde Nackte auf dem Tigerhandtuch. Die Vorhänge waren nicht einmal halb so groß wie die im Kasperletheater meiner Kindheit. Der harte Klang unmittelbar nach Einwurf der Münze in den Schlitz auf Hüfthöhe versetzte mich eher in Panik als in Erregung. Zumal ich immer an Carmen Graf denken musste. Hätte sie erfahren, wohin ich mein Tagegeld in Frankfurt am Main trug – eine fristlose Kündigung wäre die Folge gewesen.

Simonetta Vespucci wird, verglichen mit Anastasia Fuckmenow, den Frauen im Hamburger Stadtteil und den Girls auf den Frankfurter Tigerhandtüchern, allein von der Vorstellungskraft ihrer Betrachter in Szene gesetzt. Sie bewegt sich nicht, sie ist stumm, sie hat keine Stimme. Darin liegt ihr Geheimnis. Darin liegt aber auch ihr Makel. Was gäbe ich darum zu erfahren, wie ihre Stimme klingt! Doch leider gab es im 15. Jahrhundert noch keine Aufnahmegeräte. Anastasia bedient, Simonetta erregt meine Fantasie.

Simonetta! Ja, so wollte ich fortan auch die Göttliche im Casino des Media Centers nennen. Simonetta! Mir selbst flüsterte ich wie zum Beweis, dass sie auch wirklich existiert, ihren einzigartigen Satz zu. Hätte mir jemand heimlich zugehört und gefragt, ob alles mit mir in Ordnung sei, hätte ich mich mit dem Hinweis auf meine berufliche Tätigkeit herausgeredet. Ich befände mich gerade bei der Probe für die Probe, ich müsse gleich ans Mikrofon.

»Gyros, Pommes frites und Krautsalat, bitte. Ohne Zaziki.«

Auf »Zaziki« verzichtet, wer keinen Mundgeruch haben will. Nichts, außer einer aufdringlichen Stimme, verhindert eine erotische Ausstrahlung so sehr wie schlechter Atem. Erwartet Simonetta, schoss es mir durch den Kopf, am Abend womöglich einen Liebhaber, mit dem sie es sich nicht verderben will? Hat sie deshalb auf Zaziki verzichtet?

Nachdem ich Simonettas Vorfahrin, das Fräulein Vespucci im Museum, entdeckt hatte, las ich diverse Klatschgeschichten über sie. Seit ihrem sechzehnten Lebensjahr war sie unglücklich mit einem eher Jünglingen zugeneigten älteren Mann verheiratet. Mich verfolgte die Vision, wie sie, den Fängen ihres Gatten entflohen, nach dem Modellsitzen ihren lüsternen Maler zuschauen ließ, wie sie ihre Gewänder wieder in Form brachte. Ich stellte mir vor, wie sie nach dem Termin, ihrerseits noch erregt von dessen schmachtenden Blicken, das lange Haar vollkommen in Auflösung begriffen, die Gassen hinunterlief, in das Schlafgemach ihres Geliebten mit den schwarzen Locken eilte, Giuliano de' Medici, dem sie sich dann hingab wie keinem anderen jemals zuvor. Eifersüchtig auf Sandro Botticelli und Giuliano de' Medici, schweißnass aufgewacht aus Träumen, in denen es Simonetta gleichzeitig mit beiden trieb, schaute ich in ihr blasses Gesicht auf dem Poster. Das Flechtwerk an ihrem Kopf erschien mir bei genauerem Hinsehen trotz einer hinter ihr liegenden Nacht eher geordnet als verwegen. Selbst ein Eifersüchtiger hätte beim Anblick ihrer Frisur nicht davon ausgehen können, dass sie sich unmittelbar vor dem Modellsitzen dem einen oder dem anderen hingegeben habe.

Simonettas Profil auf dem Poster an der Wand hinter dem Fußende meines Bettes versetzte mich vor dem Einschlafen wie auch unmittelbar nach dem Aufwachen zunehmend in Unruhe. Ich litt unter Schlafstörungen. Und war kaum noch in der Lage, Susi das Frühstück mit der von ihr erwarteten Sorgfalt zu servieren. Ich holte schließlich das Poster von der Wand, rollte es zusammen und verstaute es im Kleiderschrank. Ich bin alleinerziehender Vater, es gibt Prioritäten, ich darf bei der Liebe zu einer fremden Frau mein Kind nicht vernachlässigen.

Ist meine Simonetta verheiratet? Ein Ring an ihrem Finger war mir nicht aufgefallen. Ein erotisch symbolträchtiges Amulett, wie es Simonetta Vespucci um den Hals trägt, hat meine Simonetta nicht nötig. Nichts lenkt von ihrer natürlichen Anmut ab, alles an ihr befeuerte meine Leidenschaft: das hochgesteckte Haar, die Small-Clip-Haarklammer, die zauberhaft geformten Ohren, die kirgisisch auseinanderstehenden Augen, der Schwanenhals, ihre sanft getönte Haut, ihre feingliedrigen Finger, ihre liebliche Stimme.

Ob sie verheiratet wäre oder nicht, ob sie einen Geliebten hat oder keinen, ob sie geschieden ist, Kinder hat oder nicht – keiner und nichts, auch nicht Hannes Zimba, auch nicht Sigrid Raschke, am allerwenigsten mein Gleitwirbel würde mich davon abhalten können, mein Begehren in die Tat umzusetzen. Ich sollte es sein, der sie erobern, mit Worten malen, der mit ihr flüstern würde, im Psst-Abteil des Intercityexpress, im Fernsehsessel vor der Wetterkarte, in der letzten Reihe im Kino, an der Theke in einer schummrigen Bar, vor dem Ständer mit Kleidern in der Boutique, vor der Umkleidekabine. Ich sollte es sein, der sie küsste, überallhin, wo sie es mochte, ich, der ihr die Bluejeans vom Körper zöge, langsamer als Anastasias Spielgefährten, weniger aufdringlich als Sandro und Giuliano. Ich ginge raffiniert zu Werke, wie Donald Sutherland in Fellinis *Casanova*, ausdauernd beim Vorspiel, variantenreich im Hauptteil, wild beim Finale, in jeder Phase unter permanentem Einsatz eines gezielten kommentierenden Flüsterns, keines fordernden, eines fragenden Flüsterns nach ihren speziellen Wünschen. Meine Stimme ginge nach oben in jedem Satz, als wäre es für Simonetta das erste Mal, dass ein Mann sich nach ihrer Stimme und ihrem Körper verzehrt. Ich wollte mich an ihm nicht selbst befriedigen. Ich wollte ihn bewundern. Ich wollte ihn anbeten, ich wollte ihn verwöhnen. Ich würde sie darum bitten, zur Abwechslung auch einmal auf dem Rücken liegen zu dürfen. Denn auf dem Rücken liegend fällt einem Mann mit Gleitwirbel der Geschlechtsverkehr leichter als von oben im Liegestütz.

Diese Liebestechnik sei vollkommen legitim, bestätigte mir der Physiotherapeut meines Vertrauens einmal nach Dienstschluss, bevor er in den Flur mit den Büros der Festangestellten abbog. Er erteilte mir seine Lektion mit einer Stimme, die so von sich überzeugt war, als wollte und könnte er noch andere, im Moment seiner Rede über die Flure schleichende Ohrenzeugen erreichen. Ich fürchtete und hoffte zugleich, die schöne Neuaufnahme aus der Klangschalentherapie käme des Wegs, bliebe neben mir stehen, lächelte abwechselnd mich und den Dozierenden an und hörte alles mit, was er im Brustton der Überzeugung riet.

»Rückenlage, Bauch einziehen, Abstützen auf den Unterarmen, beide Beine anwinkeln, Neunzig-Grad-Stellung, Fersen fest aufsetzen, Hinterkopf vorsichtig auf den Boden, Augen schließen, volle Konzentration, dann hoch mit dem Becken, Liegestütz rücklings, in langen Stößen, gleichmäßig im Rhythmus, locker bleiben, gaaanz locker bleiben, dann mitten hinein ins Paradies.«

Bei »Paradies« schaute er zum Büro von Frau Rodenkirchen hinüber und verschwand von der Bildfläche. Auf den Fluren kein Mensch. Die Patienten saßen längst auf ihren Zimmern und warteten, bis es endlich sechs Uhr würde und die Kantine ihre Pforten zum Abendessen öffnete. Neben der Tür zur Praxis von Frau Rodenkirchen parkte der »Adventure«. Für ihre Praxistür ist das Fahrzeug zu breit. Herr Steinmüller ist Privatpatient. Er bekommt Einzelstunden bei Frau Rodenkirchen. Sie muss ihn persönlich aus seinem Fahrzeug gehoben und eigenhändig in ihre Praxis gezogen haben. Darin steht eine Massagebank. Habe ich einmal durch den Türspalt gesehen.

Hinter der Tür war es verdächtig still. Ich gönnte Steinmüller diese Stille. Ich verlagerte mein Gewicht abwechselnd von einem Bein auf das andere. In meiner Hüfte und an meinem Oberschenkel begann dieses Ziehen von L5/S1 her. Ich hielt dennoch mein Ohr, begleitet von ängstlichen Blicken in alle Richtungen, so lange an die Tür, bis ich tatsächlich mehr hörte als Stille. Es waren keine Stimmen, nur Laute des Wohlbehagens. Ich frage mich, ob er seinen Oberkörper entblößt hatte, ehe sie sich an ihm zu schaffen machte. Ein Klatschen, wie es bei einer Massage üblich ist, hörte ich nicht. Vielleicht massierte sie nur seinen Nacken und seine Oberarme, seine Beine sind bekanntlich außer Betrieb.

Die Tür öffnete sich mit Getöse. Herr Steinmüller, gestützt von Frau Rodenkirchen, kam schnaubend heraus und wurde von seiner Therapeutin mühsam in den »Adventure« gesetzt. Ich wollte mich umgehend vom Tatort verziehen, da passierte es. Herr Steinmüller fuhr in mich hinein. Ich sackte zu Boden, Frau Rodenkirchen zog mich hoch, ich krümmte mich vor Schmerz, Herr Steinmüller bot sich und seinen »Adventure« zu meinem Abtransport an. Frau Rodenkirchen setzte mich auf seinen Schoß, Herr Steinmüller und ich brausten davon. Ob ich mit in den Siegerländer Hof, keine tausend Meter entfernt, kommen wolle, das Essen sei dort viel besser als in der Kantine, es gebe dort »Krüstchen«, sagenhaft, Schnitzel mit Spiegelei »on top«!

Und so surrten wir an der Rezeption vorbei ins Freie. Wir nahmen den Fahrradweg neben der Landstraße zum Siegerländer Hof. Herr Steinmüller rollte, ich schob mich hinein und weiter zum reservierten Tisch. Eine junge Kellnerin mit traurigem Gesicht bediente uns. Sie legte ein zweites Besteck samt Stoffserviette auf den Holztisch und hob Herrn Steinmüller aus dem »Adventure«. Sie verwies mich auf einen Stuhl mit extra hoher Rückenlehne. Herrn Steinmüllers Mobiltelefon lag im Handumdrehen neben seinem Besteck. Das »Krüstchen« paniert, auch Herr Steinmüller eine einzige Enttäuschung.

Wir tranken Irle-Bier, wir gaben Kommentare über das Klinikpersonal ab, die attraktive Neuaufnahme hielt er einer Erwähnung nicht für wert, das Thema Rodenkirchen war tabu, wir redeten über Fußball, der auch nicht mehr das sei, was er einmal war. Seine sonore Stimme strengte mich an, mein eigenes fußballerisches Fachwissen kam nicht zum Zuge. Seine Stimme ist robust, mit ihr kompensiert er die Schwachstelle seines Körpers.

Herr Steinmüller entschuldigte sich, er habe noch einige Anrufe zu tätigen, er telefonierte fortan ununterbrochen und schaute mich dabei mit stechenden Augen an, als wäre ich der eigentliche Adressat seiner Mobiltelefonanrufe. Ihm gefiel es sichtlich, einen Ohrenzeugen zu haben. Ich entschuldigte mich, ich müsse mal, stand auf, drückte meinen Rücken durch und signalisierte Herrn Steinmüller mit einer lässigen Kopfbewegung, zur Theke hin abzubiegen, hinter der sich, einige Schritte weiter, mein Zielort befand. Ein Pfeil mit den Buchstaben WC auf silbrig grauem Schild an der Wand wies den Weg.

Auf dem Rückweg zu Steinmüller stand ich plötzlich vor ihm, begrüßt von einem wilden Blinken und einer furchterregenden Soundcollage aus seinem Inneren: einem Glücksspielautomaten der Firma Rotamind! Dass es diesen noch gibt! Wie lange schon hatte ich es nicht mehr gehört, dieses Rasseln beim Ausspucken der Groschen in die offene Lade! Kaum ein Geräusch, das mehr nach Zukunft klang als dieses. Mit dem Gewinn in den

Hosentaschen ging es im DAB-Krug, der ersten Kneipe meines Lebens, hin zum Fußballkicker, wo die frustrierten Verlierer nicht aufhören wollten, die Stange mit der fünfköpfigen Mittelreihe unwirsch herumzudrehen. Ein äußerst unschönes und peinliches Verlierergeräusch, gemessen an meinen Salven von knochentrockenen Schlagschüssen aus der hinteren Reihe mit den beiden Verteidigern. Wie gerne würde ich es Herrn Steinmüller, unserem Fußballprofi, heute zeigen! Im Sitzen hätte er keine Chance gegen mich.

Allein, es gibt keinen Kicker im Siegerländer Hof, nicht einmal einen Flipperautomaten. Im DAB-Krug war ich Flipperchampion. Breitbeinig stand ich vor dem Automaten und ließ mit den Mittelfingern, mal nur das linke, mal nur das rechte Ärmchen, in brenzligen Situationen beide kurz hintereinander, niemals beide gleichzeitig, nach vorn schnellen, um die heranrollende Kugel vor ihrem Untergang zu bewahren, im Spiel zu halten, wieder nach vorn zu schießen, so oft, bis »Freispiel« angezeigt wurde – dieses trockene »Tock« im Moment des Triumphs!

Doch jetzt, zehn Euro am Rotamind verloren, schlich ich zurück an den Tisch von Herrn Steinmüller. Er hatte aufgehört zu telefonieren, wir zahlten, er wurde vom Serviermädchen zurück in seinen »Adventure« gehoben; er bedient die Tastatur an den Armlehnen blind, sein Rollstuhl fuhr an. »Bis morgen«, rief er in den Siegerländer Hof , zwei Scheinwerfer leuchteten auf, Herr Steinmüller beschleunigte, ich hinkte im Laufschritt hinter ihm her. Endlich im »Siegerland« angekommen, holte ich Herrn Steinmüller ein. Er stand noch an der Rezeption und füllte sein Internetkonto auf, ich setzte mich zum Verschnaufen auf einen Stuhl im Eingangsbereich. Dann fuhren wir schweigend im Fahrstuhl zu unseren Zimmern hoch. Er in sein Doppelzimmer zur Alleinbenutzung, ich in mein gut halb so großes Einzelzimmer. Ich schaffte es gerade noch auf die Klobrille. Was waren das für Zeiten, als ich noch im Stehen pinkelte. Dann direkt auf die Matratze. Die Haltegriffe am Gestänge oberhalb des Kopfteils meines Krankenbetts waren meine Rettung.

Ich bin zwar nicht so gelenkig wie Casanova und nicht so sportlich wie Hannes Zimba, und ist auch meine Nase nicht so groß wie die eines Giuliano de' Medici oder Cyrano de Bergerac – ich machte für meine Verhältnisse bestimmt keine schlechte Figur, als ich hinter Simonetta vor der Essensausgabe stand, und das ohne Korsett! Es ging zum gegebenen Zeitpunkt nur darum, sie nicht aus den Augen zu verlieren. Und so nahe an sie heranzukommen, dass ich ihre Stimme noch einmal hören könnte. Der Zeitpunkt, sie anzusprechen, war noch nicht gekommen.

Von Hannes Zimba weiterhin keine Spur. So konnte ich Simonetta in aller Ruhe im Blick behalten. In welchem Bereich des Casinos würde sie sich, wenn sie bezahlt hat, hinsetzen? Würde sie weit hinten Platz nehmen, hätte ich es leichter, sie in Sichtweite zu behalten, leichter als im vorderen Bereich, wo die meisten Casinobesucher sitzen wollen, damit es schnell geht? Doch nur ein Sichtkontakt hätte mir auf Dauer nicht gereicht. Ich wollte ihre Stimme hören, nicht nur das, ich wollte sie mir einverleiben. Noch hatten wir beide die Kasse nicht erreicht. Ich musste mich vorerst mit meinen Versuchen, Simonetta genauer zu betrachten, begnügen.

Und wieder war mir das Glück hold. Als Simonetta an der Kasse stand, drehte sie den Kopf halbwegs in meine Richtung. Gemessen an der Farbe ihres Kopfhaars sind ihre dünnen Augenbrauen überraschend dunkel. Sie zeichnen sich ab wie Augenbrauen auf der Stirn bleicher Schauspielerinnen der zwanziger Jahre im vorigen Jahrhundert. Simonettas Augen – bläulich-gräulich wie ein wolkenloser Himmel im Morgendunst. Ihre Wimperntusche schien mir im Winkel eines Auges leicht verschmiert. Die Haut über ihrem linken Wangenknochen, und zwar genau an der Stelle, wo früher schminkfreudige Frauen schwarze Schönheitspunkte auftrugen, ziert eine kleine Narbe. Was war da passiert? War sie von jemandem angegriffen worden?

Es waren diese Unstimmigkeiten – das heruntergefallene Messer, die verschmierte Wimperntusche, der ausgedünnte Stoff an ihrer Bluejeans – und auch diese Narbe, die mir Simonetta noch verführerischer erscheinen ließen. Je länger ich sie betrachtete, umso stärker wurde das Wummern in meiner Brust. Der Stoff meines Poloshirts über dem Herzen vibrierte. Wie gut, dass es Dienstag war und nicht Freitag. Freitags geht Susi mit mir ins Casino, wenn es mein Dienstplan zulässt. Mit Susi an meiner Seite wäre es zu der Begegnung mit Simonetta nicht gekommen. Ihr wäre mein Interesse an der Fremden aufgefallen. Alle Frauen, die nach ihrer Mutter in meine Nähe rücken, haben bei Susi einen schweren Stand. Es ist nicht Eifersucht. Im Gegenteil. Mit »der Richtigen« wäre sie einverstanden. Eine »Richtige« ist für Susi die, deren Kinder entweder schon erwachsen sind, oder eine, die keine Kinder bekommen kann. Susi will keine neuen Geschwister. Simonetta Vespucci oder Anastasia Fuckmenow – keine von beiden kann von mir schwanger werden. Trotzdem würde Susi sie nicht für »die Richtigen« halten. Das Spinnennetz auf Anastasias Schulter fände sie unmöglich, das Flechtwerk an Simonetta Vespuccis Kopf übertrieben. Das Einzige, was Susi an Körperbemalung zulässt, ist ein Röschen mit Stiel über dem Knöchel. Ich bitte sie, mit dem Tattoo zu warten. Noch ist sie keine achtzehn. Ich liebe meine Tochter über alles, ich lasse sonst alles zu. Nur kein Tattoo. Einen Mops als Alternative?

Die kyrillischen Buchstaben, oberhalb der Pobacken auf Anastasis ebenmäßiger Haut eintätowiert, ergeben für mich keinen Sinn. Ich habe sie abgeschrieben, doch ich habe mich bis heute nicht getraut, den des Russischen mächtigen Sprecherkollegen zu fragen, was der Schriftzug bedeutet. Es scheint sich eher um eine Abkürzung als um einen Begriff zu handeln. Hinter jedem Schriftzeichen steht ein Punkt. Ob sich Simonetta an einer mir noch nicht bekannten Stelle ein Tattoo hat anbringen lassen?

Anastasia war vor Simonetta Vespucci in mein Leben getreten. Daraus leitete ich jedoch keine Vorrechte für Anastasia ab. Für eine Dreiecksbeziehung hätte ich auf Dauer weder die Nerven noch die notwendige Kondition. Der »Threesome« beim Geschlechtsverkehr hatte auf meiner amerikanischen Seite im Netz die höchste Einschaltquote. Mein Lendenwirbel geriete bei einem »Threesome« derart ins Gleiten , dass ich auch diese gymnastische Aufgabe nicht oder nur unter größten Schmerzen absolvieren könnte. Einen »Threesome« mit männlicher Überzahl würde ich, müsste es denn sein, vielleicht bestehen. Er verteilte die Last, von der Papierform her zumindest, zu fünfzig Prozent auf meinen männlichen Kampfgenossen, in meinem konkreten Fall allerdings annähernd zu fünfundsiebzig. Doch ein Kampfgenosse für einen »Threesome« war nicht in Sicht.

Und mit dieser Erkenntnis möchte ich mich von Ihnen für heute verabschieden. Morgen, zur gleichen Zeit, liegen wieder Scheren, Uhu, Buntstifte und farbige Pa-

pierbogen auf dem Tisch. »Wir schneiden aus, wir kleben auf!«, lautet das Motto der Bastelgruppe. Aber was ist das Basteln schon gegen das, was ich Ihnen nächsten Freitag erzähle! Ich hoffe, unser Klinikdirektor erteilt mir die Erlaubnis. Und Frau Rodenkirchen verzeiht mir die künstlerischen Freiheiten, die ich mir heute nahm.

3

Freitag, 2. Juli Länge: 48.10

Guten Abend allerseits, Professor Herrliberg hat eine Mikrofonanlage zur Verstärkung meiner Stimme aufbauen lassen. So können auch Sie in den hinteren Reihen und Sie in den Seitengängen mich gut verstehen. Applaus für unseren Klinikdirektor. Bitte entschuldigen Sie Frau Rodenkirchen. Sie hat heute einen auswärtigen Termin. Wenn ich es recht überblicke, fehlt einmal mehr auch Herr Steinmüller. Das ist schade. Denn bei dem, was ich Ihnen heute zu Gehör bringen darf, denke ich unablässig an ihn.

Wir befinden uns in unserer Geschichte weiterhin im Casino des Media Centers. Es ist Mittagszeit. Simonetta hat sich soeben ihren Teller mit Gyros, Pommes frites und Krautsalat, ohne Zaziki, auf das Tablett gestellt.

Nachdem Simonetta in den Behälter mit Besteck griff, ihr das Messer auf den Boden fiel und sie es aufhob, entschuldigte sie sich mit einem hüpfenden »Oh« und entfernte sich, den Blick auf ihren Teller gesenkt, mit hochgezogenen Schultern vom Ort des Geschehens, hin zur Kasse. Ich schaute ihr nach, immer noch. Doch konnte ich aus meiner Perspektive die Größe ihrer Brüste nicht abschätzen. Und nicht erkennen, ob sie einen Büstenhalter trug oder nicht. Brüste und Büstenhalter – es gab in meiner Jugend kaum andere Wörter, die auszusprechen unsere Stimmen mehr belegten als diese zwei. Heute sprechen selbst verklemmte Jugendspieler diese Wörter so selbstverständlich aus wie »Hodenschutz« oder »Schienbeinschoner«.

Mein Freund Uwe Bickenbach und ich wühlten noch in den Kleiderschränken unserer Mütter herum und drückten uns ihre Büstenhalter an unseren Brustkorb. Wir wollten ein Gespür dafür bekommen, wie es ist, wenn man so etwas, steifer als unsere gestärkten Sonntagshemden, härter als mein Korsett heute, anziehen muss. Als ich einmal ein Nacktmagazin im Nachtschränkchen meines Vaters entdeckte und mit zitternden Händen und trockenem Mund in den Händen hielt, starrte ich auf ganzseitige Bilder mit Frauen, deren nackte Oberkörper in meinen Augen nahezu komplett aus zwei aufgeblasenen Bällen mit herausstehenden Ventilen bestanden. Seitdem, so glaube ich, fürchte ich mich vor großen Brüsten. Um diese Furcht zu besiegen, beschäftigte ich mich mit ihnen tagein und tagaus. Die Anzahl der Büstenhalter, die ich in den Katalogen der Versandhäuser meiner Kindheit ausgeschnitten und gesammelt habe, war höher als die der Trikots von Mannschaften in unseren Fußballalben zum Einkleben.

Uwe und ich blätterten vorbei an Mänteln, Jacken, Anzügen, Hüten, Strickwaren, Kostümen, Kleidern, Röcken, Freizeithosen, Blusen, Kitteln, Schürzen, Nachthemden, Schlafanzügen und stießen zu den vom häufigen Anfassen schon knittrigen und klebrigen Seiten mit den Miederwaren vor. Wir schnitten den schönsten der lächelnden Frauen – die meisten von ihnen hübsch ein Bein vor das andere gestellt, die Füße in einer Linie, ihre gestreckten Hände artig an die Oberschenkel gelegt – mit der Nagelschere fein säuberlich die Köpfe aus und ersetzten sie durch die Köpfe von Mädchen, die wir auf den Teenagerseiten im Katalog ausgeschnitten und vorsortiert hatten, nach Haarfarbe geordnet.

So scharf Uwe und ich auch hinsahen: Büstenhalter, Korsetts, Unterhosen, Liebestöter, Schlüpfer, mehr oder weniger breit, selbst die mit Spitzen, und erst recht jene Gestelle mit mindestens fünf Häkchen hinten zum Verschließen verdeckten an den entscheidenden Stellen die Haut. Mit den Jahren wurden wir frecher. Als meine Eltern einmal aus Versehen die Wohnzimmertür einen Spalt weit offen stehen ließen, während drinnen ein Spielfilm im Fernseher lief – heute weiß ich, es war Ingmar Bergmanns *Das Schweigen* –, schaute ich, Socken anbehalten, damit man meine Schritte nicht hörte, rasendes Klopfen in meiner jungen Brust, bekleidet mit einem längs gestreiften Schlafanzug aus Flanell, die Hand aufgeregt an meinem vor Angst verkrochenen Zipfel, auf den von der Seite her perspektivisch verzerrten Bildschirm und hörte, wie zwei erwachsene Menschen im Kino, mitten in der Filmvorführung, miteinander flüsterten und … ich kannte es schon, dieses Wort, das auszusprechen Uwe und ich auf dem Weg zur Schule oder ins Hallenbad wagten, wenn wir unsere Zeigefinger in die Mundwinkel steckten und den Mund weit auseinanderzogen, um das Verb im folgenden Satz stimmlich bis zur Kenntlichkeit zu verzerren: »Hühner picken gern im Sand«.

Kaum einen anderen Satz habe ich in meinem weiteren Leben binnen weniger Wochen, es waren Sommerferien, so oft wiederholt wie diesen. Nicht einmal meine geliebten Zungenbrecher. Unsere Mundwinkel waren vom »ficken« ganz wund. Doch meine Versuche, die dünne Bärbel Wunderlich vor Uwe und mir dazu zu bringen, ihre beiden Zeigefinger bei der Aussprache dieses Worts in die Mundwinkel zu schieben und mir den Satz der Sätze nachzusprechen, blieben vergeblich. Uwe hatte es vorausgesagt und die Wette gewonnen. Meinem Wunsch, sie allein, ohne Uwe, im städtischen Hallenbad treffen zu dürfen, entsprach sie hingegen nach mehreren vergeblichen Versuchen am Telefon.

Serien von Kopfsprüngen vom Dreimeterbrett bot ich und achtete beim Auftauchen stets darauf, ob Bärbel, am Beckenrand sitzend, die Füße plätschernd im Wasser, gesehen hatte: Bei meinem Eintauchen mit zusammengekniffenen Arschbacken ins Wasser spritzte es nicht. Ich glitt in die Tiefe. Wenn sie dann aufstand, die eng anliegende weiße Bademütze vom Kopf zog, ihr nasses Haar schüttelte, am Becken entlang in kurzen Schritten zur Mädchenbrause tippelte, die Arme unterhalb ihres Busens eng an den Oberkörper gepresst, tauchte ich ihr in parallelen Unterwasserzügen nach bis zum Nichtschwimmbereich und wartete, japsend nach Luft, am Beckenrand in der Hocke, den Blick starr auf den Eingang zur Mädchenbrause gerichtet, bis sie wieder herauskam und zum Mädchenumkleidegruppenraum abbog und, ohne mich geduldig Hockenden eines Blickes zu würdigen, darin verschwand. Ich hievte mich aus dem Wasser und harrte vor dem hellblauen, nur bis zu den Waden hinunter reichenden Kunststoffvorhang aus. Würde sich Bärbel erbarmen und den Vorhang für einen Moment zur Seite schieben und sich mir zeigen, meinetwegen mit über Kreuz vor ihrem Oberkörper verschränkten Armen, angefeuert vom Kichern ihrer unsichtbaren Freundinnen im Hintergrund? Die nächsten Male kam Uwe mit. Das war gut. Denn er behielt den Bademeister mit der Furcht einflößenden Trillerpfeife an der Kette vor seiner Brust im Auge und konnte mich warnen, wenn dieser sich mir näherte, um mich vom Ort des Geschehens zu verweisen.

Als die Boutiquen aufkamen, gingen wir nicht mehr so oft ins Hallenbad, sondern in die Fußgängerzone. An einem Samstag nahm mich Bärbel Wunderlich mit in eine

Boutique. Die Stimmen der Verkäuferinnen und Verkäufer klangen hier nicht so gedämpft wie auf den Etagen im Kaufhaus mit Damen- oder Herrenbekleidung. Der Bereich für die Umkleidekabinen war nicht nach Geschlechtern getrennt. In der Boutique »Trixie« erklang Beatmusik aus dem Lautsprecher des Dualplattenspielers. Er stand mitten im Raum auf einem runden Tischchen. Ich hatte für Bärbel im Kaufhaus einen Freundschaftsring gestohlen. Deshalb ging sie mit mir mit. Ich weiß bis heute nicht, ob sie mich mit dieser Einladung zu weiteren Diebstählen motivieren oder auf die Folter spannen wollte. Sie wusste, wie sehr ich hinter ihr her war. Vielleicht hatte sie auch nur Mitleid mit mir. Während Bärbel mit dem Anprobieren beschäftigt war, lauerte ich, zur Tarnung ausgerüstet mit einem Sortiment Schlaghosen, sorgfältig übereinandergelegt auf dem rechtwinklig angehobenen Unterarm, vor einem nachlässig zugezogenen Vorhang, Trixie stets im Blick. Ich tat so, als wartete ich darauf, bis eine Kabine frei wurde und ich meinerseits mit dem Anprobieren anfangen könnte. Trixie bekam meinen Trick nicht mit. Ich schaute wie nebenbei und doch scharf ins Innere der Umkleidekabine, bis sich die Vision einer halb nackten Bärbel auflöste und sie für einen kurzen Moment leibhaftig Gestalt annahm. Sie gönnte mir nur ihren Rücken. Das umständliche Hinter-sich-Greifen und Lösen der Häkchen des Büstenhalters mit Daumen und Zeigefinger zwischen dem Schulterblatt gehört zu den elektrisierenden Vorstellungen meiner keuschen Jugend. Wer den weitesten Schlag in der Hose hatte war ein »Typ«. Wer sich in der Typologie der Schlaghosen auskannte, war ein »King«.

Bärbel Wunderlichs Brüste waren klein. Trotzdem trug sie einen BH. Uwe meinte, trotz eines geringen Umfangs müssten Brüste von einem Büstenhalter geschützt werden. Denn Brustwarzen, nicht nur die von Bärbel, würden schmerzen, wenn sie direkt am Stoff einer Bluse oder eines Unterhemds rieben. Mit Bärbel zusammen in der Kabine zu stehen und ihr aus nächster Nähe beim Umziehen zuzuschauen, gelang mir erst in meinem Bett, bei geschlossenen Augen, vor dem Einschlafen und im Traum, das steife Glied in der Faust.

Als ich einmal samstags mit Susi »shoppen« ging – Schlaghosen waren plötzlich wieder modern –, unterzog ich eine junge Verkäuferin einem historischen Exkurs in die Modegeschichte. Der wummernde Bass aus den Boxen zwang mich dazu, übertrieben nahe ans Ohr der Verkäuferin zu gehen. Ich versuchte, ihr die Unterschiede zwischen Twisthose, Shakehose, Slophose und Letkisshose zu erläutern. Susi fand das peinlich und fingerte an Kleiderständern herum, die außer Hörweite lagen. Sie hatte meine Hosenkunde allerdings schon mehrfach zu Hause über sich ergehen lassen müssen.

»Twisthose: tiefer Sitz, mäßiger Schlag, Bügelfalte, Riegel auf Höhe des fünften Lendenwirbels, meistens grau. Shakehose: hoher Sitz, ausgeprägter Schlag, Schlitz unten, wie ein Peace-Zeichen, nur umgekehrt. Es teilte die Hosenbeine über den Schuhen in zwei Hälften. Die Shakehose touchierte die Erde, meine Shakehose war dunkelblau, hatte vorn eine kräftige Naht; auf keine andere Hose meines Lebens war ich so stolz wie auf sie. Slophose: mittelmäßig weiter Schlag, zwei Zentimeter breiter Umschlag unten am Hosenbein, meistens grau, vergleichsweise langweilig. Letkisshose: ausgeprägter Schlag, seitlings, zwei Handbreit unterhalb des Knies abwärts der Länge nach außen aufgeschlitztes Hosenbein, fächerartig eingenähtes, andersfarbiges Stück Stoff, in allen Farben erhältlich.«

Die Umkleidekabine. Sehnsuchtsort meines jungen Lebens schlechthin. Im Sommer zogen Uwe und ich in die Freibäder der Region und hielten uns länger vor den Reihen mit Holzverschlägen als im Schwimmbecken auf. Der Geruch nach feuchtem Holz weht mir noch heute in die Nase. Das Einhaken des rostigen Riegels an der Tür in den eingeschraubten Ring an der Wand klingt noch heute im Ohr. Nur selten hatten wir das Glück, die freie Kabine neben der eines umkleidebereiten Mädchens besetzen zu können. Wenn es tatsächlich einmal gelang, befand sich wieder kein Astloch zum Durchschauen in der Bretterwand. Das Fallen von Kleidungsstücken auf den Boden der Kabine nebenan bescherte dem Lauscher allerdings ein akustisches Glückserlebnis. Ein »geheimnisvolles Geräusch«, das umso mehr Spannung erzeugte, je leiser es war. Denn Unterhöschen fallen nicht, sie tropfen auf den Boden. Ich bin mir nicht sicher, ob die Hörer des Lokalradios, das heutzutage jede Woche ein anderes »geheimnisvolles Geräusch« stündlich sendet, jenes Abtropfen eines Höschens oder Unterhemds auf den Holzboden einer Umkleidekabine erraten würden.

Erfolgreiches Lauschen damals gelang indes nur, wenn die Wand zur Nachbarkabine, wie in öffentlichen Toiletten, um eine zügige Reinigung des Bodens mit dem Scheuerhader zu ermöglichen, eine mindestens zwanzig Zentimeter offene Stelle über dem Boden frei ließ, durch die der Jüngling, wenn er sich auf die Hüfte legte, die Beine angezogen, den Kopf so tief wie es ging und zur Seite geneigt, mal eine Sandale, mal ein Unterhöschen, mal einen nassen Badeanzug erblicken und ihren süßen Schweiß in Verbindung mit Chlorgeruch einatmen konnte. Von der Länge der Zehen und dem Umfang der Fußfesseln her konnte ich schließen, ob das Mädchen dick oder dünn war, von kurzem oder hohem Wuchs.

Den besten Blick der sechziger Jahre hatte ich an einem Strand an der Adria in den Sommerferien. Meine Mutter, meine Schwester Rosetraut und ich fuhren dort einmal mit einem DER-Reisezug hin. Es war zu meiner Enttäuschung nur ein D-Zug, kein Schnellzug. Ohne Speisewagen. Unsere Butterbrote lagen in einem Schuhkarton. Wie es knisterte, wenn man die »Bemmen« aus dem Butterbrotpapier befreite! »Bemmen« sagt man in

Sachsen, wo meine Mutter herkam. Ich liebte es, wenn sie für uns zum Spaß »ei verbibbsch« sagte oder »eingoofen« statt einkaufen. Das harte »p« wird im Sächsichen zu einem weichen »b« und das »k« zu einem »g«. Der Dialekt meines Vaters war dagegen sehr hart. Er stammt aus dem Baltikum, seine Stimme klang irgendwie russisch, ich schämte mich wegen seiner Aussprache und nahm mir vor, niemals so klingen zu wollen wie er.

Mit dem Zug nach Italien. Es war noch die Zeit, als man beim Warten auf dem Bahnsteig noch nicht von übellaunigen Ansagestimmen, seit Jahren überdies kalt und emotionslos am Sprachcomputer generiert, aus unsichtbaren Lautsprechern terrorisiert wurde. Der Klang der Trillerpfeife des streng uniformierten Gleiswärters verursachte hingegen Herzklopfen. Es war noch die Zeit, als man seinen Koffer stumm vor Anstrengung am Griff trug und nicht Rollkoffer hinter sich herzog, die in ihrer Masse einen quälenden Dauerton verursachen. Es war noch die Zeit, als man beim Abfahren des Zugs sein Abteilfenster hinunterdrückte, sich herauslehnte und triumphal zu den Zurückgebliebenen auf dem Bahnsteig guckte, mit dem Taschentuch winkte, obwohl keiner da stand, den man persönlich kannte.

Bettwäsche so weiß wie in unserem Schlafwagen nach Italien hatte ich noch nie gesehen. Ich lag die ganze Nacht wach und roch ab und zu an meinem Fläschchen mit Öl zum schnelleren Braunwerden. Das rhythmische Rattern der Räder im Zweivierteltakt heizte mein Fernweh an. Mein Vater fuhr zur selben Zeit in unserem Volkswagen 1200 zu den Heidschnucken in die Lüneburger Heide. Mitten auf dem Strand an der Adria standen im Abstand von fünfzig Metern in einer Linie blau-weiß gestreifte Umkleidekabinen aus Zeltstoff. Dieser Zipp-Ton beim Auf- und Zuziehen des Reißverschlusses! Durch die Einrisse und Löcher im Stoff konnte ich aus dem Inneren heraus auf unzählige, zwar nicht nackte, aber doch lebendige Brüste um mich herum schauen. Der Geruch nach Sonnenöl, Schweiß und Sonnenmilch der vor mir Dagewesenen staute sich in meinem Lusthäuschen. Es bot mir das perfekte Versteck für ein ungestörtes Beobachten der Wasserball spielenden und sich auf den Strandtüchern stumm sonnenden Mädchen in ihren Bikinis und Badeanzügen mit Kofferradios daneben. Auf den blauen Wasserbällen stand in weißer Schrift »Nivea«, auf den gelben mit braunen Buchstaben das Wort »delial«. Blau, weiß, gelb, braun; Wasser, Himmel, Sonne, Haut; Klang, Farbe, Hitze, Duft – das sollte in Zukunft mein Leben sein.

Soweit niemand kam und vor der Umkleidekabine anstand, um mit vollem Ernst einen Kleiderwechsel vorzunehmen, konnte ich so lange auf die Brüste der Mädchen schauen, wie ich wollte. Wenn ich es nicht mehr aushielt, spritzte ich in den heißen Sand. Wie ich die Macht über andere genoss, durch die Risse und Löcher heraus alles, was ich begehrte, sehen und hören zu können, während ich für die Welt draußen unsichtbar blieb!

Die braun gebrannten Bademeister in weißen Shorts sahen allesamt aus wie Marcello Mastroianni. Der für meinen Bezirk zuständige hieß Alfredo. Alfredo! Wie durch ein kleines angehängtes »o« in einem Zweisilber wie »Alfred« ein wohlklingender, hoch melodiöser, in seinem Mittelteil – länger als es die kurze Silbe »fre« erwarten lässt – steil ansteigender Dreisilber entsteht!

Alfredos schwarzes Brusthaar kräuselte sich im Ausschnitt seines weißen Unterhemds mit dünnen Trägern. Er thronte, das Fernglas im Anschlag, auf einem Hochsitz wie der Schiedsrichter beim Tennis am Spielfeldrand. Ich musste aufpassen. Alfredo hätte mich in meinem Dauerversteck erwischen können. Doch mit einem Strandverbot hätte er mich wahrscheinlich nicht belegt. Er selbst schaute permanent zu den Mädchen und Frauen hin. Er nahm sogar meine Schwester ins Visier. Meine Mutter handelte einmal ein weißes Kleid und einen Strohhut für Rosetraut auf dem Markt tüchtig herunter. Ich vermute, sie hat den Händler mit ihrem Sächseln bezirzt. Alfredo gab einen kurzen Flötton von sich.

Ich sehe meine Mutter und Rosetraut untergehakt, lachend, zu unseren ausgebreiteten Badetüchern zurückkommen. Meine Mutter in einem groß geblümten Sommerkleid, barfuß, beide Sandalen baumeln an einer Hand, Rosetraut in einer roten Caprihose, gelbe Bluse,

Hüftschwung, der neue Strohhut auf dem Kopf, das neue Kleid in der umgehängten Badetasche aus geflochtenem Korb, Alfredo sie mit Blicken verfolgend; ich in meinem Versteck verdrängte für einen Moment mein verborgenes Anliegen, so glücklich war ich, meine Mutter und meine Schwester in ausgelassener Stimmung zu sehen.

Manchmal bückten sich die Mädchen in sicherer Distanz zu meinem Versteck nach einem Ball, und ich konnte, ohne Gefahr, erwischt zu werden, auf die Details ihrer Körper schauen. Es war immer eine dabei mit dünnen Beinen. Es war immer Bärbel Wunderlich, die ich suchte und fand. Mehrmals am Tag zog ich mir die Badehose an und aus. Wenn der Wasserball mit einem trockenen »Flapp« an meine Umkleidekabine flog, im Sand liegen blieb und das ihm hinterhergelaufene Mädchen, nun kaum mehr als einen Meter von mir entfernt, nur durch die Wand aus Zeltstoff von mir getrennt, mit auseinandergestellten Beinen dastand und zögerte, welcher Freundin es den Wasserball zurück in die Fangarme werfen sollte, musste ich, sowohl von der Hitze in meinem Versteck als auch von meiner Begierde ins Schwitzen gebracht, einen Schritt auf dem heißen Sand zurücktreten und die Luft anhalten, damit es meinen schnellen Atem nicht hörte. Kaum anders würde es mir auch heute noch ergehen, wenn Simonetta, dieses Mal aber nicht zufällig, sondern zielstrebig von mir angesteuert, zum wiederholten Mal vor mir an der Essensausgabe in unserem Casino anstünde. Mir würde der Atem stocken.

Nach Bärbel Wunderlich kam Ulrike Gummersbach. Sie war sechzehn – so alt wie meine Susi heute –, ich siebzehn, als ich sie zum ersten Mal sah. Beim Jugendtanzabend in der Stadthalle setzte ich mich nicht wie Uwe und die anderen mitten hinein in den Saal. Ich stand an die Wand gelehnt, wippte mit dem Fuß zum Beat der Unknown Points und schaute mir das Treiben aus der Entfernung an, immer im Visier Ulrike Gummersbach, die zu diesem Zeitpunkt allerdings noch mit dem Bandleader ging. Nach dem Konzert, die Lautsprecherboxen brummten noch, schritt sie wie ein Model auf dem Laufsteg in Mini und schwarzen Lackstiefeln mit Reißverschluss durch den Mittelgang nach vorn zur Bühne und umarmte den Sänger, der in die Hocke ging. Sie reckte sich zu ihm hoch. Dabei blitzte ihre weiße Unterhose unter dem Minirock hervor. Wenige Wochen später konnte ich sie dem Sänger der Unknown Points ausspannen. »Poor boy« von den Lords gehörte zu ihrem Repertoire.

Ulrike fand, ich sähe aus wie Ricky Shayne, und der sah in der Tat besser aus als ihr Bandleader. Es geschah auf dem Rummelplatz. In meiner Geburtsstadt nannte man ihn »Schützenfest«. Das ganze Jahr warteten wir darauf und sparten. Nirgends sonst in meiner Jugend flog der Klangteppich so hoch hinauf in den Himmel wie hier.

Ich hing an den Lippen der Schausteller. Sie gingen so nahe heran an ihr Mikrofon, als wollten sie es küssen. Es hat dauernd »geploppt«. Der Losbudenbesitzer stand auf der Bühne vor den Regalen mit einer sensationellen Auswahl an Bällen aus Plastik, Gummi und Stoff, Teddybären, Pinguinen, Krokodilen, Enten, ja auch Hunden aus Plüsch in allen Größen. Besonders begehrt: eine Micky Maus zum Aufblasen und Mitnehmen ins Schwimmbad. Er stand breitbeinig da wie einer von den Texas Ranger im Fernsehen. Durch das Umwickeln des Mikrofonkopfes mit einem weißen Stofftaschentuch dämpfte er seine sonore Stimme. Bei einer freien Auswahl hätte ich das Krokodil genommen, um es Ulrike zu schenken. Aber es reichte nur für eine Schachtel mit Pralinen von Piasten. Und die brachte ich am Ende meiner Mutter mit.

Seit dem Konzert in der Stadthalle lauerte ich Ulrike täglich nach Schulschluss auf. Ich verfolgte sie bis zur Bushaltestelle, flegelte mich auf die Sitzbank direkt hinter ihrer hin und ritzte mit dem Zirkel, während sie vor mir mit einer Freundin tuschelte, ihren Namen auf die Rückenlehne. Ulrike auf dem Schützenfest ausfindig zu machen, war nicht schwer. Alle gingen dorthin. Hier wurden die neuesten »Hits« gespielt. So laut wie nirgends sonst auf der Welt. Wir riefen uns die Titel begeistert zu. Wir kannten jeden. Ins Top Ten, der ersten Diskothek weit und breit, durften wir noch nicht, wir waren noch keine achtzehn. Susi geht seit sie elf wurde nicht mehr auf die Kirmes. Sie geht mit ihren Freundinnen »in die Stadt«. Es geht rein und raus in einen Klamottenladen nach dem anderen. In allen wird der gleiche Klangbrei angerührt. Es ist egal, was da aus den unsichtbaren Boxen wummert. Es hört eh keiner hin.

Die Kirmesleute kauerten in ihren Kassenhäuschen vor Tischmikrofonen und priesen mit verstellten Stimmen – »steigen Sie ein, steigen Sie ein, wer will noch mal, wer hat noch nicht« – eine rasende Fahrt in der schnellsten Bobbahn der Welt an, ein schwindelerregendes Kreisen um die eigene Achse im »Hula-Hoop«, einen Höhenrausch in den Düsenjägern zum Selbststeuern mit Knüppel, während sie, wie Discjockeys, an einem Regler die Musik hoch- und runterzogen und nebenbei auch noch die Fahrkarten verkauften: eine Fahrt, fünfzig Pfennig, beim Kauf von vier Chips eine Freifahrt. Häufig waren es Kinder, die in die Kassenhäuschen gesetzt wurden. Noch nicht im Stimmbruch, klangen sie schon wie echte Erwachsene, im Gegensatz zu uns Muttersöhnchen. Wir, obwohl dem Stimmbruch entwachsen, nuschelten noch unsicher vor uns hin.

Aus allen Windrichtungen dröhnten die Stimmen der Schausteller an mein Ohr. Es war ein einziges Hörtheater, wie ich eines wilder nie mehr danach erleben sollte. Aus gewaltigen Lautsprechern an den Gerüsten rund um die wellenförmig auf und ab gehende »schnellste Bobbahn der Welt« hämmerten uns die Hits der Rolling Stones und The Who ins Ohr. »I can't get no satisfaction«, »Let's spend the night together«, »My generation«. Lässig lehnten wir uns, echte Zigaretten in den Mundwinkeln, nicht mehr die aus Lakritz, als wir noch Cowboys waren zu Karneval, an die Geländer, direkt unter die Lautsprecherboxen, und hielten Kämme in unseren Händen als Requisiten der Selbstbehauptung wie heute junge Menschen ihre Mobiltelefone. Wir trugen jetzt Cordhosen. Widerwillig nähte meine Mutter sie auf mein Drängen hin enger und kürzte sie. Hochwasserhosen waren angesagt. Meine Mutter sprach noch von Manchesterhosen. Als sie einmal Anstalten machte, sie zu bügeln, bekamen wir Krach. Wir färbten unsere Unterhemden mit halbem Arm per Hand knallrot, lila, blau oder grün, umwickelten sie vor dem Trocknen mit Stricken, damit sie diesen typischen Batiklook erhielten. Meine Mutter hielt mich damals für verrückt und sagte: »Geh wenigstens zum Friseur.«

Uwe trat noch mit Schmalzlocke und langen Koteletten auf, ich schon mit Mittelscheitel und »Matte«. Wenn mein Vater mich in der Stadt beim »Gammeln« erwischte, tat er so, als würde er mich nicht kennen, und ich tat so, als sähe ich ihn nicht. Uwe, Hansi, Gerhard, Wolfgang, Christian, Klaus-Peter und ich taten auf der Kirmes so, als gehörten wir selbst zu den Schaustellern. Grimmig blickten wir zu den Strebern hinunter. Wir »Typen« redeten nicht miteinander, schubsten uns ab und zu mal, wenn »eine« guckte, mit den Schultern an, stießen uns die Ellbogen in die Rippen, die sich unterhakenden »Weiber« immer im Visier, so lange, bis sie wieder nicht zu uns heraufkamen und wir, jeder für sich, unsere Kaugummis aus den Automaten aufbliesen und platzen ließen und die Lippen zu den dröhnenden Hits bewegten, als kennten und verstünden wir die englischen Texte. Doch wir konnten nur die Refrains von Hits, die immer noch an allen Buden und Karussells gespielt wurden, mitsingen: »Pretty woman, walking down the street« und »Poor boy« natürlich von den »Lords«. »Poor boy you must know/ouh ouh«, sagt Mutter. »Life is so hard each day!« Das haben wir verstanden, das fanden wir auch.

Wer schon eine Freundin hatte, fuhr im großen Bogen, immer dicht an den Zuschauerreihen vorbei, mit dem »Bumsauto« auf der spiegelglatten Bahn des Autoscooter und griff, wenn sich ein Widersacher in den Weg stellte, frontal an. »Poor boys« kurvten so lange in einem möglichst großen Radius einsam auf der rechteckigen Fläche von der Größe eines Tennisplatzes herum, bis sie eine Einzelfahrerin im Gewirr der bunten, nummerierten Autos erwischten und sie bumsten. Auf der Flucht vom Unfallort kam es zur Blamage. Wer zu schnell am Steuerrad drehte, legte unfreiwillig den Rückwärtsgang ein. Das führte zu einem zusätzlichen, indes unwillkommenen Zusammenstoß mit einem von hinten heransteuernden Fahrer. Die Halbstarken kurvten demonstrativ allein in ihrem Auto herum, die linke Hand besitzergreifend am Steuerrad, den rechten Arm der Länge nach über die Lehne gelegt oder eine »Fluppe« in der Hand. Mit Ulrike Gummersbach hätte ich mich niemals in ein solches Bumsauto gesetzt. Das laute Zusammenstoßen kam für einen wie mich, der eher den sanften Körperkontakt suchte, nicht infrage. Ich schaute mir den Betrieb lieber vom Rand aus an. Dieses feurige Knistern an der Decke, wo der elektrische Kontakt mit der Spitze einer langen Stange am Hinterteil des Bumsautos hergestellt wurde! Ein herrliches Knistern wie beim Abbrennen von Wunderkerzen am Weihnachtsbaum!

Zum Mitfahren ging ich lieber hinüber zur »Raupe«. Dort durfte man sich am Kassenhäuschen unter Angabe seiner Wagennummer einen Hit aussuchen. Wenn man Glück hatte, wurde er auch gespielt. Ich wählte, nicht nur für mich persönlich, sondern demonstrativ auch für Ulrike Gummersbach und die rund um die Fahrbahn herumstehenden Leute »Foxy Lady« von Jimi Hendrix, in der Hoffnung, dass sie mich, allen voran Ulrike Gummersbach, nach der Fahrt mit dem Stück in Verbindung brachten, einer Fahrt, die von Runde zu Runde schneller wurde und mit dem Schließen des raupenartigen Verdecks der Länge nach, begleitet von einem infernalischen Heulton aus den Lautsprecherboxen, über die ganze Wagenreihe hinweg auf ihren Höhepunkt zuraste. Die Schlussphase war immer zu kurz. Es war nicht viel Zeit für einen Annäherungsversuch im Dunkeln.

»I won't do you no harm«, versprach Jimi und ich auch und schaute zu Ulrike Gummersbach. Wie sie da stand, in ihrem drei oder gar vier Handbreit über dem Knie endenden knallroten, hauteng anliegenden Kleid mit einem Reißverschluss vorn von oben bis unten. Wieder trug sie ihre schwarzen Lackstiefel. Mit ihrem scharf gezogenen Lidstrich, ihren fett geschminkten Wimpern und ihrem langen, schwarzen, mittelgescheitelten Haar sah sie aus wie Cher von Sonny and Cher oder mindestens wie Esther von Abi und Esther Ofarim. Ich bebte, ob Ulrike, abgelenkt von ihren Spalier stehenden Freundinnen, meinen Blick erwidern würde, noch ehe ich, vor dem endgültigen Stopp, auf ihrer Höhe, vom schmalen Trittbrett wie ein Profi entgegen der Fahrtrichtung aus dem Zug im Tippelschritt ausscheren würde, um dann zu ihr hinzugehen, sie anzusprechen, einzuladen zu einer gemeinsamen Fahrt; ich dann natürlich außen auf der dunkelroten, kunstledernen Sitzbank, sie innen, sodass sie, je schneller die Fahrt wurde, immer dichter an mich herangepresst würde, am Ende fast auf meinem rechten Oberschenkel säße und ich nicht anders könnte, als meinen Arm um ihre Schultern zu legen, zumindest eine Runde lang, damit alle Herumstehenden, Uwe, Hansi, Gerhard, Wolfgang, Christian und Klaus-Peter, sehen konnten: Der hat es geschafft, »I got you babe!«, der sitzt mit ihr im Dunkeln unter der grünen Plane, er hat sie gekriegt: Foxy Lady. Ulrike Gummersbach.

Mit »Magic Bus« von The Who im Ohr verließ ich die »Raupe«. Ulrike schaute mir nicht nach. Sie warf ihre Mähne hinter die Schultern, ich floh zu meinen Kumpels und zog, weil alle anderen zur Geisterbahn wollten, mit Uwe allein weiter zum großen Karussell. Unterwegs legte ich mir ein Vogelpfeiferl auf die Zunge, wartete, bis das gezackte, halbkreisförmige Kartonblättchen mit der Membrane feucht genug war, um Vogelstimmen zu imitieren, was mir von den vorbeigehenden Mädchen zwar Lacher, aber nicht wirklich Bewunderung für mein Kunststück einbrachte. Alfredo hätte das Pfeiferl gefallen.

Am Kettenkarussell angekommen, zwängten wir uns in Holzsitze und drehten unsere Runden, in gleichbleibender Geschwindigkeit, die Beine mal nach hinten geknickt, mal die Schuhspitzen hoch hinaus in den Himmel gestreckt. Das Wummern, Dröhnen, Tuten, Heulen, Bimmeln und Kreischen von der Erde her, das furchterregende Brüllen, Fauchen und Lachen der Monster von der Geisterbahn zu uns hinauf in die schwindelerregende Umlaufbahn, unsere Oberkörper nach vorn gestreckt, die Hände links und rechts fest an den Ketten, die Augen zusammengekniffen, ein Rauschen in den Ohren, die Haare vom Wind verweht, schrien wir unsere ganze Lebens- und Liebeslust hinaus in die Atmosphäre.

Auf den Boden zurückgekehrt, reagierten wir uns tüchtig ab. »Prüfe deine Kraft!« Auf Höhe des Bauchnabels ist bei diesem Prügelautomaten ein knochenharter, mit Leder überzogener »Draufhau« angebracht. Der Prüfling verschränkt seine zehn Finger wie zu einem Gebet, konzentriert sich kurz, drückt sie, so kräftig es geht, zu einem festen Ballen zusammen, zieht ihn dann über den Kopf zurück auf Nackenhöhe, geht in die Knie und läßt ihn auf das wehrlose Objekt niederdonnern. Den Hieb konnte man im günstigsten Fall als »Schwerathlet« bescheinigt bekommen. »Athlet« oder »Leichtathlet« gingen auch noch, nur nicht bei »Schwächling« oder gar »Täubchen« durfte der Zeiger hinter der runden Glasabdeckung stehen bleiben. Herrlich, dieser satte Klang beim Aufschlag! Ich brachte es bis zum »Athleten«. Bei Uwe drehte sich der Zeiger noch etwas weiter auf der Skala im Uhrzeigersinn. Aber bis »Schwerathlet« oder »Weltmeister« reichte es zu meiner Beruhigung auch bei ihm nicht.

Später dann, an der Schießbude, war es so weit. Die tuschelnden »Weiber« in einer Reihe mit Ulrike in der Mitte kamen doch hinterher. Ich schoss eine Rose, ging schnurstracks auf Ulrike zu, streckte sie ihr entgegen. Die Freundinnen zogen kichernd weiter. Ich kaufte ihr dann so viele Lose an der Bude, bis, wenn schon nicht das Krokodil, wenigstens ein kleiner Plüschbär heraussprang. Die Hauptgewinne trugen fernwehvolle Namen wie »Hamburg«, »Paris« oder »London«. Ich lud Ulrike Gummersbach zum Biertrinken ein. Den Deckel mit den Strichen habe ich aufbewahrt. Er liegt in der Schublade mit anderen wichtigen Dokumenten meines Lebens. Uwe verlor ich aus den Augen, ich begleitete Ulrike bis vor ihre Haustüre. »Let's spend the night together/now I need you more than ever!«

Nach dem Schützenfest gingen Ulrike und ich täglich gemeinsam zur Bushaltestelle und saßen im Schulbus nebeneinander, jeden Morgen und jeden Mittag, immer in der letzten Reihe, dort, wo der Motor am lautesten rattert. Wir hielten Händchen und knutschten, Uwe durfte manchmal neben uns sitzen. Er genoss es, uns beim Küssen zuzusehen. Er hatte noch keine Freundin, obwohl er älter ist. Keiner sonst konnte uns beim Schmusen in der letzten Reihe beobachten, nur der Busfahrer im Rückspiegel. Einmal hielt er außerplanmäßig an und warf uns hinaus, Uwe sicherheitshalber gleich mit.

Ulrike war das erste Mädchen, zu dem ich nach Hause durfte, selbst wenn die Mutter, noch längst keine vierzig, nicht da war. Bei mir zu Hause wäre das niemals möglich gewesen. Ich verheimlichte meine Besuche bei den Gummersbachs. Meiner Mutter gefiel es ohnehin nicht, dass ich jetzt eine Freundin hatte. Sie war eifersüchtig auf Ulrikes junge Mutter, von der ich ihr erzählte. Die beiden haben sich nicht kennengelernt. Ich schämte mich meiner Eltern, die mich zur Welt brachten, als sie schon um die vierzig waren, mein Vater knapp darüber, meine Mutter knapp darunter; sie waren über zwanzig Jahre älter als Frau Gummersbach. Heute schäme ich mich, dass ich mich schämte. Ich war auch schon über vierzig, als Susi geboren wurde.

Mir gefiel es, wenn Frau Gummersbach zu Hause war und nebenan im Wohnzimmer Fernsehen guckte, während Ulrike und ich auf ihrer orangefarbenen Decke aus Cord lagen und unsere Finger in die geöffneten Hosenschlitze steckten; eine brennende Kerze flackerte auf einer verkehrt herum aufgestellten Apfelsinenkiste. Uwe hatte mich gewarnt, wenn ein Mädchen seine Unschuld verliere, blute es »wie ein Schwein«. Ulrike hat gar nicht geblutet. Als sie das erste Mal mein Glied in sich hineinließ, spritzte ich schon nach wenigen Sekunden ab. Mir war nach »Hey Joe« von Jimi Hendrix. Ulrike legte zum Nachspiel Simon and Garfunkel auf den Plattenteller, »Sound of Silence«.

Nach dem ARD-Sendeschluss schickte Ulrikes Mutter Abend für Abend ein »Gute Nacht. Macht nicht so lange!« durch die geschlossene Türe. Sie präparierte sich im Badezimmer am Ende des Flurs für die Nacht. Es erregte mich, dass sie im Nebenzimmer lag und vor dem Schlafen noch ein wenig in der Quick las, während Ulrike und ich miteinander, wie man damals sagte, »puppten«. Wir taten es allerdings so leise wie möglich. An ein Sprechen während der Liebe war nicht zu denken. Ich kann mich nicht daran erinnern, ob Ulrike je gestöhnt hat. Ich bin mir nicht sicher, ob sie überhaupt »kam«. Ich dachte an meinen Vater oder meinen Mathematiklehrer, um nicht zu schnell zu »kommen«. Hauptsache, sie hatte die Pille nicht vergessen; sie war schon auf dem Markt. Mit Parisern puppen konnte ich nicht. Seit Uwe und mir beim Füllen eines Exemplars von »Ritex« mit mindestens einem Liter Wasser ein furchtbarer Unfall passierte, fürchtete ich, das Präservativ könnte auch im Ernstfall platzen. Einmal ging ich kurz vor Mitternacht in die Küche und holte eine Flasche Cola aus dem Kühlschrank und scharfe Kartoffelchips aus dem Brotkorb. In den Flur drang das Brummen eines Rasierapparats. Frau Gummersbach hatte die Badezimmertür einen Spalt weit offen gelassen. Ich blieb im Flur für einen Moment stehen und schaute zu, wie sie, einen Fuß auf die Klobrille gestellt, mit dem Damenrasierer über ihre Waden glitt.

Bei mir zu Hause brummten keine Damenrasierer. Bei mir zu Hause röhrte höchstens der Föhn. Und wenn sich meine Schwester Rosetraut im Schein der Stehlampe mit den drei schwenkbaren Armen und den tütenförmigen Schirmen in ihrem Jugendzimmer vor dem noch nicht heruntergelassenen Klappbett, mit dem Rücken zur halb offen stehenden Tür – ich draußen im Flur davor –, anschickte, das Nachthemd anzuziehen , schielte ich durch den Spalt, voller Furcht, von ihr, unserer Mutter oder unserem Vater erwischt zu werden.

Aus ihrem Telefunken-Plattenspieler erklangen die Hits von 1960, Peter Kraus' »Alle Mädchen wollen küssen«, Jan und Kjelds »Banjo Boy« und Ted Herolds

»Moonlight«. Am Rahmen ihres Klappbetts klebten ausgeschnittene Schwarz-Weiß-Fotos von Horst Buchholz. Ich sah Rosetraut in der entscheidenden Szene immer nur von hinten. Ihren Schlüpfer zog sie erst aus, wenn das Nachthemd bis zu den Waden herunterhing.

Auch meine Eltern habe ich niemals im Leben nackt gesehen. Sie gingen niemals zusammen ins Badezimmer. Die Tür wurde bei jeder Gelegenheit abgeschlossen. Das Badezimmer war der Ort, an dem man sich nicht nur wusch, sondern morgens wie abends, an Werktagen wie an Sonn- und Feiertagen umzog. Immerhin hatten wir eine Wanne. Samstag war Badetag. Das Geräusch hinter der Tür beim Herumdrehen des Schlüssels steckt mir noch heute in den Ohren. Das Badezimmer war eine Zelle, die sie verriegelten, und ich tat es ihnen nach. Keiner durfte reinkommen, wenn ich beim Einlaufen des Wassers in Badehose auf dem Badewannenrand saß und mit einer Hand, rudernd im langsam ansteigenden Meer, für einen ordentlichen Wellengang sorgte, ehe ich einstieg und mir die Taucherbrille aufsetzte, um Mike Nelson zu sein, der seine »Abenteuer unter Wasser« vor der Tagesschau im Deutschen Fernsehen bestand. Ich hielt die Luft an, auf dem Badewannenrand tickte die Stoppuhr.

Auch Ulrike ging zum Umziehen ins Bad. Sie ließ mich zusehen, wenn die Mutter nicht zu Hause war. Jeder andere Junge wäre mit hineingegangen. Doch ich blieb lieber im Flur stehen und sah von draußen durch den Türspalt zu, wie sich Ulrike mit über Kreuz geschlagenen Armen den roten Angorapulli über den Kopf zog. Der Spiegel über dem Waschbecken war zu hoch angebracht, um die ganze Fülle ihrer Brüste zu bewundern. Ich sah zu, wie sie mit aufgerissenen Augen vor dem Spiegel stand und nach dem geduldigen Auswischen der Wimperntusche mit Wattebäuschen einen Schritt zurückwich und erst den linken, dann den rechten Arm in die Höhe streckte, um mit dem Waschlappen unter die rasierten Achseln zu gelangen. Mit dem Zeigefinger drückte sie dann auf das Knöpfchen der Dose mit Intimspray. Bis zum Morgen sollte der Duft anhalten. Das »Fffft« beim Tippen auf die Dose – ein längst vergangenes Geräusch, nach dem ich mich heute zurücksehne wie nach dem Kratzen der Saphirnadel in den Rillen der Schallplatten aus Vinyl. Ehe Ulrike Gummersbach endlich ihr Nachthemd anzog, verging eine Viertelstunde, ich wünschte mir, es hätte noch länger gedauert.

Wenn Ulrike aus dem Bad herauskam, zündete sie die in den Hals einer ausgedienten, dickbauchigen Lambruscoflasche gesteckte Tropfkerze an, legte »Words« von den Bee Gees, »Nights in white satin« von den Moody Blues oder andere Schmusemusik auf, ließ direkt vor meinen Augen ihr Nachthemd auf den Teppichboden fallen und zog mich, bis auf die Schuhe noch vollkommen angezogen, sanft auf die Matratze, um mir, als Erstes, umständlich die Nietenhose vom Körper zu streifen und dann, auf der Suche nach meinem sich vor Aufregung zusammenrollenden Penis, an mir herumzufingern. Lieber war es mir, wenn ich ihr aus gebotener Distanz selbstsicher im Badezimmer beim Waschen und Ausziehen zusehen konnte, als nahe beieinander und aufeinander zu liegen. So nahe, dass ich nichts sehen und nichts hören konnte, weil alles, was sich mir visuell und akustisch aus nächster Nähe darbot, von einem unangenehmen Nesteln und Knistern, Rutschen und Rempeln übertönt wurde.

Die Gummersbachs wohnten im obersten Stock eines fünfstöckigen Wohnhauses, hundert Meter entfernt von unserem Reihenhaus, schräg gegenüber, dazwischen schmale Vorgärten und Garagen aus Blech. Samstags im Sommer ratterten hier die Rasenmäher den ganzen Tag. Am Feierabend, wenn der Volkswagen, der Ford Taunus und der NSU Prinz abgestellt waren, knallten die Tore an den Garagen vom Zuwerfen, als wäre eine Bombe eingeschlagen.

Übernachten durfte ich bei Ulrike nicht. Die Mutter bangte um ihren guten Ruf in der Nachbarschaft. Sie musste aufpassen, sie war eine geschiedene Frau. Geschiedene Frauen galten als verdächtig. Zusammen im Bett lagen wir drei – Ulrike, ihre Mutter und ich – nur einmal. Es war an einem Sonntagmorgen, ich holte Ulrike zum Schwimmen ab, die beiden frühstückten noch auf dem

Bett. Ich weiß nicht mehr, wer mich aufforderte, mich hinzuzugesellen, aber ich sehe Frau Gummersbach noch heute, wie sie auf der Matratze sitzt, barfuß, rot lackierte Fußnägel, die Beine angezogen, in einem fliederfarbenen Babydoll. Ihre Brustwarzen stachen auf den dünnen Stoff. Ich bekam eine Erektion. Später, am Baggersee, träumte ich davon, an ihnen zu saugen. Es dauerte auf der Wiese einige Zeit, bis ich mich auf Ulrike, ihren neuen Bikini und die vor der neuen Ausgabe von *Constanze* liegenden Freundinnen konzentrieren konnte.

Am Abend ging ich erfolgreich in Stellung. Ulrike schob, wie abgesprochen, exakt dreißig Minuten nach Ende des Sportstudios – sie in ihrem, ich in meinem Zimmer, fünfzig Meter voneinander entfernt – den leuchtend gelben Vorhang zur Seite, knipste das Licht der Stehlampe an, richtete den Schein, wie eine Beleuchterin beim Theater, auf ihren Oberkörper. Sie stand direkt am Fenster, schlug ihre Mähne hinter die Schulter, zog ihren Pulli über den Kopf und zeigte mir ihre nackten Brüste. Sie beendete die Vorstellung mit einem kurzen Winken, zog den Vorhang zu und knipste das Licht aus, ehe sie in der Dunkelheit ihres Zimmers verschwand und ich nach unten in die Küche schlich, um mich zu vergewissern, dass meine Mutter nicht zufällig etwas von der Vorstellung mitbekommen hatte. Mein Vater war unten im Keller, wo es keine Fenster gab. Wie ich das alles so genau hatte sehen können?

Nun, ich hatte mir heimlich das Fernglas aus dem Werkzeugschrank meines Vaters im Keller geholt, einige Sofakissen übereinander auf den Boden gelegt und kniete vor meinem Fenster, die Ellbogen auf das Fensterbrett gestützt, das Fernglas auf einen Stapel mit Schulbüchern gelegt – obenauf das mit einer durchsichtigen Folie eingeschlagene *Lebensgut* –, die Hände zitternd vor Aufregung beim Heranzoomen der Aufführung, das Herz ein Schlagzeug in der Brust. Dass auch mein Freund Uwe im Reihenhaus nebenan kniete und auf diese Sondervorstellung mit einem Nachtglas – er hatte dafür lange gespart – zeitgleich mit mir hinüberpeilte, störte mich nicht. Im Gegenteil. Am Tag danach tauschten wir uns über das gebotene Schauspiel aus. Ich war erleichtert. Auch Uwe gefielen die Brüste meiner Freundin. Weil sein Fernglas viel besser war als das meines Vaters, welches ihm beim Spazierengehen durch den Wald wie einem Jäger vor der Brust hing, hatte er Details erkennen können, die mir verborgen geblieben waren. Ihre linke Brust sei größer als die rechte, wollte er mir weismachen. Ich bat ihn, mir sein Nachtglas für die nächste Vorstellung auszuleihen. Oder zu mir herüberzukommen, es mitzubringen und gemeinsam, immer abwechselnd, zu ihr hinüberzupeilen. Er schlug meine Bitte aus. Heute weiß ich, warum. Er wollte wenigstens aus der Ferne mit ihr allein und ihr näher sein als ich, mit dem sie »ging«, der aber nicht so ein scharfes Fernglas hatte wie er und auch nicht so einen langen Pimmel.

Dafür war ich es, der mit Ulrike und Frau Gummersbach Abend für Abend auf dem orange-braun gestreiften Sofa im Wohnzimmer saß und mit ihnen die Frankfurter Schlagerbörse mit der Stimme des Moderators Hanns Verres im Hessischen Rundfunk hörte und den Beat-Club mit Uschi Nerke schaute, die eine kieksende Stimme hatte. Trotzdem dachte ich an Uschi, wenn ich mich, kaum war Frau Gummersbach schlafen gegangen, im Nebenzimmer mit Ulrike beschäftigte. Ulrike war neidisch auf die Beine und kurzen Röcke der Moderatorin, obwohl ihre Beine genauso schön waren, wenn nicht sogar ein wenig länger, und ihre Röcke kürzer.

Ulrike stieß spitze Jubeltöne aus, »wie süß« dieser David Garrick! Die Öffnungsphase war bei ihr immer länger als die Schließphase, der Stimmlippenschluss dabei oft nur unvollständig, insbesondere bei verhauchter Phonation. Selbst als sie einmal mitten in einem Spiel bei der Fußballweltmeisterschaft meinen Hosenstall öffnete, gelang es mir nur mit Mühe, ihrer Erwartungshaltung gerecht zu werden. Denn der Fernseher lief weiter, zwar ohne Ton, aber Schnellinger interessierte mich in diesem Moment auch ohne Reporter mehr als der Spieltrieb meiner Freundin. Als die Weltmeisterschaft stattfand, machte Frau Gummersbach gerade Ferien an der Adria. Frau Gummersbach liebte Italien. Ich liebte Italien. Ulrike liebte Italien. Uwe liebte Italien.

Uwe? Ja, er war es, dieses Arschloch, der mir Ulrike

Gummersbach schließlich ausspannte, bevor ich in die Großstadt zog und mit einer Buchhändlerlehre begann. Sie sind einmal gemeinsam nach Italien gefahren, an denselben Strand wie meine Mutter mit uns Kindern. Hat mir Rosetraut erzählt. Uwe und Ulrike gingen bestimmt zusammen in jenes Lusthäuschen, und ich kann mir gut vorstellen, was sie da getrieben haben. Ob Alfredo ihnen heimlich folgte, um sie zu ermahnen? Ich bin sicher, dass Ulrike sein Typ war. Er hat ihr bestimmt nachgepfiffen. Er kann eine Vogelstimme ohne jenes Blättchen auf der Zunge imitieren.

Uwe und Ulrike haben später geheiratet und sind nach Berlin gezogen. Ich habe beide nie wieder gesehen. Ich weiß nicht einmal, ob sie noch zusammen sind, ich weiß nicht, ob er noch sein Fernglas hat, ich weiß nicht, ob sie überhaupt noch leben, ich habe ihn nicht gegoogelt, ich bin nicht bei Facebook, obwohl mich Susi dazu dauernd zu überreden versucht. Ich bin auch Uwe heute nicht mehr böse. Es würde mir gefallen, ihm von Simonetta zu erzählen, uns gemeinsam vorzustellen, wie wir nebeneinander knien, sein scharfes Nachtglas im Anschlag, einer nach dem anderen, immer schön abwechselnd, zu Simonetta hinter dem Fenster schauen. Simonetta zöge sich für uns langsamer aus, als es Ulrike Gummersbach jemals getan hatte. Sie zöge vor unseren Augen den purpurroten Sommerpulli über den Kopf und öffnete ihre Lippen, die ich im Casino des MC nicht wirklich in Augenschein nehmen konnte. Doch ich war mir sicher, der Augenblick würde kommen.

Wenn Sie wissen wollen, wie es mit mir und Simonetta weitergeht, kommen Sie nächste Woche wieder. Falls Professor Herrliberg nichts gegen eine Fortsetzung hat. Mein Klinikaufenthalt wurde auf unbestimmte Zeit verlängert. Ich gehöre schon beinahe zum Personal. Ich bin von Frau Rodenkirchen gebeten worden, morgen – gleiche Stelle, gleiche Welle – einige Kostproben aus Tausendundeiner Nacht *zum Besten zu geben. Ich dachte, es wäre vielleicht reizvoll, wenn ich die Geschichte vom jungen Mann aus Mosul, Sie erinnern sich, ausführe. Es ist eine Dreiecksgeschichte mit tödlichem Ausgang. Gute Nacht.*

4

Freitag, 9. Juli Länge: 45.02

Guten Abend zusammen. Bitte haben Sie Verständnis dafür, dass ich von meinem Pfad des Erzählens immer wieder abkomme. Simonettas Auftauchen im Casino des Media Centers bringt Erinnerungen ans Tageslicht, die ich Ihnen nicht vorenthalten will. Ganz gleich, ob Bärbel Wunderlich, Ulrike Gummersbach, Anastasia Fuckmenow, ja selbst Margot Bruch – nur, indem ich über sie erzähle, werde ich sie los. Heute geht es um Carla Frosch. Doch beginnen muss ich in jenem Berliner Museum, wo die Ausstellung mit den schönsten Gesichtern der Renaissance gezeigt wurde.

Susi und ich gehen gerne zusammen ins Museum. Das Herumschlendern durch die Säle kam vor einem Bildnis Simonetta Vespuccis, der schönsten Italienerin aller Zeiten, zu einem jähen Ende. Susi zupfte ungeduldig an meinem Jackett und sagte: »Sag doch was.« Doch ich konnte nicht sprechen. Vor lauter Hinstarren verschwamm das Bild vor meinen Augen. Umso schärfer kam es zurück, als ich später im Ausstellungskatalog auf sie stieß. Sandro Botticelli hat seiner Simonetta Vespucci eine überzogene Oberweite angedichtet. Die Schulter hängt ihr für meinen Geschmack zu stark, geradezu steil herunter. Der von Perlen durchwirkte, goldfarbene, fest geflochtene Zopf zieht eng an ihrer Schulter vorbei in die Tiefe. Wie würde Sandro Botticelli meine Simonetta malen? Würde er sie bitten, ein künstliches Haarteil anzulegen, damit sie ihrem historischen Vorbild noch ähnlicher sieht, als sie es ohnehin schon tut? Würde er ihr die Schulter entblößen, kämen ihre Hände mit auf das Bild?

Ich stelle mir vor, wie sich der Vortreffliche meine Simonetta zurechtrückt, bevor er sie malt, wie sie sich seinen Anordnungen fügt, wie sie sich später, erschöpft vom langen Modellsitzen, hinstreckt auf seinem Lager, sich von ihrer Bluejeans, ihrem purpurroten Sommerpulli und ihrem Höschen befreit, die Arme hinter dem Kopf in Stellung bringt, den Kopf auf die ineinander verschränkten Hände legt, das linke Bein ausstreckt, das rechte angewinkelt auf die Bettstatt stellt. Ein Musikant sitzt in angemessener Distanz zum Geschehen auf dem Boden und kommentiert das Ereignis mit Lautenspiel.

Ich stelle mir vor, wie sich ihr flacher Bauch erwartungsvoll hebt und senkt, wie sie ihren Kopf zur Seite dreht und die Augen schließt – die Hände keusch an den Leisten – und dann doch mit ihrem linken, gestreckten Zeigefinger den Weg weist zu ihrem Venushügel. Der zweite Zeh ist auch bei ihr länger als der große, ganz so wie bei Simonetta Vespucci in der Pose der Venus.

Ich stelle mir vor, wie Sandro ihren Fuß mit der rechten Hand ergreift, ihn zu sich hochzieht und mit den Fingern der linken Hand ihre Zehen massiert, sodann an ihrem großen Zeh lutscht. Ich sehe, wie er ihre Hand ergreift, an jedem ihrer Finger einzeln saugt, wie er ihren Nabel küsst, über ihre Knie streicht, ihre Oberschenkel zur Seite drückt, seinen Mittelfinger in ihre Vulva taucht und nach dem Herausziehen prüft, ob es in ihrem Inneren schon nass genug ist.

Ich stelle mir vor, wie er sich aufbäumt und sich ein wenig von ihrem Leib entfernt, um ihr Geschlecht mit Abstand zu betrachten, wie es sich für einen Porträtmaler gehört. Wie er seinen Kopf zwischen ihre Beine bringt, wie er ihre Knospe küsst. Ohne Widerworte ließe sie sich alles gefallen.

So träumte ich dahin, bis mir eine Vision in den liebesbesoffenen Kopf platzte: Was, wenn sie schon eine Verabredung am Abend hätte? Die Vorstellung, ein anderer als ich ginge nach dem Rendezvous in einer schwach beleuchteten Bar mit Simonetta nach Hause und dürfte vor dem Zubettgehen zusehen, wie sie ihren Sommerpulli über den Kopf streift und wie dann der Mann von hinten ihre Brüste in die Hand nimmt, an den Brustwarzen spielt, erregte und schmerzte mich zugleich. Eifersucht, Schmerz und Lust: Wie sehr diese Pole der Leidenschaft sich gegenseitig bedingen, zusammengehören, ja geradezu eine Voraussetzung für das erotische Verhältnis zweier Menschen sind, erfuhr ich leibhaftig in meiner kurzen Liebesgeschichte mit Carla Frosch.

Von der Ausbildung her Modedesignerin, kam Carla zu ihrem Sprecherjob dank eines glücklichen Zufalls. Sie war in ihrem erlernten Beruf arbeitslos. Kein anderer als Hannes Zimba hatte sie angesprochen, als sie einmal zufällig zur selben Zeit in Dr. Ottos Wartezimmer saßen. Dr. Ottos Zahnarztpraxis liegt auf der zweiten Etage im MC. Man kam so ins Gespräch. Carlas Stimme »haute mich«, wie sich Zimba am Sprecherstammtisch ausgedrückt hatte, »vom Hocker«. In der Tat. Carla Froschs Stimmbänder sind so dünn, ihre Vibrationsamplitude ist im Vergleich zur Modalstimme so schwach ausgeprägt, dass bei ihr nur noch die Randkantaten der Stimmbänder mitschwingen. Deshalb ist ihre helle und gleichwohl leicht brüchige Stimme ideal für Mädchen- und Kuscheltierrollen bei der Synchronisation fremdsprachiger Real- oder Zeichentrickfilme.

Sigrid Raschke konnte eine solche Stimme für Spezialaufträge gut gebrauchen. Gelegentlich werden bei Voice Erotikfilme vertont. »Synchronisiert«, wie es in der Fachsprache heißt. Die ganze Etage wird für den Publikumsverkehr gesperrt, wenn es mit dem simulierten Stöhnen wieder so weit ist. Aber Carlas Reize liegen nicht nur in ihren Stimmbändern. Als sie einmal von einer Hardcoreproduktion ermattet ins Casino kam und mit einem großen Bier in der Hand auf einen freien Tisch zusteuerte, nahm ich meinen ganzen Mut zusammen, sprach sie an und schlug ihr vor, zusammen zum Italiener um die Ecke zu gehen, dort sei es nicht so laut, man könne dort besser reden. Sie sagte nichts, nickte nur, trank ihr Bier im Stehen aus, auf der Oberlippe blieb ein Schaumbläschen zurück; sie leckte es mit der Zungenspitze weg, da war es um mich geschehen. Noch stand ich fest auf dem Boden. Kein Gleitwirbel, keine vorgefallene Bandscheibe brachte mich um meine Haltung. Auch beim Italiener war ich in Form. Wir mussten unser Thema nicht suchen. Es drängte sich uns auf.

Frisch von ihrem Mann sei sie getrennt, erzählte sie mir, ich sei das auch von meiner Frau, erwiderte ich, und schon waren wir ganz bei uns, Carla und ich, obwohl wir von Natur aus nicht an einem Strang ziehen können, wir sind nicht vom selben Geschlecht. Sie hatte sich von ihrem Mann getrennt und Margot von mir. »Es sind heute immer die Frauen.« Der Satz lag mir auf den Lippen. Ich sagte ihn nicht. Ich tat im Verlauf des Gesprächs aber so, als wäre die Trennung in meinem Fall in beiderseitigem Einvernehmen geschehen. In Wahrheit hatte sich Margot von mir getrennt. An Männern, die verlassen werden, kann etwas nicht stimmen. Es sind Verlierertypen, so oder so. Sagte mir einmal Sigrid Raschke. Sie muss es wissen. Sie hat sich von einem Mann nach dem anderen getrennt. Trotzdem ermannte ich mich, Carla bei Pasta und Rotwein Tipps zu geben, an die ich mich selbst im Zuge meiner eigenen Trennungsgeschichte nicht hielt: So schnell wie es geht einen Anwalt nehmen, die Scheidung einreichen, reinen Tisch machen, beide Seiten der Zugewinngemeinschaft auseinanderdividieren, das Sorgerecht für den Jungen und Unterhaltsfragen klären. Urlaubsregelungen treffen. In meinem Fall überließ ich das Vorschlagsrecht Margot Bruch. Ich zog in jeder Beziehung den Kürzeren.

Carlas Ex ist Informatiker. Von ihm durfte sie, da er ausgezogen und das Kind bei ihr geblieben ist, einiges erwarten. Ich konnte sogar eine ungefähre Summe bezüglich des zu erwartenden Unterhalts nennen. Die Düsseldorfer Tabelle steckt in meinem Portemonnaie wie bei Beamten und Angestellten im öffentlichen Dienst die Vergütungstabelle. Es wäre weniger, als ich von Margot für Susi bekam, wenn Carla sich dazu entschlösse, sich scheiden zu lassen. Obwohl ich ihren Mann überhaupt nicht kannte, ließ ich keinen Zweifel daran, dass sie sich scheiden lassen müsse, und zwar so schnell wie möglich, sie dürfe ihm keineswegs trauen, die Rechtslage ändere sich jedes Jahr.

Was auch immer Carla zu meinen Einlassungen und Hinweisen sagte, es stimmte mit dem, wie sie es sagte, nicht überein. Wenn sie von ihrem Mann, der sie mit einer anderen Frau, einer Russin, betrogen habe und sich nun weigere, für Rico, den gemeinsamen Sohn, zu zahlen, als einem »echten Arschloch« sprach, betonte sie dieses Wort mit einer Sanftmut, die mir eher zu einer Liebeserklärung als zu einer Verwünschung zu passen schien. Ihre Stimme zog mich, je länger der Abend dauerte und obwohl ich kindliche Frauenstimmen sonst überhaupt nicht mag, von Stunde zu Stunde näher zu ihren Lippen hin. Vor lauter Einfühlung geriet ich an die Grenze zu einer unfreiwilligen Imitation. Ich musste aufpassen, dass mein Süßholzraspeln auf Carla nicht aufgesetzt wirkte. Das Licht der Kerze schimmerte in ihrem langen, kastanienbraunen Haar. Und der Rotwein floss in uns aus bauchigen Gläsern mit langem Stiel.

Natürlich stellte ich mir vor, als sie das WC aufsuchte, sie käme mit hochgestecktem Haar zurück. Sie tat es nicht. Aber ihre Lippen hatte sie bei der Gelegenheit mit dem Stift nachgezogen. Es war ein sehr dunkles Rot. Je näher wir aneinanderrückten, um uns in diesem, von einem Stimmenschauer erfassten Restaurant überhaupt zu verstehen, umso stärker wurde mein Verlangen, eine Hand unter ihre Mähne zu legen, ihren Hals und ihre Wange zu berühren, ihr in die Augen zu schauen und zu schweigen. Noch in derselben Nacht standen wir an einer Hauswand in der Nachbarschaft des Lokals und küssten uns. Sie war mir dankbar für meine Tipps, ich war ihr dankbar, dass ich sie küssen durfte.

Ich bin genau achtzehn Jahre älter als Carla. Die Sache

nahm anfangs einen guten Verlauf. Weder Sigrid Raschke noch unsere Kinder – Carlas Sohn ist im Vorschulalter – bekamen von unserem Verhältnis etwas mit. Ich bin mir nicht sicher, ob Hannes Zimba etwas ahnte. Sollte er gar etwas vor mir mit Carla gehabt haben? Ich konnte nichts Verdächtiges entdecken, wenn ich die beiden in den Studios beobachtete. Stimmlich jedenfalls passen sie überhaupt nicht zusammen. Carla und ich dagegen sehr.

Carla Frosch und ich verabredeten uns immer nach Dienstschluss. Es ging nicht, dass sie zu mir nach Hause kam. Susi. Ich fuhr immer zu ihr. Sex war für Carla und mich ein Kammerspiel. Selbst wenn ihr fünfjähriger Sohn im Nebenzimmer schlief, ließen wir uns aufeinander ein. Vor dem Einschlafen las ich Rico eine Geschichte vor. Er hörte so wenig zu, wie ich erfasste, was ich da eigentlich las. Das gehört zur Routine unter überlasteten Berufssprechern: laut lesen ohne jede Sinnerfassung des vorgetragenen Textes. Als er dann endgültig genug von meiner Lesung hatte und mit irgendeinem dieser piependen und zischenden elektronischen Spielgeräte im Anschlag endlich eingeschlafen war, verließ ich die Bettkante, Elvis, der Kater, auf leisen Pfoten hinter mir her. Ich zog lautlos die Tür ins Schloss und schlich auf Zehenspitzen ins Badezimmer. Der Handtuchhalter neben dem Waschbecken war abgerissen, im Waschbecken getrocknete Spritzer von Zahnpasta, das Neonlicht in der Funktionsleiste am oberen Rand des Spiegels surrte, auf dem Wannenrand eine Plastikente, ein Gummikrokodil, eine giftgrüne Plastikflasche mit Shampoo, neben dem Klo eine Wäschetonne aus Edelstahlimitation und das Katzenklo. Ich setzte mich auf die Brille, hob den Deckel von der Wäschetonne ab, legte ihn vorsichtig auf den hellblauen Teppich aus Plüsch, fischte ein blütenweißes Spitzenhöschen von Carla aus der Tonne, hielt es mir an die Nase, atmete seinen Duft tief ein, stopfte es wieder zurück, legte den Deckel mit Fingerspitzengefühl, damit Carla keinen Verdacht schöpfen konnte, wieder auf die Tonne, die Klospülung röchelte. Ich wusch mir am Waschbecken mit hellblauer flüssiger Seife aus einem Spender Hände und Schwanz und ging dann ins Fernsehzimmer, wo Carla lag und auf mich wartete.

Alle Viertelstunde schaute sie nach, ob Rico schlief. Wenn es so weit war und wir von der Couch aufstanden, das Kerzenlicht ausbliesen und in ihr Schlafzimmer auswichen, ließ sie den Fernseher im Wohnzimmer laufen. Sollte Rico wach werden und Angst bekommen, sollte er denken, wir schauten fern. Ehe wir uns auf ihrem Queensizebett ausstreckten, drehte sie den Schlüssel im Loch herum. Wir zündeten die Kerzen am Leuchter an, stellten uns mit einer Flasche Wein und zwei Gläsern an die hohe Kommode. In der obersten Schublade stapelten sich Carlas Höschen in allen Farben. Sie wurden bei Duft gehalten von dazwischengelegten Seifenstückchen. In der untersten Schublade lag zwischen Hemdchen und T-Shirts ein cremefarbener Beutel, darin eingelegt ihr rosafarbener Dildo. Wir haben ihn zusammen in einem Sexshop gekauft. Wir taten so, als wäre die Kommode eine Theke, ich tat so, als hätte ich keinen Gleitwirbel. Wir ließen uns auf die Matratze fallen und spielten, Carla, der Dildo und ich, miteinander bis zur Morgendämmerung. Carla musste früh aufstehen, Rico für den Kindergarten präparieren. Die Brote schmierte sie noch um vier Uhr morgens. So musste sie später, nach drei Stunden Schlaf, nicht schneiden, streichen und belegen. Das Duschen, Schminken und Anziehen am Morgen war schon aufwendig genug.

Nach dem nächtlichen Liebestheater schwebte ich in meinem Lupo durch das Morgengrauen, mit Gegenverkehr musste ich zu dieser Zeit nicht rechnen. Der Duft ihres Körpers hing noch in meinem Pullover. Ihre Stimme klang nach in meinem Ohr. Dann einen Parkplatz gesucht, nach mehreren Runden um den Block endlich einen gefunden. Die Treppe hinauf, zwei Stufen auf einmal. Oben angelangt, ein Stechen in der Hüftgegend, durch geschicktes Manövrieren und Positionieren meines Unterleibs hatte ich mein Handicap im Verlauf unseres Kammerspiels noch einigermaßen im Griff gehabt. Jetzt leise die Wohnungstür aufgeschlossen, ein quietschendes Ungeheuer mit Flügeln. Meine Halbschuhe im Hausflur stehen gelassen, in Socken lautlos in die Küche, das Schulbrot für Susi geschmiert und mit Salami belegt, das Brot in seidiges Butterbrotpapier eingepackt, einen Apfel dazugelegt, nicht gewaschen. Susi hätte den Wasserstrahl hören und sich erschrecken können. Dann schrieb ich den Zettel:

»Bitte, Süße, lass mich ausschlafen, es wurde spät letzte Nacht. Papi.«

Das Wochenende darauf verbrachte Rico bei seinem Vater, Susi fuhr zu ihrer Mutter nach Frankfurt am Main. Carla und ich gingen ins Roxy. Nach zwei Gläsern Wein verschwand sie, wie abgemacht, in der Damentoilette, kam wieder zurück zu mir, ich saß auf dem Barhocker, sie stellte sich vor mich, reichte mir, ohne nach links und rechts zu gucken, ihr weißes Höschen wie ein zusammengeknülltes Taschentuch. Ich steckte es in meine Hosentasche, hielt es ab und zu mal an meine Nase, schaute mich um, mir war es egal, ob mich einer dabei ertappte, und verstaute das nach Vanille duftende Stück Stoff wieder zurück in meiner Hosentasche.

Carla hatte sich unterdessen, wie abgemacht, um gut zwanzig Meter entfernt und unterhielt sich mit drei strahlenden Männern in Wochenendstimmung, allesamt vom Typ her Anwälte in einer Großkanzlei. Der Erste führte Wort, der Zweite redete ab und zu mal dazwischen, der Dritte hörte zu und setzte Richtung Carla einen dauerhaft schmachtenden Blick auf. Nur einer kann am Ende gewinnen, ich tippte auf den Schweiger. Wenn die drei Burschen gewusst hätten, dass diese von ihnen eingekreiste Frau kein Höschen trug, sie hätten nur noch gestammelt. Mich erfasste eine ungeheure Erregung, mich, den Regisseur dieser Szene, mich, der alles im Griff hatte, nicht nur das Stückchen Stoff in der Hosentasche. Nicht einmal Hannes Zimba hätte mir dazwischenfunken können, wäre er ins Roxy gekommen. Aber er kommt nie ins Roxy, der Schuppen ist ihm nicht edel genug. Ich ließ das Höschen in meiner Hosentasche erst los, als Carla wieder zu mir kam und ihren Arm um meine Schultern legte. Die drei Typen staunten nicht schlecht, wie ich Carla bei der Hand nahm. Ihre Cocktails übernahmen sie, ich zahlte meinen Wein, legte beim Hinausgehen meinen Unterarm um ihre Hüften, sie schwankte ein wenig, ich atmete draußen tief die frische Nachtluft ein, ich hatte gewonnen.

Einige Tage danach flogen Carla und ich nach Berlin. »Sicherheitshinweis. Bitte lassen Sie Ihr Gepäck nicht unbeaufsichtigt. Security advice. Do not leave your luggage unattended.« Die eher nach Beruhigung als nach Warnung klingende, selbst hinterste Toilettenräume akustisch lüftende Durchsage im Kölner Flughafen klingt zwar so, als hätte ich sie gesprochen – habe ich aber nicht. Wie der Sprecher Silbe für Silbe mit seiner sanften und gleichwohl dringlichen Stimme nach unten gehe, unterrichtete ich Carla, wie der Satzkörper gleichsam von ganz oben eine unsichtbare Treppe herunter zu uns Passagieren komme, zeuge von höchster Rezitationskunst. Carla nickte.

Ich bestand darauf, in der letzten Reihe zu sitzen, damit ich vom Zuknallen der Handgepäckablagen über den Sitzen nicht auch noch von hinten bedroht werde. Ich sitze immer am Gang, hinten rechts, damit ich das linke Bein zur Entlastung meines bis hinunter zu den Waden stechenden Ischiasnervs ausstrecken kann und, wenn der Service losgeht und ich das Bein wieder einziehen und vor die Rückenlehne schieben muss, die Schulter und den Kopf, linkslastig zur Seite geneigt, auf möglichst langer Wegstrecke der Stewardess beim Schieben des Servierwagens durch den Gang nachschauen kann. Carla saß – wie früher Margot – am Fenster. Auf einer Dienstreise begleitet hatte mich Margot allerdings nie.

In Tegel gelandet, stiegen Carla und ich in ein Taxi und hielten Händchen auf dem Rücksitz. Wir kamen im Zuge unseres gemeinsamen Engagements bei Shoppen Total, Studio Berlin, in den Genuss eines Hotels mit fünf Sternen. Bei Shoppen Total geht das Geldverdienen ganz einfach. Denn bei der Synchronisation von Dauerwerbesendungen über italienische Keramikpfannen oder amerikanische Heimtrainer muss der deutsche Text nicht zu den Lippenbewegungen der brutzelnden und schwitzenden Laiendarsteller passen. Man kann seine Texte »trocken« aufnehmen, das heißt, sie werden nach der Aufnahme so laut und deutlich über die Bilder gelegt, dass man den Originalton darunter kaum noch hört. Stimme und Mund, eigentlich unzertrennlich, führen bei Shoppen Total auf groteske Weise ein Eigenleben.

Nach dem Einchecken im Hotel fuhren wir hoch auf unser Zimmer, das wir gleich wieder verlassen mussten, weil unten das Taxi wartete. Wir mussten direkt ins Studio. Ich musste einem amerikanischen Fitnesstrainer meine deutsche Stimme leihen. Eine Fehlbesetzung. Vor Muskeln strotzt meine Stimme wahrlich nicht. Aber was spricht man nicht alles für ein gutes Honorar. »Ich spreche alles, wenn gut bezahlt wird«, sagt auch Hannes Zimba. Carla synchronisierte eine aufgekratzte Fünfzigerin mit blonden Locken. Unsere Stimmen gerieten in Übereinstimmung mit den gut gelaunten Schauspielern im Fitnessstudio in ein konditionsstarkes Strahlen. Carla als »Sandy« bestätigte meine Bemühungen am Powerbody S 200 mit Ausdrücken höchsten Entzückens. Ihre Frage, ob eine Geldzurück-Garantie inklusive sei, bejahte ich, »Kenneth«, mit fröhlicher Empörung in der Stimme. »Aber selbstverständlich!«

Während ich mich nach einem langen Tag bei Shoppen Total, zurück im Hotel, noch ein Stündchen im Zimmer ausruhte, es war schon nach Mitternacht, fuhr Carla zum Absacker, schon mal nach unten. Eine halbe Stunde später folgte ich ihr in die Bar. Aus dem Fahrstuhl gestiegen, an der Rezeption vorbei, erblickte ich sie von ferne an der Theke im Gespräch mit einem Fremden so etwa ihres Alters, Ende dreißig, Anfang vierzig. Carla hatte ihr

Haar hochgesteckt. Sie saß auf dem Barhocker in meinem schwarzen Lieblingskleid. Ich wusste gar nicht, dass sie es mitgenommen hatte. Es ist hochgeschlossen, aber kurz. Sie hatte die Beine übereinandergeschlagen, das rechte Knie lag auf dem linken Oberschenkel, das linke, wie es einer Frau mit langen, dünnen Beinen zur Zierde gereicht, zwei, wenn nicht gar drei Handbreit vom rechten entfernt, vorgeschoben. Die brennende Zigarette als Verlängerung ihres Zeige- und Mittelfingers streckte sie senkrecht in die Höhe. Ich sah, wie nah und immer näher sich ihre Lippen dem Ohr des Fremden näherten und seine sich ihrem. Ich weiß, man muss mit seinem Ohr sehr nahe an Carlas Mund herangehen, um sie zu verstehen. Ich war mir sicher, sie sprach in dieser Nacht extra leise. Nicht nur, weil sie müde war.

Ich vergaß, mir ein Getränk zu bestellen, und schaute gierig und zugleich eifersüchtig zu, bis mein Gluteus maximus erste Warnsignale von sich gab und ich hoch aufs Zimmer fuhr. Zu meiner Befriedigung kam mir Carla schon nach weniger als einer halben Stunde nach, obwohl sie meinen Schwächeanfall unten gar nicht bemerkt hatte. Worüber sie und der Fremde an der Theke gesprochen hatten, erzählte sie mir, nachdem sie sich zügiger als sonst abgeschminkt hatte, nur mit einem T-Shirt aus meiner Garderobe bekleidet, unter der Decke, ihre Lippen dichter an meiner Ohrmuschel als an der des Fremden unten, ihre Venus fest in meiner Hand. Der Fremde habe seine Hände um ihre Hüfte gelegt, kurz auch auf ihre Schenkel. Ich war es, der sie jetzt auseinanderschob. Am Ende habe er ihr seine Visitenkarte gegeben, er habe heute leider noch eine Verabredung, »rufen Sie mich an, wenn Sie wieder in der Stadt sind«.

»Wenn er nicht verabredet gewesen wäre, wärst du noch länger unten geblieben?«, fragte ich Carla mit zitternder Stimme. Ich hoffte und fürchtete zugleich, sie würde die Frage mit einem »Ja« beantworten.

Doch sie lächelte nur. »Frag nicht so einen Blödsinn!«

Ich weiß nicht mehr, ob ich eher enttäuscht oder beruhigt war, das jähe Ende des Flirts an der Theke nicht miterlebt zu haben, erleichtert oder euphorisch ob der Vermutung, dass das Ende ihrer Geschichte am Ende doch nur erfunden war, um mich künstlich, ja nur künstlich zu erregen. Erfunden oder nicht – das spielt für mich eigentlich keine Rolle. Es war eine Geschichte. Und Geschichten sind wahr von dem Moment an, wenn man beginnt, sie zu erzählen.

Ich malte uns in der Dunkelheit aus, sie wäre mit dem Fremden aufs Zimmer gegangen, sie hätte ihn gefragt, ob ihr Freund, also ich, dazustoßen dürfe – er wäre damit einverstanden gewesen. Ich versuchte alles, um Carla einen scharfen Fortgang der Ereignisse zu entlocken. Ihre Stimme wurde immer leiser, ein Wispern am Ende nur noch, ermüdet vom langen Tag, es war schon fast Morgen. Ich lag in den letzten Zügen, sie lag da wie ohnmächtig, beide dem Verstummen hingegeben. Mit meinen letzten Worten, als Vorschau gleichsam für einen künftigen Abend, schlug ich ihr einen Besuch in einem Swingerclub vor. Die dort gültigen Spielregeln würden der Dramaturgie des Abends ein willkommenes Maß an Selbstverständlichkeit einflößen und die gewünschten Abläufe erheblich forcieren. Ich bekam keine Antwort, endlich schliefen wir ein.

Am folgenden Abend belohnte mich Carla für den zweiten Tag unserer erfolgreichen Arbeit bei Shoppen Total mit einer Zusage. Wir gingen ins Foxi, dem angeblich vornehmsten Club weit und breit; ich hatte darüber gelesen, auf einem Internetportal hatte er fünf Sterne, »angucken kann man sich das ja mal«. Wir nahmen ein Taxi. Der Fahrer musterte uns an jeder Ampel im Rückspiegel mit einem Grinsen.

Es war Paarabend im Foxi. Hundertachtzig Euro für uns beide zusammen, Softdrinks, Bier, Wein und Büfett inklusive. In dem umgebauten Fabrikgebäude am südlichen Rand der Stadt lag der Club auf der dritten Etage. Die Etage darunter stand leer, auf der ersten das Lager von »Matratzenparadies«, von außen konnte man sehen, wie vollgestopft es war. Auf dem Parkplatz edle Karossen. Oben angekommen, mussten wir klingeln. Nach dem Summton öffnete uns eine ungeschminkte, von Falten und einer spitzen Nase gezeichnete Mittvierzigerin in schwarzer Lederkleidung und strahlte. Ihre Haare waren gefärbt. Ob wir schon mal im Foxi, ob wir überhaupt schon mal in einem Swingerclub gewesen seien? Ich lächelte verlegen, Carla verzog keine Miene. Ob wir erst einmal das Angebot eines unverbindlichen Rundgangs annehmen, uns mit den Regeln vertraut machen wollten? Wir nickten stumm und verließen zu dritt die Rezeption in Richtung Umkleideraum. Dort befanden sich, wie in einer Badeanstalt, mehrere Reihen mit engen Spinden, einer über dem anderen, blau und aus Blech. In der Mitte des Raums stand eine lange Holzbank, an den Wänden hingen Poster mit nackten Frauen in hingebungsvollen Posen, nur eine hatte ihr Haar hochgesteckt.

»Man muss nicht, man kann«, so Foxi-Lady, sei das Motto des Hauses. Alles, was Spaß mache, sei erlaubt. Wenn aber jemand die Hand hebe – und jetzt demonstrierte sie an mir, ausgerechnet an mir, nicht an Carla, diese halb abwehrende, halb schützende Geste –, müsse man die Absage respektieren. Wenn man sich fehlverhalte, gebe es Hausverbot. Getränke aus der Bar dürfe man nicht mit in die Erlebnisräume nehmen, Präservative und Kleenex lägen in allen Räumen bereit, die Sauna stehe auf sechzig Grad – aber wer, dachte ich, geht an diesem ohnehin schweißtreibenden Ort freiwillig in eine Sauna?

Zügig wie bei einer Wohnungsbesichtigung mit einem Makler unter Zeitdruck gingen wir hinter der Führerin her und an die Bar im sogenannten Partyraum, aus den

Boxen drang Wohlfühlmusik. Die Bar im Foxi befand sich im Zentrum des Raums. Hannes Zimba hätte seine reine Freude an ihr gehabt. Obzwar quadratisch und nicht oval wie in unserem Stammlokal Beim Franz, bot auch sie den daran Stehenden und auf den Hockern Sitzenden einen perfekten Rundblick. In den dunkelrot bezogenen Sofasitzgruppen vor kniehohen Couchtischen saß man gemütlich zusammen und lernte sich kennen.

»Bitte«, so das Gebot unserer Führerin, »vor dem Hinsetzen immer ein Handtuch unterlegen!«

Die Bezüge waren aus Kunstleder, das Büfett mit diversen Salaten stand an der Wand, in den Schalen lockten Gurken und Silberzwiebeln. Ob wir erotische Wäsche dabeihätten? Wenn nicht, es gebe im Foxi auch einen Shop, erotische Wäsche sei hier Vorschrift. Damen dürften ihre High Heels in allen Räumen tragen, ansonsten sei Straßenkleidung untersagt. »Es herrscht hier eine gepflegte Atmosphäre.« Ihre vom Rauchen und Alkohol raue Stimme gefiel mir. Sie erinnerte mich an die Stimme von Frau Gummersbach. Die Führerin schaute mich an, als zweifelte sie daran, dass ich mir alles merken könne, was sie mir erzählte. Auf einem der herumhängenden Bildschirme hielt eine ernst dreinschauende Dunkelblonde – ja, mit Hochsteckfrisur – zwei Schwänze in ihren Händen, den einen, kürzeren, in der linken, den anderen, längeren, in der rechten. Sie schmeckte sie abwechselnd ab, als wüsste sie sich nicht zu entscheiden, welchen der beiden Schwänze sie attraktiver finden und zuerst befriedigen sollte – ich fürchte, es war mal wieder der längere.

An der Theke ein Pärchen, er in einer schwarzen Netzunterwäschekombination. Sie trug einen schwarzen BH, einen schwarzen String, keine Strümpfe. Komisch, sie ging barfuß, er trug Badelatschen. Hoffnungsvoll schaute das Pärchen zu uns herüber, er so um die sechzig, grauhaarig, die Wölbung seines Bauchs hielt sich in Grenzen, sie so um die fünfzig, kerzengerade ihre Haltung, bestimmt ging sie zum Yoga. Beide tranken Orangensaft. Sie hatten noch etwas vor, in ihrem Alter weiß man um die ermüdende Wirkung von Alkohol.

Schwarz dominiert im Foxi, wie bei einer Beerdigung. Es herrschte eine hohe Temperatur, Schweißperlen sammelten sich auf meiner Stirn. Ich kam in einer stilsicher verwaschenen Bluejeans und weißem Oberhemd, zog meinen nachtblauen Blouson aus, hakte meinen Zeigefinger in die Schlaufe und lancierte das Kleidungsstück lässig auf meine rechte Schulter. Carla kam in einem engen, dunkelgrünen Strickkleid, es reichte ihr hinunter bis zwei Handbreit über die Knie. Sie trug eine blickdichte, knallrote Strumpfhose, dazu flache Schuhe im gleichen Grünton wie ihr Kleid. Auch Carla begann zu schwitzen, auf der Theke lag eine Schachtel mit Kleenex. Sie nahm sich eins und wischte sich die Stirn trocken.

Carla, Foxi-Lady und ich hielten uns im Partyraum

nicht lange auf. Einen Blick in die verschiedenen Erlebnisräume sollten wir auf dem Weg durch den Korridor, unsere Führerin nannte ihn »Straße der Lust«, allerdings werfen, ehe wir uns zum Bleiben entschieden oder nicht.

Und so begegneten wir merkwürdig gekleideten Pärchen, meist über fünfzig, einige in Seidenunterwäsche, zumindest sah sie so aus. Die Mutigeren kamen in einem grimmigen Sadomasolook, in meinen Boxershorts hätte ich hier nichts zu bestellen. Die Aktiven starrten uns empört an. Wir gingen hier in Straßenkleidung herum. Stimmen waren kaum zu hören. Die Pärchen hielten sich an den Händen. Wir waren hier nicht in Stanley Kubricks Verfilmung der *Traumnovelle* von Arthur Schnitzler. Sphärische Klänge wie im Kino waren im Foxi nicht zu hören, nur diese Wohlfühlmusik, nichts war elegant, hier herrschte keine Metaphysik, eine Frau mit Helmut-Newton-Figur suchte man vergeblich.

Ich habe mir *Eyes Wide Shut* schon dreimal angeschaut. Tom Cruise verschafft sich darin Zugang ins Fidelio, um Nicole Kidman, seiner Frau, von der er im Auto in Schwarz-Weiß und Zeitlupe träumt, wie sie mit einem anderen Sex hat, nicht nachzustehen. Doch Tom Cruise ist der Situation nicht gewachsen. Er wird vom obskuren Management des Etablissements als Fremdkörper entlarvt. Er sieht zwar viele hochgewachsene nackte Leiber, er wird zwar Zeuge von traumartigen Kopulationen, doch zu haben sind die schönen Frauen für ihn letztlich nicht. Er flieht aus dem Haus. Er will nur noch zurück zu seiner Frau und zu ihrem Kind. Ich kann das verstehen.

Als ich noch mit Margot Bruch verheiratet war und einmal vor lauter Verzweiflung, dass sie mit mir keinen Sex mehr haben wollte, nur so zum Schauen in ein Bordell gegangen war, ging ich nach dem eher betäubenden als erweckenden Erlebnis in den folgenden Tagen mit meiner Frau so verständnisvoll um wie nie zuvor.

So viel Zweierbeziehung wie im Foxi hatte ich lange nicht mehr gesehen. Unschuldig wie Hänsel und Gretel durch einen Wald, schoben Carla und ich uns an Türschildchen wie »Dschungelzimmer«, »Asia«, »Spielwiese«, »Kettenverließ« und »Doktorspiele« vorbei. Durch die Fensterchen in den Türen zu den Erlebnisräumen schimmerte hier rotes, da violettes, dort blaues Licht, im Darkroom herrschte tiefschwarze Nacht. Die Zögerlichen konnten sich von den Fensterchen nicht trennen und standen in Zweier- oder gar Dreierreihen vor den Erlebnisräumen und gafften und horchten hinein.

Eine etwas Ältere – vom Stirnband bis hinunter zum Muster ihrer Stöckelschuhe ganz auf Leopardin eingestellt – hakte sich bei ihrem Begleiter unter. Am Ende trauten auch sie sich nicht ins Dschungelzimmer. Carla und ich näherten uns dem »Hexenhäuschen« am Ende des Korridors. Bunte Lebkuchenherzen mit Aufschriften wie »Du darfst« und »Nimm mich« hingen da an den Wänden. Das Hexenhäuschen stand offen.

Schon von außen war ein lustiges Quietschen zu hören. Es rührte vom eifrigen Betrieb eines guten Dutzends Leiber auf einer mindestens sechs mal sechs Meter großen, knallroten Sportmatte her, halb so hoch wie jene beim Stabhochsprung in der Leichtathletik. Vor der Anlage waren senkrecht von der Decke bis zum schwarzen Teppichboden Stangen im Abstand von ungefähr einem halben Meter eingebaut. Vorsichtshalber hielt ich mich an einer fest. Jeden Moment konnte sich mein Gleitwirbel bemerkbar machen. Vor der Matte und den darauf sich vollziehenden Leibesübungen standen mindestens so viele Lüstlinge, wie auf der Matte lagen, rutschten, hockten, knieten – und gafften. Carla schaute auf den Boden, ich geradeaus. Die aktiven Mitglieder auf der Matte waren allesamt rege damit beschäftigt, sich an beliebigen Geschlechtsteilen in Reichweite mit Händen oder dem Mund gütlich zu tun. Ich schloss die Augen und vernahm ein allgemeines Schnalzen und Schlürfen. Und vor der Matte? Nur eine sehr dünne Frau mit Pferdeschwanz und einer schwarzen Katzenmaske vor dem Gesicht kniete vor einem Zuschauer. Sein Tigerslip war bis zu den Kniekehlen hinuntergeschoben, sie saugte an dessen Penis so intensiv, dass der standhafte Mann in voller Konzentration auf eine baldige Erlösung seinen Oberkörper nach hinten bog, das Kleenex fest in der Faust.

Gesprochen wurde im »Hexenhäuschen« nicht. Wäre das Ganze ein Film – als Synchronsprecher hätte ich nichts zu bestellen. Nicht einmal geflüstert wurde. Es war hier fast so still wie bei Frau Rodenkirchen in der Klangschalentherapie. Das vereinzelte Grunzen und Stöhnen änderte nichts an meinem Gesamteindruck. Ob es uns gefalle, fragte unsere Führerin, als sie uns fort vom »Hexenhäuschen« zur Rezeption hin geleitete. Ich schaute Carla, und Carla schaute mich an. »Wir überlegen es uns«, sagte ich.

Auf dem Weg zurück ins Hotel sprachen Carla und ich kein Wort miteinander. Einige Tage nach unserer Berliner Exkursion sagte sie mir am Telefon, sie habe diese Rollenspiele nur mitgemacht, um sich etwas zu beweisen. Am Anfang habe sie das noch ganz lustig gefunden, aber als Dauereinrichtung? Und ich dachte, ihr gefalle das absurde Theater. Ich hatte es doch nur getan, um ihr etwas zu bieten, mehr als ich es, achtzehn Jahre älter, auf Dauer jemals könnte. Ich schickte ihr eine Botschaft nach der anderen auf ihr Handy und bat um Verzeihung. Ich versprach Carla, keine derartigen Ausflüge mehr mit ihr zu unternehmen. Sie ersuchte mich im Gegenzug, bei Sigrid Raschke und Hannes Zimba ein gutes Wort für sie einzulegen, sie wolle in Zukunft weder beim Synchronisieren von Porno- noch bei Tierfilmen mitwirken. Für ihre Zuteilung zu diesen Genres könne ich doch nichts, sie möge sich bei Hannes Zimba bedanken, der habe ihr das eingebrockt, erklärte ich und ergänzte: »Aber es wird doch wenigstens gut bezahlt.« Carla Frosch gab mir noch eine

Gnadenfrist. Ich nehme an, zu diesem Zeitpunkt traf sie sich schon mit Luigi.

Einmal, es war schon spät, lag ich, müde von einer langen gemeinsamen Hörspielproduktion – ich war ein Hund mit Schlappohren, sie eine Ente mit Hut –, allein zu Hause in meinem Bett, da klingelte das Telefon »Er will dir etwas Liebes sagen!«, hörte ich Carla, immer noch ganz Entenstimme, aus dem Hintergrund, dann direkt an der Muschel eine Art Schnuppern: Elvis, ihr fuchsroter Kater.

»Ja, ich höre ihn!«, schnurrte ich zurück. »Ich fahre gleich los!«

Ich stieß die Decke mit den Füßen von mir, setzte mich auf die Bettkante, entledigte mich meiner karierten Boxershorts und des weißen Schlafshirts, Geschenke von Susi, ging noch mal vorsichtshalber aufs Klo, zehn Kilometer Fahrt lagen vor mir, zog die blaue Feincordhose und den grauen Kaschmirpullover an, schaute in Susis Zimmer, ja, sie schlief schon, ließ das Licht im Flur brennen, schloss leise die Wohnungstür, ging das Treppenhaus auf Socken hinunter, damit ich die Nachbarn nicht aufweckte, schlüpfte, unten im Hausflur angekommen, in meine Halbschuhe, zog die Haustür vorsichtig, trotz der gebotenen Eile, lautlos ins Schloss. Das Zuknallen von Haustüren ist mir ein Horror. Endlich draußen, schaute ich nach rechts, nein, links die Straße hinunter stand mein Lupo, vielleicht hundert Meter entfernt, in einer fest geschlossenen Reihe mit anderen schlafenden Autos am Straßenrand. Ich erweckte meinen Lupo zum Leben, schob eine CD mit Wellenrauschen in den Player und fuhr los.

Carla und Elvis ließen mich gemeinsam hinein. Ich war erleichtert. Rico war für einige Tage bei seinem Vater. Carla und ich hatten den ganzen Tag vor den Mikrofonen gesessen. Jetzt wollten wir nichts anderes tun als gemeinsam schweigen, Pistazien knacken und auf dem gelben Sofa liegen. Carla, Elvis und ich. Beim ersten Mal hatte mich die Anwesenheit eines zweiten männlichen Teilnehmers bei der Liebe noch irritiert. Wollten Carla und ich bei der Liebe zu zweit sein, hatten wir nur eine Chance. Ich musste im Kaschmirpullover zu ihr kommen.

Sprecher ziehen bei der Arbeit gern weiche Pullover an. Die haben keine Knöpfe wie Jacketts oder Hemden, die störende Nebengeräusche produzieren können. Auch Armbanduhren trage ich aus diesem Grund nicht. Selbst Eheringe sorgen bei Aufnahmen für Ärger. Es gibt bei Voice keinen Filz auf dem Studiotisch. Das Aufschlagen des Eherings auf Holz beim Umblättern von Manuskriptseiten lässt alle Beteiligten an der Produktion zusammenzucken. Ich hatte nie einen Ehering. Im Gegensatz zu Hannes Zimba. Seiner ist breit und aus Gold. Er kommt auch immer mit Uhr. Das Armband ist bei ihm elastisch und aus glänzendem Material.

Elvis liebte meine Kaschmirpullover, besonders den grauen. Wie er sich auf meinen Schoß setzte, sein Köpfchen reckte, die Augen schloss, seine Wange schnurrend an meinem Kaschmirbauch rieb, wie er sich im Milchtritt in Form brachte! Wie ich ihm im Gegenzug mit meinem extra für ihn spitz zugeschnittenen Nagel meines Zeigefingers an der vorgestreckten Kehle kraulte, während sich meine andere Hand unter Carlas T-Shirt zu schaffen machte!

Zum gegebenen Zeitpunkt warf ich den Pulli in die hinterste Ecke, damit es sich Elvis auf ihm bequem machen und aus der Ferne miterleben konnte, wie ich Carla in einem Zug von ihrer Jeans und gleichzeitig von ihrem Höschen befreite, um ihren honigfarbenen Körper mit Küssen zu bedecken; auch mich selbst zog ich aus. Neugierig kam Elvis zurück, blinzelte und leckte genüsslich an ihrem frei daliegenden Höschen. Ich scheuchte ihn zurück auf seinen Platz, allein ich war es, der das Recht hatte, an ihrem Höschen zu schnuppern. Ihn einfach vor die Tür setzen – das brachte Carla nicht übers Herz.

Doch das ist alles längst Milch und Honig von gestern. Kaum hatten wir uns, schneller als sonst – ich halbwegs, sie komplett – wieder angezogen, holte sie ihren längsten Lippenstift aus dem Schminktäschchen im Badezimmer und zog das Rot auf ihren Lippen nach. Das hatte sie zu dieser späten Stunde noch nie gemacht. Sie zog an der Zigarette und sann den in Richtung Zimmerdecke gestoßenen Rauchwölkchen nach. Ich aß Pistazien. Das Knacken der Schalen verstärkte die Spannung im Raum. Elvis tigerte zwischen Couch und Fensterscheibe hin und her. Es klingelte, an Carlas Seite trabte Elvis zur Wohnungstür; herein trat ein Mann, jünger als ich, im MC hatte ich ihn noch nie gesehen, monströse Uhr am Handgelenk, Kettchen am Hals, und fläzte sich demonstrativ in den Sessel vis-à-vis der gelben Couch: »Hi, ich bin Luigi!« Beim »Lu« in »Luigi« formten sich seine Lippen zu einem Kussmund, unverschämt rund. Es war Luigi, der Modepapst, von der gleichnamigen Boutique, ich hatte da schon mal einen Gürtel gekauft. Elvis hüpfte, ohne mich anzuschauen, auf seinen Schoss. Wieso hatte mir Carla, als sie mich anrief, nicht erzählt, dass sie noch einen anderen Mann erwartete?

Wir waren jetzt zu viert und einer zu viel. Das Mobiltelefon legte dieser Luigi, kaum dass er saß, auf den Tisch, hundertprozentig auf »laut« gestellt. Ich saß noch mit freiem Oberkörper da. Es machte Luigi nichts aus. Bei mir klingelten indes die Alarmglocken. Schlagartig wurde mir klar: Dieser Kerl ist nicht zum ersten Mal hier. Alle drei hatten sich füreinander präpariert. Ich, gänzlich unvorbereitet auf dieses Stelldichein, erhob mich nach einer Schweigeminute von der gelben Liebescouch, strebte meinem auf dem Teppichboden einsam daliegenden Kaschmirpullover entgegen, ging in die Hocke, es knackte in meinem linken Knie. Ich zog das gute Stück rasch an, schlüpfte in meine Schuhe, kramte den zwischen Weingläsern und Pistazienschalen liegenden Autoschlüssel hervor und verabschiedete mich grußlos. Elvis und Carla brachten mich noch nicht einmal zur Tür. Kaum war die Wohnungstür zugefallen, stürmte ich aus dem Haus, schmiss die Haustür zu und urinierte an den nächstbesten Baum. Ich stieg in meinen Lupo, zog mit einem Knall die Autotür zu und legte nicht, wie auf der Hinfahrt, Wellenrauschen ein, sondern Johnny Cash: »Solitary man«.

Wenige Tage nach diesem unerhörten Vorfall kündigte Carla Frosch bei Voice. Sie nahm eine halbe Stelle bei Luigi als Verkäuferin in der Boutique an und arbeitete fortan für ihn als Vorführmodel.

Nachdem es aus war mit Carla Frosch, gelang es mir nur mit Mühe, eine Nachfolgerin auf dem freien Markt zu finden, jemanden, der so aussah wie Carla und der bei der Liebe so klang wie sie. Die Vorzüge einer Fernbeziehung, wie ich sie in meiner Not mit Anastasia eingegangen war, sind an den Fingern einer Hand abzählbar. Sie vollzog sich ohne Sprungmatten, ohne Schweißgeruch, ohne Stangen zum Festhalten. Keine nächtlichen Fahrten im Auto und Flüge in ferne Städte waren mehr nötig. Mein Rücken wurde geschont. Und mit der Allergie gegen Katzenhaare, die im Umgang mit Elvis wieder ausgebrochen war, war es vorbei. Aber obwohl ich es war, der die Termine, zu denen wir uns trafen, bestimmte, war letztlich sie es, einmal per Mausklick ins Zimmer geholt, die Macht über mich erlangte. Wehrlos musste ich zuschauen, wie sie es mit anderen trieb. Ich hatte keine Chance, in das Geschehen auf dem Bildschirm einzugreifen.

Nach den vergeblichen Versuchen mit Margot Bruch musste ich auch für meine – zunächst gelungene, dann kläglich gescheiterte – Regie beim Liebestheater mit Carla Frosch teuer bezahlen. Und das Schweigen Simonetta Vespuccis wollte ich auch nicht für immer hinnehmen. So weit wie mit Margot, Anastasia und Carla sollte es mit Simonetta, der Leibhaftigen, niemals kommen. Sie sollte die Erste in meinem Leben werden, die die Spielregeln der Liebe bestimmte. Mit ihr sollte alles anders werden. Ich nahm mir vor, mich unterzuordnen. Sie sollte bestimmen, ob sie mit dem Blick zur Wand oder in den Raum hinein im Restaurant speisen wollte. Sie sollte die Sitzplätze im Kino, in der Oper, im Fußballstadion nach ihren Vorlieben bestimmen. Sie sollte sich aussuchen, wo wir Urlaub machten. Sie sollte sich frei entscheiden, ob wir bei der Liebe miteinander flüstern oder besser schweigen. Niemals würde ich mit Simonetta ins Roxy oder Foxi gehen.

Und mit diesen Vorsätzen möchte ich mich für heute von Ihnen verabschieden. Morgen zur gleichen Zeit liegen die beliebten Hefte auf diesem Tisch. Sie wissen schon. Kugelschreiber nicht vergessen. Die Kreuzworträtsel-

gruppe ist dran. Aber was sind schon Kreuzworte, gemessen an den Rätseln, die ich Ihnen nächsten Freitag aufgebe. Vorausgesetzt, unser Klinikdirektor hat keine Einwände gegen eine Fortsetzung meiner köstlichen Geschichte. Schlafen Sie gut. Gute Nacht.

5

Freitag, 16. Juli Länge: 41.03

Guten Abend, ich bin Sigmund Seiler. Bitte rücken Sie zusammen. Unser Direktor hat mir versprochen zu prüfen, ob wir kommenden Freitag in unsere Kantine umziehen können. Bitte entschuldigen Sie Frau Rodenkirchen, sie konnte nicht kommen. Auf Herrn Steinmüller müssen wir weiter verzichten. Wir befinden uns in unserer Geschichte nach einem Exkurs in mein Liebesleben mit Carla Frosch immer noch im Casino des Media Centers. An der Essensausgabe wurde ich von einem Wesen verzaubert, das ich wegen seiner Ähnlichkeit mit der schönsten Frau der italienischen Renaissance Simonetta nenne. Ihre Stimme betörte mich dermaßen, dass ich meinem Drang, ihr nachzustellen, keinen Einhalt gebieten konnte.

Simonettas schlanker Figur ansichtig, war ich immun gegen das klirrende und klappernde Geschehen um mich herum. Ich sprach ihr nach und bestellte, so betont wie ich nur konnte, dasselbe, was sie bestellt hatte.

»Gyros, Pommes frites und Krautsalat, bitte. Ohne Zaziki.«

Das Wort »Pommes« sprach ich mit einem »p« so weich, wie es mir noch nie über die Lippen gegangen war, fast so weich wie Simonetta, mit einer leichten Tendenz zum »b«, vorbildlich zur Seite weg. Und »frites« sprach ich zum ersten Mal in meinem Leben mit langem »ie«. Die Bestellung ging mir jedoch etwas zittrig über die trockenen Lippen. Die Unterzungenspeicheldrüse versagte mir fast ihren Dienst. Mir mangelte es, trotz der Stimulans, die das heutige Knoblauchgericht auch auf meine Geschmacksnerven ausübte, an Mundflüssigkeit. Das Ganze vor einem Mikrofon – mein Fehlverhalten hätte mir die Ermahnung des Tontechnikers eingebracht und eine Fehlermeldung an Sigrid Raschke. Von trockenen Lippen verursachte Schmatzer lassen sich nur mühsam schneiden, und auch nur dann, wenn das Nebengeräusch sich nicht unter den Laut gemischt hat. Wie flüssig, ja schlüpfrig Simonetta, verglichen mit mir, die Worte »Gyros«, »Pommes frites«, »bitte«, »Zaziki« und erst recht dieses gehauchte »ohne« und dieses hüpfende »oh« ihrem Mund entwichen waren!

Ich folgte ihr, ohne nach rechts oder links zu schauen, nahm eine Abkürzung, ignorierte die Kasse, für einen Zahlvorgang war jetzt keine Zeit, es erwischte mich keiner. Ich bemühte mich um eine aufrechte Haltung und lange Schritte, den Bauch zog ich ein, »Brust raus, Blick voran«, wie mein Vater durchs Leben zu gehen mir den Rat gegeben hatte. Ich steuerte den, von der Theke aus gesehen, am weitesten entfernt liegenden freien Tisch an. Hier, am Rand der Gesellschaft, war es nicht so laut wie an den Plätzen in unmittelbarer Nähe zur Essensausgabe. Das wusste auch Simonetta zu schätzen. Sie hatte den langen Weg nicht gescheut, um hinten im Casino in Ruhe essen zu können. Hier war das Scheppern, Schaben und Stoßen an der Theke kaum zu hören. Der Dampf der Stimmen und Speisen war hier weniger aufdringlich als in der Nähe der Tröge und Töpfe. Das Tönen und Dröhnen auf Distanz zu halten – nie war mein Verlangen nach einer Ruhezone auf dem Bolzplatz der Stimmen größer.

In dieser Randlage konnte ich mir sicher sein, Sigrid Raschke nicht zu begegnen. Sie steht dauernd unter Termindruck. Wenn sie, was nur noch selten vorkommt, das Casino aufsucht, nimmt sie im vorderen Bereich des Speisesaals Platz. Der Weg zum Fahrstuhl ist nicht weit, jeden Moment könnte das Sekretariat anrufen, in einer halben Stunde müsse sie am Bahnhof sein, die Dienstreise nach Hamburg. Und im Großraumwagen säße sie dann in ihrem Kostüm mit übereinandergeschlagenen Beinen, die linke Kniekehle direkt auf das rechte Knie gepresst; ihre Beine sind eher kurz, das Handy stets am Ohr, um Besetzungspläne zu erstellen, die Studiodisposition zu bestätigen, Ersatzsprecher herbeizuzitieren, die Wunschbesetzung ist leider verhindert. Keine Fahrt im Intercity-Express ist heute mehr möglich, bei der, egal, in welcher Klasse, selbst im Ruheabteil der ersten, Mobiltelefone nicht für Terror sorgen.

Außer Herrn Steinmüller habe ich im »Siegerland« noch niemanden mit Handy am Ohr in den öffentlichen Räumen erwischt. Patienten telefonieren mit ihren Angehörigen in der Einsamkeit ihres Krankenzimmers und benutzen das Festnetz. Bei Herrn Steinmüller geht es, wo immer er auch zum Stehen kommt, um Transfers von Fußballspielern von einem Verein zum anderen. Als ich einmal zufällig Zeuge wurde, wie er hinter dem Raumteiler, einem himmelblauen Plastikvorhang, der nicht ganz korrekt zugezogen war, nur wenige Meter entfernt von meinem Solebad, geradezu lautlos in die Fluten des muskelentspannenden, hydroelektrischen Vollbads gehievt wurde, stach mir ein farbiges Tattoo auf seiner linken Wade ins Auge. Es stellt eine Kanone dar, wie man sie im Ersten Weltkrieg an die Front geschoben hat. Ich vermute, für ihn persönlich stellt sie eine Torjägerkanone dar. Herr Steinmüller ist erfolgreicher Fußballspielervermittler in der Ersten und Zweiten Bundesliga. Er muss wissen, wie man verhandelt.

Über seine Abmachungen mit Frau Rodenkirchen erführe ich allerdings gerne Genaueres. Im Siegerländer Hof hat er das Thema vermieden. Erst gestern wieder stand sein »Adventure« für mindestens eine Stunde vor ihrem Büro . Ich frage mich, ob ein drahtloses Miniaturhörgerät in diesem konkreten Fall dabei behilflich sein könnte zu erfahren, was hinter Frau Rodenkirchens Tür eigentlich geschieht.

Zugegeben, Miniaturhörgeräte und Ohrstöpsel haben miteinander so wenig gemein wie Aufputschmittel und Schlaftabletten. Aber trotzdem führen sie in meinem Kulturbeutel eine friedliche Koexistenz. Nicht nur unterwegs, selbst zu Hause dienen mir die weichen Kugeln aus Wachs vor dem Terror der Stimmen als Schutz. Vor dem Einschlafen liebkose ich sie einzeln unter der Decke mit Daumen und Zeigefinger wie mein türkischer Schuster draußen auf der Bank vor seinem Laden die Kugeln an seiner Gebetskette. Ich greife niemals zu den modernen Ohrstöpseln aus Schaumstoff oder Silikon. Immer nur zu den klassischen – mit rosafarbener Watte überzogenen, zum Hineinkneten –, nur die halten wirklich dicht. »Luxus für die Ohren«, steht auf dem gelbgoldenen Zauberdöschen, »12 Ohrstöpsel gegen Lärm. Angenehm sanft, für Ruhe und Wohlbefinden.« Für eine Rundfunkwerbung hätte ich die richtige Stimme. Die Worte »Ruhe« und »Wohlbefinden« erfüllte ich mit einem Klang, der die Augen der Zuhörer zum Schließen brächte. Wie hübsch diese rosigen Dinger da, eng aneinandergedrückt, im Döschen beisammen sind und auf ihren Einsatz warten, meine kleinen Freunde, meine Friedensstifter, meine Lebensretter. Die Döschen liegen stets griffbereit in der obersten Schublade meines

Nachtschränkchens neben dem Bett wie Schachteln mit Präservativen in den Schlafzimmern nachtaktiver Liebhaber.

Ich mag es, wenn beim Kauf das goldgelbe Döschen an einem Karton mit einer Lasche zum Aufhängen klebt. Auf dem Karton lächelt eine dunkelblonde Frau mit schönem Profil und streng zurückgezogenem, zu einem Knoten am Hinterkopf geformten Haar. Ihre Wimpern sind länger als Fliegenbeine, im Gesicht ein weltoffenes Lächeln, ihr Gehörgang ist verschlossen von einer extrem großen, rosafarbenen Kugel. Mir scheint, sie hat zwei Exemplare zu einem Pfropfen zusammengeknetet, so voluminös erscheint er mir. An ihrem Ohr hängt zudem ein eingefädeltes Schildchen mit der Aufschrift: »Bitte nicht stören!« Ich habe mir den Kopf mit der Nagelschere ausgeschnitten und in ein Kartenfach meiner Geldbörse gesteckt. Ab und zu hole ich ihn hervor und betrachte ihn verliebt. Susi hat mich einmal dabei erwischt und sagte nur: »Papi!«

Selbst ins Fußballstadion, dem Klangraum meiner Kindheit schlechthin, gehe ich nicht mehr ohne Ohropax. Ich will nicht mehr hören, wie – kaum ist der Halbzeitpfiff ertönt – ein mit schwerem Mikrofon bewaffneter Moderator auf das Spielfeld schreitet und die Stimmung mit einer Stimme anheizt, die sich überschlägt. Seine Kommentare zum aktuellen Spielstand sind überflüssig. Kaum ein anderer Vertreter unserer Zunft findet heute, und das bei äußerst geringem Textaufwand, live so viele

Zuhörer wie ein Stadionsprecher. Kein Bundesligaspiel findet mehr statt, ohne dass er die Mannschaftsaufstellungen vor Spielbeginn nicht zum Mitbrüllen skandiert. Bei Torerfolgen der Heimmannschaft überschlägt sich seine Stimme beim Ausrufen der Schützen und ihrer Rückennummern hysterisch. Der Dank an das Publikum für sein dreifaches Mitbrüllen des Torschützen wird mit einem gehorsamen »Bitte« aus Zehntausenden von Kehlen im Chor erwidert.

Das Mikrofon gibt den Ton auch hinter dem Tor an. Jede Fankurve hat heute ihren eigenen Chefsprecher. Er hat eine kräftige Stimme, kennt seine Anfeuerungstexte auswendig, sitzt auf einem Mast mit dem Rücken zum Spielfeld und feuert seine Gemeinde nicht wie früher mit bloßer Stimme oder – wie bis vor Kurzem noch – durch ein Megafon an, sondern mit ohrenbetäubender Unterstützung einer transportablen Verstärkeranlage. Er hält das Mikrofon in der Hand wie ein Schlagerstar auf der Bühne. Früher stand auch ich in der Fankurve und genoss das Anfeuern in der Gemeinschaft. Je lauter, umso mehr fühlte ich mich zugehörig. Heute sitze ich in der hintersten Reihe auf Höhe der Mittellinie und ziehe mir die Pfropfen aus Wachs nur dann aus dem Ohr, wenn mein fußballerisch unkundiger Nachbar fragt, ob dem abgepfiffenen Spielzug tatsächlich ein Abseits vorausgegangen sei oder nicht. Der Tag wird kommen, an dem ich mich mit einer VIP-Karte ausrüste und das Spiel hinter schalldichter Scheibe in der Loge des Hauptsponsors verfolge. Ich werde Herrn Steinmüller fragen, ob er da etwas für mich tun kann.

Es gibt aber auch Tage, an denen es ein Glück ist, ohne Gehörschutz hinaus in die Welt zu gehen. Nicht auszudenken, ich hätte mir meine Lebensbegleiter am Tag, als ich Simonetta im Casino des MC begegnet bin, direkt nach dem Aufstehen oder unmittelbar nach der Morgentoilette rein prophylaktisch in die Ohren gesteckt. Simonettas Stimme hätte mich nicht erreicht. Ich hätte die süßesten und quälendsten Stunden seit Langem verpasst. Mein Leben wäre allerdings von der sich anbahnenden Tragik verschont geblieben. Simonettas äußere Erscheinung allein wäre für mich nur ein Schnappschuss zum Umblättern in meinem inneren Bilderbuch geblieben. Und bald schon vergessen.

Nach dem wunderbaren Erlebnis mit offenen Ohren und offenen Augen im Casino war ich erleichtert, endlich sitzen zu können. Aufgekratzt und doch ernsthaft darum bemüht, dass man mir meine Verstörung, die nach und nach Züge einer inneren Jubelstimmung annahm, nicht anmerkte, schob ich die Fleischstückchen auf dem Teller herum wie einer, der Liebeskummer hat. Bald legte ich entschlossen das Besteck zur Seite. Heute aß ich mein Gericht nicht auf. Niemand bemerkte es. Ich schaute zu Simonetta hinüber. Ich hätte an ihren Tisch treten und sie fragen können, ob der Sitzplatz ihr gegenüber frei sei, ob sie Lust habe, ein wenig mit mir zu plaudern. Aber solche Offensiven gibt es nur im Film und im Leben von Hannes Zimba.

Ich durfte Simonetta, wenn ich ihre Stimme schon nicht mehr hören konnte, wenigstens nicht aus den Augen verlieren. So wie es mir einige Wochen davor im Verlauf einer Begegnung mit einer anderen Frau widerfahren war, auch sie Ende dreißig, Anfang vierzig, in Begleitung von diversen Tragetaschen, auch sie in verwaschenen, jedoch an den Oberschenkeln schon deutlich eingerissenen Jeans, darüber einen grünen, wie mir schien selbst gestrickten, auch in diesem Fall etwas kurz geratenen oder beim Waschen eingelaufenen Pullover, das schwarze Haar hochgesteckt, ein breiter Kamm ordnungshalber am Hinterkopf, die Frisur trotzdem ziemlich zerzaust, vom Typ her eine Penelope Cruz. Sie setzte sich, wie man sagt, was aber nicht sein kann, »außer Atem« an den Nebentisch im Café Bittner und bestellte, die Brauen hochgezogen, die Augen aufgerissen, mit erschöpfter und doch klarer Stimme »einen Cappuccino und ein Mandelhörnchen, bitte, oder haben Sie auch Florentiner?«

Die Kellnerin schüttelte den Kopf, notierte ihre Bestellung, legte einen Zettel mit der Bestellnummer auf den Tisch und ging zurück zur Kuchentheke. Doch statt die Sitzende mit ihrer Kolonie von Einkaufstüten direkt anzusprechen, überlegte ich, was ich sagen und in welcher Tonlage ich sie ansprechen sollte. Ich hatte gerade eine Erkältung, meine Stimme war tiefer als sonst, das bekommt diesem Organ. Es gibt Kollegen, die sich für ihre Sprechprobe im Zuge einer Bewerbung im Winter ans offene Fenster in den Durchzug stellen, damit sie sich ein wenig erkälten und ihre Stimme rauer, tiefer, sprich erotischer klingt als unter normalen Umständen.

Penelope Cruz und ich hatten jetzt Blickkontakt. Ich war drauf und dran, zu ihr hinzugehen, da machte sich mein mobiles Telefon bemerkbar, ich hatte es ausnahmsweise nicht stumm gestellt. Ich stand auf, stolperte fast über Penelope Cruz` Einkaufstüten, verzog mich in den Vorraum vor der Herrentoilette, am anderen Ende der Leitung Sigrid Raschke, man verlange nach meiner Stimme, der Hersteller eines neuen Eau de Toilette brauche für die Synchronisation jemanden, der akzentfrei ein weiches Französisch und im selben Atemzug ein, wie Sigrid Raschke sich ausdrückte, »samtenes Deutsch« spreche. Ich sagte verwirrt zu und musste nach der Rückkehr an meinen Tisch feststellen, dass der Stuhl meines zerzausten spanischen Großstadtengels nicht mehr besetzt war, das Mandelhörnchen nur angebissen, die Reihe mit den Einkaufstüten verschwunden, der Cappuccino ausgetrunken. Schaum klebte noch an der Tasse, Kleingeld auf ihrem Tisch, keine zurückgelassene Visitenkarte auf meinem, ihrer wurde von der Bedienung gerade sauber gewischt.

Ich stürzte nach draußen. In welche Richtung sollte ich laufen, sie war auf Nimmerwiedersehen verschwunden. Ich keuchte zurück ins Bittner und zahlte, ging wieder hinaus, wankte »außer Atem« zur Tiefgarage, kopfschüttelnd über mein idiotisches Verhalten; fast hätte ich das warnende Klingeln eines Fahrradfahrers überhört. Ich ließ nach dem Einsteigen die Tür meines Lupos so laut krachen, dass eine Passantin vor Schreck zur Seite sprang, kurbelte beide Seitenfenster herunter und fuhr im Schritttempo durch die Stadt zurück zum Media Center. Penelope Cruz stand an keiner Fußgängerampel, an keiner Bushaltestelle, ich nahm mir vor, fortan an jedem Nachmittag ins Bittner zu gehen.

Sigrid Raschke stand nach meiner Ankunft bei Voice schon vor dem Aufnahmestudio. »Es ging nicht schneller, der Verkehr.« Das Manuskript hielt Sigrid Raschke nervös fächernd in ihren Händen, die Falte zwischen ihren beiden Augenbrauen noch tiefer als sonst. Ich las mir den Text drei-, viermal laut vor, setzte mich vor das Mikrofon und gab dem parfümierten Liebhaber einer rothaarigen Frau eine rauchige, deutsche, erotische Stimme mit dem gewollten weichen, authentischen, französischen Akzent, obwohl mir noch immer ganz spanisch zumute war.

Nach dem unerhörten Vorfall im Bittner wollte ich nicht noch einmal die Gunst der Stunde verpassen und konzentrierte mich ganz auf Simonetta, die ich trotz aufkommenden Stechens in der Beckengegend – beide Iliosakralgelenke weisen bei mir osteophytäre Randanbauten auf, beide Hüftgelenke zystische Veränderungen des Pfannenkerns – nicht aus den Augen ließ. Wir saßen gut zehn Meter voneinander entfernt, an zwei von den wenigen im Casino zur Verfügung stehenden runden Bistrotischen. Zwei Randexistenzen, die gebogene Fensterfront in unserem Rücken. Wir saßen im Schein der Sonne, was in meinem Fall einen mir unangenehmen, gottlob durch die Randlage meines Aufenthalts nur für draußen am Media Center Vorbeilaufende sichtbaren Nebeneffekt zeitigte: Unter dem dünnen Haar leuchtete meine Kopfhaut.

Da unser Casino einen ovalen Grundriss aufweist, musste ich mich nicht verbiegen, um zu Simonetta hinüberzuschauen. Zu meinem Glück aß sie sehr langsam. Kein potenzieller Nebenbuhler nahm sie ins Visier oder war gar schon im Anmarsch. In sich gekehrt, wie sie mir erschien, zurückhaltender als vorhin noch an der Theke, hielt ich es für ausgeschlossen, dass sie einen Kollegen oder eine Kollegin zum gemeinsamen Mittagessen erwartete. Sie musste sich zum ersten Mal im Casino des MC aufhalten. Mein Verdacht erhärtete sich. Wer sich so weit außerhalb vom Zentrum des Geschehens im Speisesaal seinen Platz sucht, erwartet niemanden, der will auch nicht gesehen, geschweige denn erkannt, gefunden, beobachtet werden, der will sich verstecken, verbergen, fernhalten vom Lärm.

Keine fünf Meter von Simonetta entfernt wurden Stühle geschoben. Ein Tisch wurde frei. Ich hätte den Platz wechseln, näher an sie heranrücken können – ich stand tatsächlich auf. Der Ischiasnerv, der Gluteus maximus, der Gleitwirbel, die Bandscheibe, die Hüfte und auch das Knie – alle machten sich auf einmal bemerkbar. Ich verzog keine Miene, nahm mein Tablett, schaute demonstrativ an den Tischbeinen hinunter, tat so, als wäre nicht etwas mit mir, sondern mit ihnen nicht in Ordnung, als brächten sie nicht mich, sondern meinen Tisch zum Wackeln, und machte mich so unauffällig wie möglich auf den kurzen Weg zum neuen Platz. Hätte ich gekonnt, ich wäre auf Zehenspitzen gegangen. Ich schob nach meiner Ankunft mit der Außenfläche meiner Hand Krümel von der Tischplatte und sah von der Seite, mit welcher Grazie die Schöne, Wunderbare, Göttliche an ihrem Tisch saß, aufrecht und unantastbar.

Die Aufregung bei meinem Umzug rief allerdings einen unangenehmen Nebeneffekt hervor. Ich musste dringend zur Toilette. Glücklicherweise war Simonetta eine langsame, sehr langsame Esserin. So konnte ich es mir leisten – »Blick voran, Brust heraus« –, das WC aufzusuchen. Ich öffnete entgegen meiner Gewohnheit nicht nur meinen Hosenschlitz, sondern zog Hose und Unterhose hinunter bis an die Knie und schaffte es, ohne einen Spritzer auf meinen Jeans zu hinterlassen, in die weiße Kloschüssel zu zielen. Ich wusch mir die Hände, schaute in den Spiegel. Würde Simonetta mich nach meiner Rückkehr mustern wollen – bitte, es gab an meinem Äußeren nichts auszusetzen.

Wieder an meinem Tisch, sah ich, dass sich Simonetta, während ich auf dem Klo war, ein Mineralwasser geholt hat. Ich nahm mir vor, an meiner Haltung zu arbeiten und zukünftig wieder hoch ins Fitnessstudio im obersten Stockwerk des Media Centers zu fahren, obwohl ich das kollektive Keuchen auf den Laufbändern nur schwer ertragen kann, dieses kontinuierliche Stapfen mit den Füßen beim Rennen auf der Stelle, das Piepen beim Drücken auf die Tasten der blinkenden Schalttafeln zwecks persönlicher Einstellung der Laufgeschwindigkeit und Überprüfung der Herzfrequenz und des Kalorienverbrauchs, die nach Schweiß von den Vorgängern stinkende Gymnastikmatte. »Atmen nicht vergessen, lockerlassen, gaaanz lockerlassen!« – Aber wie kann man lockerlassen, wenn man sich die ganze Zeit umschauen muss, ob man bei der idiotischen Figur, die man auf dem Boden oder an den Geräten abgibt, nicht einer gnadenlosen Musterung unterzogen wird?

Nicht auszudenken, ich träfe Simonetta im Fitnessstudio an, wie sie gerade am Adduktorengerät damit beschäftigt ist, die Beine so weit wie es geht zu öffnen und zu schließen, öffnen und schließen, öffnen und schließen. Vielleicht ist es ja die Welt der Laufbänder und Reckstangen, Gymnastikbälle und Hanteln, Turnmatten und

Steppwalker, in der Simonetta zu Hause ist, schoss es mir durch den Kopf, die Figur dazu hat sie. Allein, befürchtete ich, es mangelt ihrer Stimme an Durchsetzungskraft. Was für das Bewegungsbad im »Siegerland« gilt, gilt erst recht für das Fitnessstudio im MC. Aber die Vorstellung, Simonetta wäre es, die mir zeigt, wie man korrekt auf dem Adduktorengerät, im Volksmund »Muschipresse« genannt, Platz nimmt, bedrohte und erregte mich zugleich.

Im Casino des MC sitzt man auf Klassikern eines dänischen Designers der fünfziger Jahre. Was mir an diesen Stühlen gefällt, sind ihre schmalen Taillen und breiten Schultern. Ihr schwungvolles Design erhebt selbst unglückliche Sitzhaltungen zu einem eigenen Stil. Wer auf ihnen eine glückliche Figur macht, wird gleichsam zu einem Kunstobjekt. Als Simonetta ihr Glas in die Hand nahm und anhob, spreizte sie ihre Finger wie ein Musiker an einem Saiteninstrument mit breitem Steg. Ihren Po setzte sie ganz vorn auf der abgerundeten Vorderkante des Stuhls auf, das Gewicht ein wenig verlagert auf die linke Backe. Es schien, als wollte sie gerade mit einer physiotherapeutischen Übung beginnen, aber bei ihr war dieses Strecken und Anheben Ausdruck eines nicht inszenierten, ganz natürlichen Bewegungsablaufs.

Der Stuhl, auf dem Simonetta saß, war grau. Er passte farblich perfekt zu ihren verwaschenen Bluejeans. Die anderen Stühle mit den gespreizten Beinen aus Chrom sind rot, schwarz, grau und dunkelblau. In meinem spontanen Ansinnen, eine lautlose Verbindung mit ihr herzustellen, imitierte ich ihre aufrechte Sitzhaltung. Doch der Versuch einer Korrektur entlarvte sich schon im Ansatz als aufgesetztes Bemühen. Ein Blick in die Nachbarschaft beruhigte mich. Es hatte mich keiner beobachtet. Nicht auszudenken, wenn Sigrid Raschke heimliche Zeugin meines geckenhaften Verhaltens geworden wäre. Ich schaute mich um. Sie war weit und breit nicht zu sehen. Und genauso wenig Hannes Zimba. So konnte ich mich wieder, ohne Gefahr, erwischt zu werden, ganz auf Simonetta konzentrieren.

Ihr rechter Zeigefinger erstreckte sich beim Schneiden der Gyrosschnitzel lieblich den Griff entlang bis zum Ansatz der Klinge. Der linke Zeigefinger ruhte leicht angewinkelt oberhalb der Zinken auf dem Schwerpunkt der Gabel. Simonetta musterte das Abgeschnittene auf dem Teller, hob es an und schob es wie in Zeitlupe durch ihre sich öffnenden Lippen.

Oh, diese Lippen! Lippen, wie ich sie seit Jeanne Moreau in der Rolle der Catherine in Truffauts *Jules und Jim* nicht mehr gesehen hatte. Jules und Jim – wie ich die beiden Männer verstehe! Sie verlieben sich in Catherine, weil ihr Gesicht sie an das Antlitz einer antiken Statue erinnert. In Griechenland hatten sie es entdeckt und beteten es seither an. Es erging mir wie ihnen, nachdem ich Simonettas Antlitz entdeckt hatte. Ich halte es theoretisch eher mit Jules als mit Jim. Er kann ohne Eifersucht und Besitzanspruch lieben. Deshalb überlebt er Jim. Außerdem: Jules wird von Oskar Werner gespielt. Dessen Stimme gehört zu den schönsten, mit der jemals ein Schauspieler geboren wurde. Ich konnte nur hoffen, dass es neben mir keinen »Jim« gab, der Simonetta ebenso begehrte wie ich.

Simonetta drückte nicht, wie die meisten im Casino, unter Zeitdruck mehrere Pommes frites auf einmal in ihren Mund. Sie zitterte nicht wie die Älteren im »Siegerland«, wenn es endlich mal wieder Pommes frites gibt und sie fürchten, dass der Transport eines Exemplars mit Überlänge in den vorzeitig sich öffnenden Mund fehlschlagen könnte. Bei Simonetta geschah alles der Reihe nach. Sie schob die Kartoffelstäbchen nicht bloß in sich hinein. Sie ließ sie in sich eindringen, öffnete ihren Mund beim Essen nur so weit, wie sie es eben musste. Auch beim Abtupfen ihrer vom Speisefett glänzenden Lippen mit der Papierserviette öffnete sie ihren Mund nur ein wenig, um die Lippen sogleich wieder, wie nach einem raschen Gebrauch eines Lippenstifts, sanft aufeinander abzurollen. In diesen Momenten meiner Abschweifung waren der Lärm der Stimmen und das Verrücken der Stühle, das Geklapper mit dem Besteck und das aufgesetzte Lachen der Betriebsangehörigen auch ohne Wachspfropfen in den Ohren so weit weg von mir wie noch nie zuvor an diesem tosenden Ort.

Auch Simonetta schien der Lärm der Welt nichts auszumachen. War es Gelassenheit oder Gleichgültigkeit? Sie zuckte bei keinem noch so hässlichen Laut, bei keinem noch so schmerzhaften Geräusch zusammen. Die Vorträge der Casinoschwadroneure im Saal irritierten Simonetta nicht die Spur. Sie war ganz mit sich selbst beschäftigt. Die einzigen Tische, auf denen kein Mobiltelefon lag, waren die von Simonetta und mir. Ich fühlte mich jetzt nicht nur von ihr angezogen, ich fühlte mich ihr verbunden. Als hätte sie von meiner Bestandsaufnahme unserer Beziehung Wind bekommen, hielt sie plötzlich inne und schaute aufmerksam und doch nach innen gekehrt in eine unbestimmte Richtung. Ihre Irritation konnte aber auch von dem Schauspiel herrühren, das sich uns beiden plötzlich bot.

Nicht nur die Mitarbeiter der verschiedenen Firmen im Media Center haben Eintritt in das Casino. Auch die Angestellten eines Autohauses nebenan dürfen hier essen. Im Pulk und mit Getöse rücken sie in farblich zwar unterschiedlichen, vom Schnitt her allerdings wie von einer Stange kommenden Anzügen an, die Jacketts neuerdings ziemlich eng am Körper, immer ein wenig zu kurz. Die Männer aus dem Autohaus sprechen lauter als alle anderen im Casino. Sie lachen in Salven. Sie lachen nicht nur, um die spontanen Bemühungen eines Witzbolds zu bestätigen, sie lachen, um auf sich selbst aufmerksam zu machen. Lachen ist bei ihnen eine Demonstration. Schriller Ausdruck des Verlangens, dazuzugehören. Ihr Lachen braucht keinen konkreten Anlass. Es ist schon da, ehe es zum tatsächlichen Ausstoß kommt. Der Lachmensch lacht einfach so. Er unterwirft den Anlass einem tönenden Grundbedürfnis. Er lacht über den nichtigsten Anlass, die albernste Bemerkung. Am liebsten über eine eigene. Je anzüglicher die Bemerkung, desto lauter sein Lachen. Als ich einmal, so laut ich konnte, »Ruhe!« in das Betriebsrestaurant hineinschrie, hielten die von ihren Tellern kurz aufschauenden Esser meinen Notruf für eine Performance und klatschten. Ich hasse das Geräusch von klatschenden Händen.

In der Mittagspause lockern sich die Autohausangestellten von nebenan nicht nur mit Lachsalven auf, sie lockern auch ihre Schlipsknoten. Wenn sie die Kantine verlassen, zurren sie sie wieder fest. Die wenigen Damen, die aus dem Autohaus ins Media Center kommen, tragen gerne Kostüme oder Hosenanzüge in Schwarz oder Dunkelgrau. Selbst unter den Anzugshosen tragen die Anzugsfrauen, damit die Füße nicht nackt in den schwarzen Schuhen mit Absätzen stecken und Blasen entstehen, durchsichtige Strümpfe oder Strumpfhosen. Sie reichen hoch zu den Hüftknochen und verletzen mit ihrer Naht im Schritt die Aura des Dessous aufs Gröbste. Beim Abstreifen verursachen diese Strümpfe eine elektrische Aufladung und knistern. Selbst der leiseste Anflug einer erotischen Spannung verzieht sich bei einem solchen Erlebnis für den

Ohrenzeugen im Nu. Ich weiß, wovon ich rede. Auch Margot Bruch trug solche Feinwäsche, wenn sie in ihre Sparkasse ging. Heute arbeitet sie in Frankfurt am Main für die Deutsche Bahn, und ich bin sicher, sie trägt noch die gleichen Strümpfe. Unmöglich, dass Simonetta Hosenanzüge, unmöglich, dass sie eine Feinstrumpfhose unter der Hosenanzugshose trüge, unmöglich, dass sie in einem Autohaus arbeitete, unmöglich, dass sie Sparkassenangestellte wäre, unmöglich, dass sie schallend laut lachte.

Jetzt steckte ein besonders langes Kartoffelstäbchen an den Zinken ihrer Gabel. Eine Ewigkeit hielt sie diese senkrecht in die Luft, ohne dabei den Ellbogen aufzustützen. Oder wollte sie mit dieser Geste nur auf sich aufmerksam machen, merkte sie, dass sie beobachtet wurde? »Ja, ich bin hier, Simonetta, ich sehe dich«, rief ich ihr stumm zu. Als hätte sie mich gehört, ließ sie ihren Arm sinken. Sie war wieder zu sich gekommen, ich war erleichtert und schaute herum, ob auch die anderen diese Szene beobachtet hatten. Doch keiner blickte zu ihr hinüber. Und keiner zu mir. Die Männer aus dem Autohaus waren mit ihrem Lachen beschäftigt. Ich war der Einzige, der Simonetta ins Auge fasste, ich war ihr Auserwählter, ihr Beschützer, woran hatte sie gerade gedacht? Bedachtsam, nicht bedächtig, legte sie jetzt Messer und Gabel auf den leeren Teller. Die beiden Teile des Bestecks schmiegten sich eng aneinander wie ihre schräg gestellten Beine unter dem Tisch. Endlich sah ich auch ihre Schuhe.

Simonetta trug weiße Leinenturnschuhe mit weißer Kuppe, weißen Schnürsenkeln und weißer, leicht verschmutzter Umrandung aus Gummi. Um den Schuh herum verlief eine dunkelrote Linie. Als Kinder trugen wir im Turnunterricht solche Schuhe, noch ohne Rennstreifen. Dieses Quietschen der Gummisohlen beim Rennen und Grätschen und Bremsen auf dem Turnhallenboden! Ein Wohlgefühl ging mir schon im Umkleideraum durch und durch, wenn ich drinnen in der Halle die Turnschuhe der Spielenden hörte. Sie waren kornblumenblau. In den sechziger Jahren trugen Uwe und ich diese Schuhe aus Protest gegen den harten Klang unserer Vaterschuhe mit Lederabsätzen wie die Teenager in den amerikanischen Familienserien. »Tennisschuhe« nannten wir unsere Turnschuhe jetzt, obwohl keiner von uns jemals einen Tennisschläger in der Hand hielt. Wir spielten Federball. Hart genug retourniert, pfiff er eher durch die Luft, als dass er flog.

Jahre später sah ich solche Tennisschuhe an den Füßen einer dünnen französischen Filmschauspielerin. In jungen Jahren sang sie mit schmachtender Stimme, begleitet vom Sprechgesang eines erregten Mannes, ein textarmes Liebeslied und stöhnte. Wir schmolzen gleichsam vor dem Plattenspieler dahin. Ulrike mehr noch als ich. Beim Küssen überhörten wir das Kratzen, das vom häufigen Abspielen der Platte herrührte. Als Susi und ich wie fast jeden Sonntag mit der Zubereitung eines unserer Leibgerichte beschäftigt waren – wir beide lieben Krustentiere über alles –, drang einmal dieses Lied aus dem Kofferradio in der Küche. Susi schüttelte den Kopf, während ich ihr beim Schälen der Garnelen erzählte, dass das Knutschen damals mit »Je t'aime« schöner war als ohne. Ich habe meine Tochter noch nie mit ihrem Freund knutschen gesehen.

Lange nach ihrem Liebeslied saß Jane Birkin einmal im Rahmen der Filmfestspiele neben mir in der ersten Reihe im Berliner Zoopalast mit keusch übereinandergeschlagenen Beinen in verwaschenen Bluejeans bei der Uraufführung eines Spielfilms mit ihr in der Hauptrolle. Ich trug zur Premiere spitze Lederschuhe in Schwarz und war der deutsche Synchronsprecher des verzweifelten Liebhabers einer leichtlebigen Frau. Sie wollte sich von ihrem Mann nicht trennen und war auch nicht bereit, den Liebhaber aufzugeben. Der verlangte von ihr, je länger die heimliche Fernbeziehung zwischen Nizza und Paris hielt, dass sie sich von ihrem Ehemann trennte und mit ihrem erwachsenen Kind zu ihm zöge, was weder die verheiratete Frau noch das Kind wollten; der Liebhaber verschwand von der Bildfläche, die Familie flog in die Ferien nach Kalifornien. Susi gefiel dieser Film sehr, als ich ihn ihr auf DVD zeigte, schließlich blieben die Eltern zusammen. Er war meine wichtigste Arbeit fürs Kino.

Schön wär's gewesen, liebe Zuhörerinnen und Zuhörer. Ich habe das nur erfunden, ich habe gelogen, weil ich die französische Filmschauspielerin, als auch sie schon in die Jahre gekommen war, auf einem Foto in solchen weißen Schuhen gesehen habe und weil ich gern auch einmal in einem Kinofilm mitsprechen würde. Ich war in die Sängerin und Schauspielerin verliebt, und in wen ich einmal verliebt war, in den bin ich es auch noch Jahre später, vorausgesetzt, es handelt sich um eine unerfüllte Liebe. Sie läuft einem das ganze Leben lang nach. Meine eigene Stimme klang der des deutschen Synchronsprechers des Liebhabers der ehemaligen Sängerin zum Verwechseln ähnlich. Hätte mich jemand auf die Stimme des Synchronsprechers angesprochen und mich persönlich mit ihr identifiziert – ich hätte nicht widersprochen.

Simonettas Knöchel wölbte sich sanft über der Naht am Rand ihres Tennisschuhs. Ihr Knöchel stach nicht als spitzer Höcker hervor wie bei anderen Frauen. Ich erinnere mich, wie einst Frau Gummersbach am Morgen, noch im Nachthemd, auf dem heruntergeklappten Klodeckel saß, einen Fuß auf dem Kachelboden zur Abstützung, den anderen hoch auf den Deckel gezogen, Ferse hart am Rand aufgestellt, die Zehen hochgebogen, in der rechten Hand zwischen Daumen und Zeigefinger den Pinsel mit Nagellack, millimetergenau aufgetragen, das leuchtende Rot auf den schon lackierten Nägeln war noch feucht. Es ist Stéphane Audran, die in *Die untreue Frau* von Claude Chabrol in einer ähnlichen Szene ihre Fußnägel lackiert.

Am darauffolgenden Morgen geht sie ihrem Ehemann, einem Juristen, fremd und verzückt ihren Liebhaber, einen Poeten, mit glänzenden Zehennägeln.

Auch ich bin ein Poet. Simonetta kann zu mir zu jeder Tages- und Nachtzeit kommen. Von den Fingern auf ihre Zehen geschlossen, durfte ich davon ausgehen, dass auch diese von äußerst feingliedriger Art sein müssen. Simonetta Vespuccis zweiter Zeh ist nicht, wie man es von einer Florentinerin erwarten dürfte, von römischer, sondern von griechischer Form. Das heißt: Der zweite ist länger als der große, das ist schön zu sehen auf dem Bild von Sandro Botticelli mit der liegenden Simonetta Vespucci als Venus. Bei der römischen Form sind großer und zweiter Zeh gleich groß. Ich habe nur einen ägyptischen zweiten Zeh. Das heißt: Mein großer Zeh ist länger als er. Ich bin mir sicher, dass Simonettas zweiter Zeh länger ist als der große. Ich war mir sicher, der Tag würde kommen, an dem ich die Füße meiner Simonetta in die Hand nähme, sie sanft massierte und ihre Zehen, den längsten vor allen anderen, liebkoste.

Bei dieser Vorstellung muss ich entgegen meiner guten Vorsätze doch wieder an Anastasia denken. So leicht sollte ich von ihr nicht loskommen. Es gibt da eine Badezimmerszene. Anastasias Haar hängt in nassen Strähnen herunter, der Klodeckel ist heruntergeklappt. Gut, dass dies schon vor den Dreharbeiten so arrangiert worden ist. Das Fallen des Klodeckels auf die Brille verursacht einen unangenehmen Knall. »Viewers 11.213. Did you like it? Yes: 10.199. No: 1.014.« Ein Kunststoffschwanz, festgesaugt auf dem Badewannenrand, steht aufrecht neben ihr. Ich sah das Ganze doppelt. Der Blick in den Spiegel in ihrem Badezimmer bot mir zusätzlich zur Frontalansicht eine schräge Perspektive. Anastasia sitzt nach vollzogener Körperpflege nackt auf dem Wannenrand, das Wasser ist noch nicht abgelassen, die rechte Hand aufgestützt, die linke plätschert lockend im Nass, als wollte sie einen Meeresprinzen aus der Tiefe des Wassers ziehen, doch dann ist es nur ihr irdischer Liebhaber.

Anastasia bietet ihm den vorgestreckten Fuß wie zum Handkuss an. Er gehorcht, saugt kurz an ihrem längsten Zeh, es ist der ägyptische, lässt ab von ihm, wischt sich mit der Hand kurz über seine Lippen, er ist eben doch nur ein Schauspieler und scheint Dinge vor der Kamera zu tun, die ihm, auch an seinem Gesichtsausdruck gemessen, sichtlich zu weit gehen. Er zieht dann Anastasia an den Händen hoch, dreht sie um, stellt sie vor den Waschtisch, im Zahnputzbecher merkwürdigerweise drei Bürsten. Sie stützt sich mit den Händen ab, er berührt mit der Spitze seiner Lanze ihren Po, sie guckt unbeeindruckt weiter in den Spiegel und somit auch mich an; er drückt sein Geschlecht in sie hinein, die Erektion ist kraftvoll, Männer im Dauereinsatz wie er nehmen Viagra. Der Kunststoffschwanz auf dem Badewannenrand fällt aus Versehen ins Badewasser, der Schaum sinkt langsam in sich zusammen, gleich ist das Badewasser durch den Abfluss ins Jenseits verschwunden; die beiden Akteure sprechen kein Wort miteinander, sie sind ein eingespieltes Team, alles geht wie von selbst und gleitet und flutscht, sie müssen sich schon länger kennen. Sollen sie sich doch! Was Simonetta Vespuccis und Anastasia Fuckmenows Liebhaber können, das kann ich schon lange. Nur im Stehen dürfte es nicht zu lange dauern.

In das keusche Fußspiel Simonettas unter dem Esstisch kam Bewegung. Simonettas Anheben der Fersen im Sitzen signalisierte Aufbruch. Im Aufstehen schob sie den Stuhl nicht lärmend, wie die Männer aus dem Autohaus es tun, mir nichts dir nichts vom Tisch fort, um ihn stehen zu lassen, wo er zum Stehen kam – sie hob ihren Stuhl nach dem Aufstehen ein wenig an und setzte ihn mit beiden Händen sanft vor der Tischplatte ab, schob ihn vorsichtig darunter, nicht ohne zuvor an den Ärmeln ihres Pullis zu zupfen. Die Davongehende geriet kurz aus meinem Blickfeld, ich starrte auf den verlassenen Stuhl mit den gespreizten Beinen, da tauchte er doch noch auf: Zimba.

Er trat an meinen Tisch, lachend, obwohl er mir hätte ansehen müssen, dass ich nicht mehr von dieser Welt war. Aufgeschreckt von Zimbas »Hallo« mit mindestens fünf, zum Ende hin in der Stimme deutlich aufsteigenden »Os« sollte ich frisch Verliebter mir ausgerechnet jetzt anhören, welche Aufträge er am Vormittag von Sigrid Raschke wieder bekommen und abgelehnt hatte, was ich mir niemals leisten könnte. Ich muss nehmen, was kommt. Bei ihm sind es an einem Tag so viele Aufträge, wie ich sie in einer Woche zusammen erhalte. Er spricht fürs öffentlich-rechtliche Fernsehen, ich, wenn es hoch kommt, für Shoppen total und für den Supermarkt. Er ist Sprecher für edelste Marken der Automobilindustrie, Lebensversicherungen, Sportartikel, Reiseveranstalter, er bekommt Prozente. Ich spreche über Waschmittel, Hühneraugen, Süßigkeiten, Tierfutter, Toilettenpapier, täglich ein neues Sonderangebot, ich bekomme nichts zum halben Preis. Er ist »The Golden Voice«. Doch heute bot ich ihm nicht den freien Platz mir gegenüber an, dieses Mal nicht, ich bat um Entschuldigung und Verständnis, ich müsse mich innerlich vorbereiten auf das Sprechen eines äußerst anspruchsvollen Textes. Er wisse, wie streng Sigrid Raschke sein könne. Ich vertröstete ihn auf unseren Sprecherstammtisch, es war Dienstag, ich käme vielleicht, doch, ja, ich käme bestimmt.

Das soll für heute reichen, meine lieben Zuhörerinnen und Zuhörer. Obwohl ich ein Keilkissen zur Unterstützung meiner Sitztätigkeit aus unserem Gymnastikraum aufs Zimmer habe mitnehmen und dort behalten dürfen, fiel mir in der vergangenen Woche das Schreiben schwerer als sonst. Außerdem muss ich Ihnen gestehen, dass ich in der vergangenen Woche sehr nachläs-

sig mit meiner persönlichen Rehabilitation umgegangen bin. »Mechanische Extension mit Wärme« um 9 Uhr im Massagebereich bei Herrn Hundsmann, »Gruppe Krankengymnastik« bei Frau Uhrig in der Gymnastikhalle um 10 Uhr, »Bewegungsbad-Gruppe« bei Frau Hundt um 11.30 Uhr in der Schwimmhalle, »Elektrotherapie« bei Herrn Burger in der Massageabteilung um 15 Uhr. Mehr habe ich nicht geschafft. – Morgen Abend in der Leihbücherei stehen unsere Püppchen in Reih und Glied auf dem Tisch. Es sind Püppchen aus Holz, hergestellt von den Behindertenwerkstätten in unserem Landkreis. Sie liegen beim Halma besser zwischen den Fingerspitzen als die aus Plastik. Aber was sind diese Püppchen schon gegen die Puppen, die ich nächste Woche tanzen lasse! Vorausgesetzt, ich habe mir mit dem heutigen Kapitel nicht die Finger verbrannt, und der Klinikdirektor verschont mich weiterhin mit einem Auftrittsverbot. Gute Nacht.

6

Freitag, 23. Juli Länge: 44.31

Meine Damen, meine Herren, ich begrüße Sie in der Kantine der Siegerlandklinik. Lassen Sie sich nicht irritieren. Heute stehen zwei Mikrofone vor mir auf dem Tisch. Ein Reporter des Lokalradios Antenne Siegerland will die heutige Lesung mitschneiden und in Auszügen senden. Damit auch er weiß, um wen es geht: Die Florentinerin Simonetta Vespucci – sie lebte von 1453 bis 1476 – stand oder lag wiederholte Male Modell für den Maler Sandro Botticelli. Auf einer Sonderausstellung mit »Gesichtern der Renaissance« hatte ich mich in Simonetta verliebt. Hin- und hergerissen zwischen ihr und einer russischen Schauspielerin, die ich täglich im Internet besuchte, entschied ich mich zur Fortentwicklung meines Liebeslebens für jene Dritte, die in der Kantine wie aus heiterem Himmel leibhaftig vor mir erschien. Ich taufte sie Simonetta.

Mitten hinein in mein Sinnen und Trachten, Schauen und Lauschen im Casino des Media Centers platzte mein Kollege Hannes Zimba. Er wollte sich zu mir an den Esstisch setzen. Doch ich wollte allein sein und vertröstete ihn auf den Sprecherstammtisch am Abend. Hannes Zimba geht so gut wie jeden Dienstag zum Sprecherstammtisch in unser Wirtshaus Beim Franz. Die hufeisenförmige Theke ist genau die richtige für einen Mann wie ihn. Sie ist seine Bühne. Da können auch die, die nicht zu unserer Gesellschaft gehören, von seiner Größe profitieren und ihn bewundern. Er erzählt gern Geschichten von früher, die seinem Ruhmesblatt ein weiteres Kapitel zufügen.

Auch »The Golden Voice« wirkte am Anfang seiner Karriere in Sexfilmen als Synchronsprecher mit. Viele Sprecher machen das, um ihren Lebensunterhalt aufzustocken. Angefeuert von seinem, wie er sich ausdrückte, »alten Freund«, der heute auch in die Riege der Fernsehkommissare aufgestiegen ist und vor langer Zeit ebenfalls in Erotikfilmen als Synchronsprecher mitgewirkt hatte und nun als prominenter Gast in unsere Runde stieß, führte Hannes Zimba in wilder Begeisterung vor – für einige von uns Stammtischbrüdern nicht zum ersten Mal –, wie eine Hundestellung im Studio nachsynchronisiert wird: durch rhythmisches Schlagen der Faust in die offene Hand. Bei der Simulation eines Oralverkehrs lutschte und schmatzte und flatterte Zimba mit seiner Zunge an seinem mit Bier angefeuchteten, rein- und rausflutschenden Daumen. Das ganze Lokal schloss die Augen. Es war, als würde neben uns ganz real an einem Penis gelutscht. Franz, unser Gastwirt, war begeistert und setzte mehrere Zapfhähne gleichzeitig in Bewegung. Freibier für alle.

Anschließend lieferte Hannes Zimba noch eine berufsständische Theorie zu dieser Form der sexuellen Praxis frei Haus. Wie beim Sprechen komme es auch beim Oralverkehr ganz besonders auf die Länge der Zunge, die Konsistenz des Speichels, die Atemtechnik und die Formung der Lippen an. Er selbst möge es sehr, wenn ihm eine Frau einen blase. Wieso »bläst«, hielt ich ihm entgegen, »es ist doch eher ein Saugen oder Lutschen.« »Ist doch dasselbe!«, erwiderte der Genervte. »Aber gut aufgepasst, Seiler, du verstehst was von Sprache!«

Um auch mich in die frivole Stimmung einzubeziehen und mit mir vor dem Kommissar ein wenig anzugeben, erzählte er die Geschichte von den New Yorker Schwänzchen. In der Designabteilung des Museum of Modern Art habe ich einmal in einer Vitrine mit unterschiedlich geformten Ohrstöpseln das Modell eines winzigen Penis entdeckt. Aus Kunststoff. In unterschiedlichen Farben. Ich habe mir zehn dieser Penisdöschen im Museumsshop gekauft, heimlich, Susi hielt sich gerade im Restroom auf. Wenn einer meiner Kollegen Geburtstag hatte, verschenkte ich eines dieser Döschen. Auch Hannes Zimba bekam eins: »So etwas Geiles habe ich noch nie gesehen!« Der Kommissar erkundigte sich, ob ich noch ein solches Penisdöschen für ihn hätte.

Es nahmen an diesem Abend wieder einmal keine Frauen an unserem Sprecherstammtisch teil. Sigrid Raschke kam schon lange nicht mehr. Hätte sie gewusst, dass der Kommissar anwesend sein würde, sie wäre bestimmt gekommen. Hannes Zimba lässt keine Möglichkeit aus, uns an seinen Erfolgen teilhaben zu lassen. Sei es beim Golfen oder mit den Zeugnisnoten seiner Tochter, beim Motorradfahren oder Ausprobieren neuer Sterne-Restaurants. Und schon wieder war er als Vorleser für eine Fünf-Sterne-Kreuzfahrt engagiert worden, wenn auch nur als Ersatzmann für Harald Schmidt. Zimba ist verheiratet, seine Frau kennt keiner. Er hält zu Bayern München. Der 1. FC Köln ist ihm nicht gut genug. Auf der Seite von potenziellen Absteigern hat ein Typ wie Zimba nichts zu suchen. Mit feurigem Blick und strahlend weißen Zähnen gibt er regelmäßig eine Runde Bier nach der anderen aus. Alle sechs Monate lässt er sich sie von Dr. Otto im MC gratis bleachen. Steht er mal in der zweiten Reihe vor der Theke, kann er nach seiner Bestellung ohne Mühe über unsere schmalen Schultern und kleinen Sprecherköpfe in der ersten Reihe hinweg einen Kranz mit den ortsüblichen schlanken Biergläsern von Franz übernehmen und einzeln verteilen.

Einmal durfte ich ganz allein in seine Spendierhosen schlüpfen. Weil er etwas Besseres zu tun hatte, schickte er mich stellvertretend auf Kreuzfahrt in einem Schiff der Luxusklasse. Endlich konnte ich einmal auf großer Bühne literarische Texte nach freier Wahl einem Publikum zu Gehör bringen. Margot Bruch hatte mich noch nicht verlassen, Susi musste nicht allein zu Hause bleiben. Ich las, unterwegs in der Südsee, drei Texte, jede Woche einen in der Lounge vor dem Sonnenuntergang zwischen Tahiti, wo ich, begrüßt vom Lärm einer Combo mit landesüblicher Folklore, an Bord, und Auckland, wo ich, verabschiedet von einer Blaskapelle, von Bord ging. Ich hatte drei Auszüge aus Georg Forsters Südseereportagen ausgewählt. Es geht darin um sexuell ausgehungerte Matrosen auf James Cooks Schiff Endeavour in den siebziger Jahren des 18. Jahrhunderts. Die Burschen bekommen Syphilis nach dem Tausch von Hämmern, Nägeln und anderem Werkzeug gegen einheimische Mädchenkörper. Sie verzehren Unmengen von Sauerkraut, um ihren Skorbut loszuwerden.

Bei der dritten Lesung, kurz vor der Insel Niue, waren nur noch zehn Zuhörer in der Lounge – die Unappetitlichkeit meiner Textauswahl hatte sich herumgesprochen. Als ich an die Stelle kam, an der der Autor davon berichtet, dass aus der Sprache der Eingeborenen »alle harten und zischenden Consonanten« verbannt seien und jedes Wort »mit einem Selbstlauter endigte«, fiel mir, meine Stunde war längst noch nicht um, die seefeste Stimme des Kapitäns aus dem Bordlautsprecher in die Parade. Man habe gerade die Internationale Datumsgrenze passiert, und auf dem Oberdeck in Jimmys Bar habe soeben die Happy Hour begonnen. Ich war eben doch nur der Ersatzmann für Hannes Zimba. Ihm wäre der Kapitän nicht ins Wort gefallen.

Es war ein gewöhnlicher Dienstag im MC, der sich anschickte, mein persönlicher, grenzüberschreitender Feiertag zu werden, meine persönliche Happy Hour. Keiner hatte das Recht, mich zu unterbrechen und aus meiner Stimmung herauszureißen, auch nicht Hannes Zimba. Ich hatte das Recht, mich ganz allein darauf zu konzentrieren, wie Simonetta durch den Speisesaal ging und das Casino verließ, hin zu den Fahrstühlen, zu ihrem Arbeitsplatz, auf welcher Etage auch immer der sich befände. Hannes Zimba zog, ob meiner Bitte, allein sein zu dürfen, missbilligend die Augenbrauen zusammen und ging seines Wegs. Ich hatte Simonetta nicht aus den Augen verloren. Ihr Gang hatte etwas Zögerliches, Scheues, Ängstliches. Sie schaute weder nach rechts noch nach links, sie wollte wohl niemandem ins Gesicht sehen, von niemandem angesehen werden. Sie ist größer als alle Frauen, für die zu schwärmen ich mir bis dahin die Freiheit genommen hatte, größer als Stéphane Audran, Dagmar Berghoff, Irene Koss und Heike Maurer, mindestens gleich groß mit jener Wetterberichterstatterin, größer als Anastasia Fuckmenow, erst recht als Sigrid Raschke, größer auch als Bärbel Wunderlich und Ulrike Gummersbach, größer als Carla Frosch und größer als alle Autohausdamen von nebenan, und gewiss auch größer als Simonetta Vespucci, die freizugeben für Sandro Botticelli sowie Giuliano de' Medici ich jetzt, da ich die Leibhaftige, die Wiedergeborene, die Auferstandene persönlich getroffen hatte, nicht mehr abgeneigt war.

Ich schaute mich um, ob auch andere Männer Simonetta mit ihren Blicken verfolgten. Nur einen erwischte ich. Er stand in der Nähe des Kaffeeautomaten, mit seinem dunkelblonden, unverschämt dichten Haar, Scheitel halb links, vorn lang, hinten hoch geschnitten, breite Schultern, dunkelblaue Designerjeans, die Wölbung hinter seinem Hosenstall beeindruckender noch als die beim Wettermann, sein Hemd blütenweiß, die zwei obersten Knöpfe geöffnet, schwarzes Jackett, mindestens Boss, die glänzenden schwarzen Schuhe spitz und blank gewichst. Sein monströser Schlüsselbund mit dem Blitz von Opel am Ring lag auf dem Bistrostehtisch, daneben sein Handy, so flach, wie ich noch keines zuvor gesehen hatte, ein Coupé unter den Mobiltelefonen. Er stützte seine Ellbogen demonstrativ auf einen Stehtisch. Das Kinn legte er in die offene Hand, an seinem Handgelenk glänzte eine Rolex oder so etwas Ähnliches. Vor ihm stand ein Espresso, ein doppelter natürlich. Plötzlich streckte er seine Brust heraus. Sein ganzer Körper nahm eine gespannte Haltung an. Er war es also, der ihr nachsah, er, dessen Stimme just von der japanischen Erfolgsspur zu einem deutschen Automobilunternehmen in der Krise hinübergesteuert war, sensationelles Honorar, Jahreswagen gratis, die Nachbarschaft zwischen Sprecheranstalt und Autohaus zahlte sich aus. Er hatte es mal wieder geschafft, das deutsche Unternehmen musste gerettet werden, und für diese Rettung kam nur er infrage: Hannes Zimba.

Ich riss mich zusammen, ein Schuss traf meine linke Hüfte, eine Säge setzte an meinem Oberschenkel an, ich blieb wie erstarrt stehen. Simonetta wandte den Kopf in Richtung der Kaffeeautomaten. Ich konnte nicht anders, als ihr hinterherzueilen, ich wollte sie retten, den Schmerzen zum Trotz, ich musste vor Hannes Zimba bei ihr sein, ich war bereit, sie mit beiden Armen vor dem Wüstling zu beschützen. »Und zu meinem Gegner sprech ich: Sieh dich vor, geputzter Affe! Denn beim letzten Verse stech ich«, ruft Cyrano de Bergerac einem Kontrahenten zu, ehe er ihn auf den Boden zwingt.

Hingegen erschien mir Zimba keineswegs kampfbereit. Er bewegte sich nicht von der Stelle. Keiner von uns beiden stieg Simonetta nach und fuhr mit ihr gemeinsam im Fahrstuhl hoch. Keiner hatte eine Faust an den Mund gelegt, um sich zu räuspern, um sie mit klarer Stimme anzusprechen. Ich hätte auch nicht gewusst, was ich ihr hätte sagen können. Gleichwohl hätte ich es nicht ausgehalten, stumm neben oder vor ihr im Fahrstuhl zu stehen, als wäre in der vergangenen Stunde nichts geschehen. Ich, Sprecher von Beruf, ein unerhörter Mann? Mundtot neben ihr für die Dauer der Hochfahrt, meinen Blick an ihrem Profil vorbei, geradeaus auf die Spiegelrückwand im Fahrstuhl für »Max. sechs Personen oder 350 kg«, abwechselnd hinunter auf den Boden und hoch an die Decke gerichtet? Dahin, wo, kaum sichtbar, ein Lautsprecher eingelassen ist, aus dem elektronische Klänge fließen und manchmal auch Stimmen; selbst hier wird Werbung gemacht mit den Stimmen meiner Kollegen, UNSERE STIMMEN IN GOTTES OHR. Die Studios ließe ich bei meiner Fahrt nach oben unter mir im ersten Stock zurück. Ich hätte möglichst lange neben Simonetta stehen bleiben wollen, notfalls wäre ich bis hoch in den fünften mitgefahren, um bis dahin wenigstens ihren Geruch oder ihr Parfüm zu inhalieren. In meinem Fall hätte dieses Einatmen auf engstem Raum zu einem Akustiküberfall führen können. Nichts ist für einen Mitmenschen mit sensiblen Ohren aufdringlicher als die plötzliche Niesattacke eines Allergikers. In Parfüms steckt oft Beifuß. Und gegen Beifuß bin ich allergisch.

Ich hatte schon einmal schlechte Erfahrungen in diesem Aufzug gemacht. Kurz nachdem sich Margot Bruch von mir getrennt hatte, musste ich vierundzwanzig Stunden lang mit einem Blutdruckdauermessgerät am Körper verbringen. Im Viertelstundentakt zog sich die Manschette an meinem Oberarm zusammen und ermittelte so meine Werte. Ich hatte dieses Gerät völlig verdrängt, als ich einmal im Fahrstuhl des MC stand und hochfuhr. Unterwegs meldete es sich unter dem Pullover mit einem energischen Brummton. Vor Schreck versäumte ich, rechtzeitig auszusteigen. Im Fahrstuhl stand eine mir unbekannte junge Frau und starrte mit versteinertem Blick auf den Boden. Nie wieder nach diesem Zwischenfall würde ich mir ein solches Gerät anlegen lassen. Nie wieder würde ich die oberste Leuchttaste in einem der vier Fahrstühle des Media Centers drücken. In Zukunft immer zu Fuß. Das rät auch der Orthopäde.

Letzten Endes hielt ich es für aufdringlich und unmöglich, sowohl aus meiner als auch aus Simonettas Perspektive, ihr wie ein Detektiv in den Fahrstuhl zu folgen, mit ihr zusammen, ich natürlich nach ihr, auszusteigen, um zu sehen, auf welcher Etage ihr Büro liegt, für welches Unternehmen sie arbeitet, damit ich sie später von zu Hause aus im Büro anrufen, damit ich ihre Stimme wieder hören könnte, hören, wie sie sich meldet, wie sie reagiert, wenn ich am anderen Ende – die Hand schützend auf die Sprechmuschel gelegt – einfach nur schwieg. Nicht einmal mein Atmen wäre zu hören.

Ich dagegen würde vernehmen, wie sie einen einsilbigen Fluch, so hart und zischend seine Konsonanten auch sein mögen, mehr in sich hinein als zu mir hin von sich gäbe und den Hörer, wie man immer noch sagt, auf die Gabel legte, obwohl eine solche längst nicht mehr existiert. Oder hauchte sie, mit Sekundenpausen dazwischen, drei-, viermal ein wiederkehrendes »Hallo«, das »o« jedes Mal mit ängstlich gesenkter, abreißender Stimme, in die Muschel, die heute auch keine Muschel mehr ist? Muschel, ein Wort, das mich erregt wie kaum ein anderes in unserer deutschen Sprache mit den vielen harten Lauten, kaum ein Satz ohne »k«, »p«, »t« oder »zett«. Ich wurde mir zunehmend sicher, dass der erste Stimmenaustausch mit Simonetta nicht am Telefon stattfinden durfte.

Schon zu Zeiten, da mir das Telefon bei einer ersten stimmlichen Kontaktaufnahme Unsichtbarkeit und Schutz vor einer Blamage versprach, war mir die Spucke weggeblieben, noch ehe ich einen Ton herausbekommen hatte. Als das Klingeln des Telefons noch tatsächlich ein Klingeln war und das Klingeln in jedem Haushalt gleich klang, fühlten wir uns angeschlossen an die Welt. Wir fühlten uns zu Hause auch dort, wo man es nicht war, denn das Telefonklingeln signalisierte: Du gehörst dazu. Du redest mit. Du bist verbunden.

Bei unseren ersten Versuchen gaben wir Telefondebütanten den Draufgänger. Telefonieren war eine Mutprobe. Uwe und ich suchten irgendeine Nummer im Telefonbuch heraus oder drehten die Wählscheibe mit einer beliebigen Nummernfolge, bis ein Freizeichen am anderen Ende der Leitung ertönte. Immer ohne Vorwahl, kein Ferngespräch, das wär zu teuer. Mein Freund Uwe und ich warteten, Kopf an Kopf, Ohr an Ohr am Hörer, bis sich jemand am anderen Ende meldete. Wir rülpsten in die Muschel, bellten, pupsten, mit zusammengepressten Lippen oder schickten, mit zunehmender Erfahrung beim freien Sprechen, vergleichsweise ausformulierte Unverschämtheiten in den Hörer. Der Telefonhörer war für uns ein Mikrofon. Wir kamen uns vor wie Radiosprecher. Man sprach in etwas hinein, man wurde gehört, ohne gesehen zu werden, man traute sich zu sagen, was von Angesicht zu Angesicht nicht ging.

Als ich damals Bärbel Wunderlich am Telefon ein Liebesgeständnis machen wollte, schrieb ich mir den Text auf, las ihn zur Probe viele Male laut vor mich hin, das letzte Mal Sekunden vor dem Moment, da ich meinen Zeigefinger in die Löcher der Wählscheibe steckte. Sie sollte mir nicht anhören, dass ich meinen Text ablese, ich wollte, wie man beim Radio sagt, »frei« sprechen, zumindest so tun als ob, den Blick abwechselnd aufs Papier und vom Papier weg in die imaginäre Ferne gerichtet. Das Risiko bei einem solchen Sprechereinsatz ist allerdings hoch. Moderatoren beim Radio wissen, wovon ich spreche. Beim Verlesen bricht das ganze Schauspiel in sich zusammen. Eine Liebeserklärung vom Papier in einem Medium spontaner Mündlichkeit birgt Gefahren in sich. Man ist, wenn man sich verspricht, blamiert. Die Liebeserklärung bekommt einen roten Kopf. Bei einem Telefonüberfall auf Simonetta noch am selben Tag, da ich sie zum ersten Mal sah, wäre auch ich gescheitert. Es wäre wie damals, als Bärbel Wunderlich von meinen Gefühlen nichts mitbekommen konnte. Denn in dem Moment, da sie den Hörer aufnahm, hatte ich schon aufgelegt.

Ich war entschlossen, im Casino des MC nicht schon vor der ersten stimmlichen Kontaktaufnahme zu scheitern. Ich wollte es nicht bei einem Vorsatz belassen. Ich wollte keinen roten Kopf bei der Liebeserklärung bekommen. Ich wollte frei sprechen, nicht zu laut, nicht zu leise, nicht zu kurz, nicht zu lang. Ich wollte Simonetta nicht mit einem Wortschwall bedrängen. Ich blieb noch eine Weile stehen, Zimba im Blick, und grübelte, auf welcher Etage sie ihren Arbeitsplatz haben könnte.

Für die Zahnarztpraxis im zweiten Stock war sie zu lässig gekleidet. Selbst wenn sie oben einen weißen Kittel überzog – eine medizintechnische Assistentin mit krass verwaschener Jeans darunter, barfuß in Tennisschuhen, das hatte ich noch in keiner Arztpraxis gesehen. Auch für die Werbeagentur »Public« und die Zentrale des Internetportals für Partnersuchende, »Schmetterling«, dritter Stock, schien mir ihre Kleidung nicht seriös, ihr ganzer Auftritt nicht entschieden genug. Für eine Sekretärin war ihre Hochsteckfrisur nicht streng genug durchkomponiert. Gute Sekretärinnen tragen an ihren Hinterköpfen »Bananen«. Simonettas Hochsteckfrisur machte auf mich den Eindruck einer Improvisation. Wenngleich einer äußerst gelungenen. Blieb die Redaktion des wöchentlich erscheinenden Anzeigenblättchens *Chiffre* im vierten Stock und das Fitnessstudio im fünften übrig. Da könnte, ja da musste ihr Arbeitsplatz liegen.

Bei *Chiffre* arbeiten viele junge Leute. Sie kommen allerdings nicht regelmäßig ins Casino des Media Centers. In der Nachbarschaft gibt es preisgünstige Dönerschuppen. Ich konnte mir vorstellen, dass Simonetta, scheu, wie sie sich im Casino bewegt, einen Job ohne Publikumsverkehr bevorzugt. Vielleicht nimmt sie die Aufträge von Kunden, die noch nicht ins Netz gehen und eine Kleinanzeige noch telefonisch in der Redaktion von *Chiffre* aufgeben, mündlich entgegen und beschwichtigt, ja tröstet mit ihrer sanften Stimme ungeduldige Kunden, die händeringend auf Antworten und Angebote bezüglich ihrer aufgegebenen Anzeigen warten. Bis hoch zu *Chiffre* war ich bisher nur einmal gekommen, und das nur aus einer Notlage heraus.

Auch für Voice auf der ersten Etage dürfte Simonetta nicht arbeiten, weil Sigrid Raschke nach Carla Frosch grundsätzlich keine Frau mehr eingestellt hatte, die jünger ist als sie und schlank. Aber vielleicht hatte Simonetta es doch irgendwie geschafft, sich bei ihr vorzustellen. Vielleicht hatte Zimba, wie schon bei Carla Frosch, seine Finger im Spiel. Vielleicht hatte sie gerade heute ihren ersten Arbeitstag. Vielleicht hatte sie die Kleiderfrage unterschätzt und gedankenlos zu den Stücken gegriffen, die sie schon am Vortag angehabt hatte. Ich hegte die leise Hoffnung, dass sie doch Sprecherin von Beruf ist. Aber eine Berufssprecherin, die, wie ich ihrem weichen »z« in Zaziki entnahm, ein bisschen lispelte?

Ich liebe es, wenn Frauen ein wenig lispeln. Das gibt ihnen etwas Schamhaftes. Vielleicht hatte Simonetta bei der Bestellung nur einen überflüssigen Tropfen Speichel auf der Zungenspitze und diese so im Moment der Hervorbringung jener bezaubernden Worte nicht unter Kontrolle. So stieß die Zungenspitze wohl zu dicht heran an ihre Lippen.

Es gab Zeiten, da hätte mich Sigrid Raschke darüber informiert, wer von ihr zu einem Vorstellungsgespräch geladen worden war. Ich war, wie sie damals sagte, »my favourite voice«. Ihr Wort hat Gewicht. Denn Sigrid Raschke ist die Herrin über mehr als dreihundert Stimmen in der Kartei. Die Herrin über meinen Körper zu sein, gelang ihr allerdings nicht. Es geschah auf dem Betriebsfest an Weiberfastnacht. Seit jenem denkwürdigen Tag vor drei Jahren unterhält Sigrid Raschke mit mir ein reines Arbeitgeberverhältnis. Was war passiert?

Ich war wie Gerard Depardieu im Kino auf dem Fest in die Rolle des sprachmächtigen Spontandichters und Degenvirtuosen Cyrano de Bergerac geschlüpft. Ein Held mit sehr langer Nase, der Schutzpatron, Säulenheilige aller Sprecher, die nichts anderes können, als mit ihrer Stimme die Welt zu beglücken, und trotz ihrer Kunst der Verzauberung am Ende in Einsamkeit scheitern. Carla wollte als Roxane kommen. Anders als im Film wollte sie sich beizeiten verführen und sich von mir in visueller, nicht aber in akustischer Distanz zur Karnevalsgesellschaft an einem der Bäume auf dem Vorplatz des MC ficken lassen. Doch wegen einer Grippe musste sie das Fest leider absagen.

Auch wenn ich mit Depardieus genialem Synchronsprecher Sebastian Fischer nicht mithalten kann – ich rezitierte, flüsterte, soufflierte, deklamierte, charmierte, sprach ganz nach seiner Art. Ich musste mit Sigrid Raschke vorliebnehmen, sie drängte sich mir auf, sie hatte sich mich vorgenommen, ich musste gehorchen, sie ist meine Chefin. Es kostete mich allerdings einige Überwindung, so zu tun, als wäre sie Roxane, zumal sie in einem Kostüm der eher einheimischen Art auftrat. Dennoch stellte ich ihr, mit Edmond Rostands hinreißend geschriebenen Versen auf den Lippen, tüchtig nach.

Roxane ist in den Kadetten Christian verliebt. Christian ist schön, aber dumm. Zu allem Unheil versteht er von Lyrik nichts. Christian hat bei Roxane nur dann eine Chance, wenn sich Cyrano mit seiner schönen Stimme als sein Souffleur buchstäblich in den Büschen versteckt und vor ihrem Fenster das Sprechdouble gibt. Das war eine Rolle wie maßgeschneidert für mich.

Auf jenem Betriebsfest an Weiberfastnacht war es der junge, schöne, beschwipste Kollege Helmut Krause, den ich als Christian zu Cyrano und Roxane, sprich zu mir und Sigrid Raschke, zog und belämmert aussehen ließ, wie er da, nichts als ein Statist, an der Theke in der hintersten Reihe stand und meine Rezitationen hilflos über sich ergehen lassen musste.

Cyrano war es auch, der im Namen Christians etliche Liebesbriefe an Roxane schrieb. Regelmäßig fiel sie in Ohnmacht, wenn sie das Couvert öffnete und zu lesen begann. Bis kurz vor Cyranos Tod im Kloster – Christian war längst in einem Krieg gefallen – wusste sie nicht, dass er, Cyrano, es in Wahrheit war, der sie mit seiner Liebeslyrik, die sie jahrelang immer als Christians Herzensergießungen an ihrem Körper getragen, verzaubert hatte. Mit meiner einschmeichelnden Stimme, der hübsch nachgebildeten großen Nase, die Depardieu-Cyrano wie aus dem Gesicht geschnitten schien, mit der Langhaarperücke auf dem Kopf und mit dem Degen am Gürtel des originalgetreuen, von Carla Frosch persönlich geschneiderten Kostüms machte ich meiner Chefin den Hof. Sigrid Raschkes Lippen an meinem Ohr. Sie nannte mich einen »Frauenflüsterer« und bedeutete mir, ich hätte hoffentlich ein erotisches Verhältnis nicht nur zur Literaturgeschichte und zum Mikrofon. Ganze Textpassagen rezitierte ich auswendig.

Wird man durch einen Kuss zum Diebe?
Es ist ein trauliches Gelübde nur
Ein zart Bekenntnis, ein gehauchter Schwur
Ein Rosenpünktchen auf dem i der Liebe
Ein Wunsch, dem Munde gebeichtet, statt dem Ohr
Ein liebliches Geräusch wie Bienensummen
Ein Traum der Ewigkeit, ein duftiges Verstummen
Die Seele schwebt zum Lippenrand empor
Und gibt sich als ein süßes Naschwerk hin.

So klang es wieder in meinem Kopf, während ich im Casino des Media Centers Simonetta nachsann und mir vorstellte, wie ich ihr, von einem lieblichen Bienensummen begleitet, als Cyrano gegenübertreten und das süße Naschwerk der Liebe in ihre Ohren träufeln würde. Roxane würde eifersüchtig zu Simonetta und mir herübergaffen. Eine Vorstellung, die mir sehr angenehm war.

Doch beim Betriebsfest war es eben nur eine Sigrid Raschke in der Verkleidung eines Funkenmariechens, die mich nach meiner Rezitation von der Theke wegzog und in dieser hochpoetischen und versoffenen Nacht mit zu sich nach Hause nahm. Sie bot mir, meiner Verweigerungshaltung zum Trotz, ihre roten Funkenlippen zum Kuss an, doch meine Seele stieg nicht zu ihrem Lippenrand empor, meine Hände griffen nicht unter ihr Faltenröckchen, was sie keineswegs daran hinderte, meine Rollenrezitation immer noch für ein authentisches Liebesgeständnis zu halten. Ich ging nicht vor ihr auf die Knie und nicht mit ihr ins Bett. Als es ihr endlich dämmerte, dass ich mich wirklich nicht in großem Stil auf sie einzulassen gedachte, zog sie mir meine Cyranonase vom Gesicht, stieß mich von der Bettkante und setzte mich vor die Tür, der rote Hut mit den künstlichen Federn flog ihr vom Kopf, und ich fuhr im Taxi zu Carla Frosch, doch sie, die sich krankgemeldet hatte, war nicht zu Hause, sie war auf einer anderen Party.

Nach diesem Vorfall wurde ich von Sigrid Raschke fast

nur noch an die Werbebranche vermittelt. »Liebe Kunden, Kasse vier öffnet für Sie!« Ich wurde in den Supermarkt abgeschoben. »Liebe Kunden, Kasse vier schließt!« Man brauche in Zeiten der Gleichberechtigung Männer mit sanften Stimmen, Männer seien es, die heute lieber einkaufen gingen als Frauen, kommentierte Sigrid Raschke. Die Supermarktkette Hüsken habe erforscht, dass man mit klassischen Straßenverkäuferstimmen den Kunden eher auf die Nerven gehe als Kaufgelüste wecke. Man brauche heute weiche, einschmeichelnde, erotische Männerstimmen. Als ich bei einer Dienstbesprechung den Vorschlag machte, die auf Unterwäsche spezialisierte Kollegin, meine damalige Geliebte Carla Frosch, hier und da mit männlichen Komplimenten werbewirksam zu ergänzen, geriet Sigrid Raschke außer sich. Für Ironie hatte sie keinen Sinn, zumindest nicht im Umgang mit mir. Sie ahnte vielleicht, dass ich etwas mit Carla hatte. Zur Strafe musste ich einen ganzen Tag lang U-Bahn-Haltestellen einlesen – ein Auftrag der lokalen Verkehrsbetriebe.

Auch sprach ich Werbungen für den Supermarkt im Auftrag lokaler Arztpraxen ein. Einmal stand sogar Dr. Ralf Otto, zweite Etage im Media Center, auf der Agenda. Das »Schenken Sie mir Ihr Vertrauen« – die Betonung weder auf »Sie« noch auf »Ihr« gelegt, damit der Kreis der potenziellen Patienten nicht auf die wenigen, die sich spontan angesprochen fühlen, begrenzt ist – brachte mich bei der Aufnahme zum Lachen. »Schenken?«, bei den

Honoraren! Ich war mir zu fein, mich nach der Erfüllung des Auftrags bei Dr. Otto zu melden. Hannes Zimba hätte es gemacht. Allein wegen der Aussicht, bei einer kommenden Behandlung keine Zeit im Wartezimmer verlieren zu müssen, im günstigsten Fall würde Dr. Otto ihn sogar gratis behandeln. Und Zimba hätte am Stammtisch wieder etwas zu vermelden.

Hannes Zimba war es, der mich mit Sigrid Raschke überhaupt erst bekannt gemacht hatte. Er liebt es, Leute aus seinem Umfeld unterzubringen, vor allem die, die schwächer sind als er und mit ihm niemals konkurrieren können. Hannes Zimba kennt jeden, und jeder kennt ihn. Überall mischt er mit. Als Ort der Erstpräsentation meiner Stimme und meines Charakters wählte er das Casino des Media Centers. Sigrid Raschke, Figur einer Mittelstürmerin, schwarz getöntes, mittellanges Haar, damals Ende dreißig, ihre breiten Hüften in eine hautenge Designerjeans gezwängt, weiße Bluse, langer Kragen, die oberen beiden Knöpfe geöffnet, an den Ohren handschellengroße Ringe, an den Füßen sehr schwarze, sehr spitze Schuhe mit halbhohen Absätzen. Sigrid Raschke kam schnellen Schritts und reichte mir die Hand zum Gruß, zackig wie ein Autoverkäufer.

Wir tranken Cappuccino, ich aß ein Stück Käsekuchen dazu, ich machte alles richtig, bemühte mich nicht um einen betonten Beweis meiner Mikrofontauglichkeit, ich sprach mit meiner natürlichen Stimme, sogar mit vollem

Mund. Ich sagte tatsächlich »Käsekuchen«, Käse spricht sich mit »ä« und nicht mit »e«. Das »ä« führt jenseits des Schwabenlandes ein gequältes Dasein in der deutschen Aussprachenomenklatur. Im Ruhrgebiet sagt jeder »Kese«. Auch Sigrid Raschke, sie kommt aus Bochum. Sie müsste es besser wissen.

Was sie wissen wollte, war, woher meine Leidenschaft fürs Sprechen rühre. Ich erzählte von meiner Arbeit in der Bücherkiste. Es habe sich damals in der Literaturszene herumgesprochen, dass ich im Vorlesen ganz gut bin. Mit der Auflage, als Angestellter der Bücherkiste vorgestellt zu werden, habe ich mit Genehmigung meiner Chefin Carmen Graf auch in anderen Buchläden vorlesen dürfen. Sogar gegen Honorar. An den Wochenenden zog ich mich mit Schallplatten von Will Quadflieg und Gert Westphal zurück und übte. Ich sprach ihnen ihren Hölderlin und Thomas Mann Satz für Satz nach. Auf die Idee mit Georg Büchners *Lenz* war ich selbst gekommen. Ich las die komplette Novelle auf Kassette ein, kopierte sie hundertfach, beschriftete sie und gab sie im Selbstverlag heraus. Carmen Graf verschenkte einige Kopien an gute Kunden zu Weihnachten. Lenz war nicht nur Lenz. Lenz war ich. Wie er da durchs Gebirge eilt, wie er überall Stimmen hört, im Wald, an den Felsen, wie es ihn in der Brust reißt – ich lief durchs Gebirge an seiner Seite, wir waren eins.

»Augen und Mund weit offen, er meinte, er müsse den Sturm in sich ziehen, alles in sich fassen, er dehnte sich aus und lag über der Erde, wühlte sich in das All hinein, es war eine Lust, die ihm wehe tat.«

Sigrid Raschke wollte von Schmerz und Lust nichts wissen. Sie verabschiedete sich von Hannes Zimba mit Küsschen links, Küsschen rechts und warf mich ins kalte Wasser. Sie gab mir einen Satz zum Lesen mit. Es wurde mein erster Satz für Voice. Mit ihm begann meine Karriere als Berufssprecher.

Die Partneragentur Schmetterling, Media Center, dritter Stock, hatte bei Voice ein Stück für die Werbung bestellt. Ich benötigte nur sieben Anläufe für meinen Text. Dann stand er im digitalen Speicher, ungekürzt, selbst der Atemzug nach der gehobenen Stimme musste nicht herausgeschnitten werden, um der Partnersuche ein Happy End zu prophezeien: »Lust auf Liebe? – Mit uns findet jeder Schmetterling einen Landeplatz.« Ich konnte es nicht glauben. Für diesen einen und einzigen Satz, Betonung selbstverständlich auf »jeder«, bekam ich ein Honorar. Es sei doppelt so hoch wie für das Lesen eines Zwanzig-Minuten-Manuskripts beim öffentlich-rechtlichen Rundfunk, klärte mich ein Kollege am Sprecherstammtisch auf. Am darauffolgenden Dienstag gab ich einen aus. Hannes Zimba spendierte ich selbstverständlich auch ein Abendessen. Er isst gerne Steaks, mindestens vierhundert Gramm, *medium rare*, mit großem Salat. Ich war jetzt bei Voice, ich hatte es geschafft. Mein Kollege ließ es sich schmecken. Einer goldenen Zukunft stand nichts mehr im Weg.

So blieb ich, Simonetta war längst dem von Knoblauchgerüchen und Liebessummen erfüllten Raum entwichen, im Casino des Media Centers allein zurück. Es war vierzehn Uhr, es gab kaum noch Stimmen um mich herum. Auch Zimba schien verschwunden. Die Angestellten mit festem Arbeitsplatz und geregelten Pausen waren zurück an ihren Plätzen. Ich blieb mit dem göttlich klingenden Satz im Ohr noch eine Weile am Tisch sitzen.

»Gyros mit Pommes frites und Krautsalat, bitte. Ohne Zaziki.«

Ich hing dem Erlebten nach und konzentrierte mich auf die Zukunft. Ich, nicht die anderen, auch nicht Hannes Zimba, hatte Simonetta erkannt. Ich wäre es, der in Zukunft ihr gehören würde, ich wäre ihr Schmetterling, ich wäre ihr Giuliano und Sandro, Cyrano und Christian, alle zusammen in einer Person. Allein ich, Sigmund Seiler, wäre es, der ihr Geschichten ins Ohr flüsterte, Geschichten voller Poesie und Leidenschaft, allein ihr gehörte meine Stimme, und keine andere als meine würde sie hören wollen, mein Liebessummen, mein Liebesflüstern, mein Liebestheater. Ich würde noch einmal, vielleicht, unter Umständen zum letzten Mal, meine amerikanische Seite im Netz besuchen und bei Anastasias Liebhabern Nachhilfeunterricht nehmen. Die Praxis der

Liebeskunst könnte ich noch verfeinern, variabler gestalten, im Rahmen des orthopädisch Möglichen. Eine gewisse Stabilität, nicht nur im erotischen Auftritt, würde mir Respekt bei Simonetta verschaffen.

Da tauchte plötzlich Hannes Zimba wieder auf. Ich hatte gedacht, er hätte sich längst verzogen. Er war es, durchfuhr es meinen geschlagenen Körper, den Simonetta angelächelt hatte, oder hatte ich mir dieses Lächeln nur eingebildet? Ich war mir nicht sicher. Der Souverän schaute sich um, dann an mir vorbei, er hob seinen Arm an, Ellbogen auf Brusthöhe demonstrativ nach außen abgewinkelt, er schaute auf seine im Sonnenlicht blitzende Armbanduhr. Mein Arm schnellte an mir herunter, ich hatte noch einen Auftrag zu erfüllen, ich hatte Susi ein warmes Mittagessen versprochen. Ich stand auf, stemmte meine Hände in die Hüften, drückte mein Rückgrat durch, strebte der Essensausgabe entgegen, kein Blick zurück. Ich ließ mir Gyros mit Reis zum Mitnehmen in eine Schachtel aus Styropor schaufeln – Reis lässt sich, Pommes frites lassen sich nicht in der Mikrowelle aufwärmen –, außerdem Krautsalat und Zaziki in runde Extraschalen aus weißem Plastik mit durchsichtigem Deckel.

Niemand konnte mich dieses Mal vom Weg zur Kassiererin abbringen. Besorgt um den sicheren Transport des Gerichts verstaute sie es in einer Plastiktüte, verknotete diese an den Schlaufen. »Fassen Sie unten drunter!« Sie wünschte mir einen »schönen Tag noch«, ich nahm sie beim Wort. Ich grüßte den Pförtner an seinem Tresen mit einem für meine stimmlichen Verhältnisse viel zu lauten »Auf Wiedersehen«, Betonung auf »Wie«, wünschte auch ihm einen »schönen Tag«, wobei ich mehr mich selbst als ihn meinte, erreichte den Ausgang und strebte der Sonne entgegen. Die Glastüren öffneten sich heute feierlicher als sonst, der Schriftzug auf den flatternden Fahnen draußen in heller Aufregung: UNSERE STIMMEN IN GOTTES OHR. Ich strebte weiter, meinem schwarzen Lupo entgegen, dessen Dach in der Mittagssonne glänzte.

Beim Öffnen flog die Fahrertür weiter auf als sonst, die Plastiktüte legte ich vorsichtig auf den Nebensitz, ich schaute nach dem Start länger als üblich in den Rückspiegel, ein Sonnenstrahl blendete mich, ich zog den Sicherheitsgurt an mich und ließ ihn gleich wieder zurückflappen, nichts würde mich heute halten. Ich steckte »Die schönsten Glocken« in den Schlitz, drehte auf volle Lautstärke. Das triumphale Vollgeläut aus dem Turm des Kölner Doms machte wie immer, wenn ich in hoher Stimmung bin, den Anfang. Ich begrüßte am Tag meiner Wiederauferstehung jede sich mir in den Weg stellende Ampel persönlich. Heute war nicht der Tag der Verfluchung. Sogar den provisorisch aufgestellten Ampeln erteilte ich meinen Segen.

Eine junge Frau in Bluejeans, flatterndem weißem Herrenhemd, dunkelblauen Turnschuhen aus Leinen lächelte mir zu, ich lächelte durch die verschmierte Windschutzscheibe zurück, überließ ihr mit weit ausholender Handbewegung an einem improvisierten Fußgängerüberweg den Vortritt. Ich fuhr wieder an und hupte, fast so, als bewürbe ich mich für den Autokorso einer Hochzeitsgesellschaft.

Ich übersprang das herrliche Geläut der Kirche zu Notre Dame und fuhr fort mit dem hoch einsetzenden Hauptgeläut des Regensburger Doms, das in meiner Version, als sorgten die vier Hauptglocken nicht schon für genug Jubelstimmung, vom zimbelhaften Glockenspiel der nahen Stiftskirche St. Johann in zusätzliche Aufgeregtheit versetzt wird. Ich kurvte an Baugruben vorbei, folgte einer Umleitung nach der anderen, »lockerlassen, gaaanz lockerlassen«. Kein Fluch ging mir über die Lippen. Die Straßen wurden immer enger, die Männer mit gelben Helmen auf dem Kopf am Straßenrand immer mehr, die Rohre, die sie schleppten, immer länger. Schlanke, einbeinige, rot-weiß quergestreifte Warnschilder, von Blinklichtern gekrönt, standen in Reih und Glied. Ich fuhr schneller als ich durfte durch eine Stadt im Baustellenwahn, doch mir war jetzt nicht nach Bauarbeiten, Reparaturen und Abriss zumute, die Zeichen standen auf Aufbruch und Zukunft. Vor mir rumpelte ein Lastkraftwagen seines Wegs. Auf der Ladefläche drei aufrecht stehende Toi-Toi-Dixi-Klos. Sie kamen mir vor wie Siegessäulen.

So lenkte ich meinen Lupo durch eine Stadt, in der jeder Platz zu einem Verkehrsknotenpunkt verkommen ist, wo Häuser von einem Tag auf den anderen beim Bau einer unterirdischen Bahnstrecke im Erdboden versinken, wo Kirchtürme in Schieflage geraten, wo Archive einstürzen, wo der Klöppel der Glocke einer weltbekannten Kathedrale mit Donnerhall in die Tiefe stürzt, wo selbst in deren heiligem Inneren das Beben der Erde vom Rattern der Züge durch die nahen Röhren im Untergrund zu spüren ist. Ich kurvte durch eine Stadt, in der Wochenende für Wochenende die Raketen der Spaßgesellschaft in den Himmel geschossen werden wie nirgends sonst im Land. Ich kurvte durch eine Stadt, in der Woche für Woche Horden von Halb- und Vollmarathonläufern, Rollschuhfahrern und Kolonnen von schwer beladenen Lastkraftwagen die Brücken über dem Fluss erzittern lassen, wo das ganze Jahr über, wo man auch hinkommt, regelmäßig ganze Straßenzüge wegen irgendwelcher Feste und Messen gesperrt und Karnevalslieder gesungen werden. Ich fuhr durch eine Stadt, wo der Stau zum Leben gehört wie die Verstopfung in einem kranken Darm, wo die Quellen des Lärms aus jedem Quadratmeter Erde sprudeln. Doch an meine Ohren drangen jetzt zwei Glocken, die eine in E, die andere in G, harmonisch im Wechselklang miteinander vereint, aus dem Turm der Kirche St. Johannes der Täufer zu Straßburg, der Stadt, wohin mein verfolgter Bruder Georg Büchner geflohen war, um nicht verhaftet zu werden.

Alles Lärmen und Hupen, Sprudeln und Bohren, Schießen und Stürzen prallte an diesem himmlischen Tag von mir ab. Den Klang der schönsten Glocken aus dem CD-Player des Lupos noch im Ohr, das von meinem Gleitwirbel ausgelöste Stechen noch in der Hüfte, nahm ich zwei der fünfundachtzig Stufen auf einmal im Treppenhaus und rettete mich in die Wohnung, ich musste sofort auf die Toilette. Ich hatte mein Versprechen, Susi ein warmes Mittagessen mitzubringen, gehalten. Aber der Tag war noch längst nicht zu Ende. Und die Hoffnung, Simonetta ansprechen zu können, hatte ich längst noch nicht aufgegeben.

Ja, liebe Zuhörerinnen und Zuhörer, wie es weitergeht, erfahren Sie am kommenden Freitag. Die Siegerland-Direktion lädt jetzt zu einer Präsentation der Firma Oho. Neue Hörsysteme ein. Sie kennen das: Ihre Freunde und Verwandten machen Sie darauf aufmerksam, dass sie immer lauter sprechen müssen, um Sie zu erreichen. Sie sitzen unten in der Kantine und verstehen vor lauter Klappern des Bestecks und Durcheinanderreden nicht, was Ihnen Ihr Gegenüber erzählt. Es ist Ihnen peinlich nachzufragen. Es gibt jetzt ein neues Hörgerät, mit dem Sie sogar Ihre eigenen Schritte auf dem Teppichboden in Ihrem Zimmer hören können. Schweizer Wissenschaftlern ist es durch einen neuen Werkstoff mit keramikartigen Struktureigenschaften gelungen, einen Miniatur-

hörchip samt Gehäuse zu fertigen. Er ist so klein, dass er von außen unsichtbar versteckt im Gehörgang des Ohrs getragen wird. Ich selbst werde auch an der Präsentation teilnehmen. Fast hätte ich es vergessen, morgen sind die Philatelisten dran. Bringen Sie Pinzetten und Ihren »Großen Michel« mit. Aber was ist der »Große Michel« schon gegen das, was ich Ihnen nächste Woche vorlese, falls mich der Klinikdirektor noch lässt. Gute Nacht!

7

Freitag, 30. Juli   Länge: 52.01

Ich begrüße sie herzlich. Mein Name ist Sigmund Seiler. Sie haben sich für die Teilnahme an unserem »Heil- und Lesewochenende Spezial« entschieden. Unser Paket enthält: Vollpension, freien Eintritt ins Bewegungsbad mit anschließender Lesung, eine Gratismassage, eine Stunde kostenloses Training an den Geräten im Fitnessraum samt Einführung, Teilnahme an der Klangschalentherapie für einen Sonderpreis von zehn Euro – Frau Rodenkirchen freut sich auf Sie. Gerne hätten wir Ihnen auch einen Einführungskurs in das deutsche Fußballgeschäft angeboten. Doch leider wurde unser Referent – er war Patient in der Siegerlandklinik – wegen unerhörten Verhaltens vom Platz gestellt. Er musste gestern seine Koffer packen lassen und ist abgereist. – Am vergangenen Freitag haben wir erlebt, wie ich, die schöne Stimme einer mir vollkommen fremden Frau im Ohr, in meinen Lupo stieg, durch eine Stadt voller Lärm kurvte und sicher zu Hause ankam. Ich lebe, wie einige von Ihnen schon wissen, mit meiner sechzehnjährigen Tochter Susi zusammen.

Margot Bruch, meine einstige und bis heute einzige Ehefrau, hatte nicht Susi, sondern mich verlassen, doch änderte das nichts daran, dass sie fort war. Susi war dreizehn, als ihre Mutter nach Frankfurt am Main übersiedelte. Sie trat dort eine Stelle bei der Deutschen Bahn an. Sie wollte ihre Tochter mitnehmen, hatte schon ein Gymnasium für sie ausgesucht, doch im letzten Moment entschied sich Susi dafür, bei mir zu bleiben, ich würde es mit dem Haushalt schon schaffen.

Margot und ich lernten uns vor zwanzig Jahren bei einer Lesung in der Bücherkiste kennen. Wenn Carmen Graf verhindert war, mußte ich die Begrüßungsworte bei Autorenlesungen sprechen. Als Vorleser durfte ich auftreten, wenn an einem Abend mit einem internationalen Autor der plötzlich verhinderte Schauspieler für die deutschen Textpassagen ersetzt werden musste. Mir gefiel es, beim Vortrag so eng neben den Schriftstellern zu sitzen, dass sich unsere Schultern berührten. Das runde Tischchen mit der schwenkbaren Leselampe war nur für einen gedacht. Der Autor und ich: ein Paar.

Margot war von meiner Stimme so angetan, dass sie mich anschließend ansprach. Sie machte gerade ihr Examen im Fach Betriebswirtschaft und wollte sich vom Prüfungsstress erholen. Sie trug ein langes, eng geschnittenes, rotes, schulterfreies Kleid mit Knöpfen hinten von oben bis unten. Keiner von uns beiden wollte noch auf ein Bier mit Carmen Graf und den anderen mitgehen.

Wir stahlen uns davon und gingen in eine Pizzeria. Sie erzählte von ihrer unglücklichen Ehe mit einem Elektroingenieur, der vor dem Einschlafen im Bett immer nur den *Spiegel* lese. Ich erzählte ihr, wie meine Liebe zum Vorlesen entstand.

Die Freude am Vorlesen habe ich von meiner Mutter geerbt. Als ich Kind war, las sie mir immer *Grimms Märchen* vor, auch meine Freunde durften kommen, jeden Advent, meine Mutter mochte es, wenn wir ihr zu Füßen saßen und lauschten. Ich las ihr nach, sie korrigierte mich, meine Freunde lachten. Nach der Lesestunde gab es Spekulatius und Kakao, wir hielten kleine Tannenzweige in die Flammen der Adventskerzen, es knisterte und duftete herrlich. Besonders mochte ich Hänsel und Gretel. Im Fach Vorlesen in der ersten Klasse der Volksschule bekam ich eine Eins. Ich wanderte nicht mit dem Zeigefinger unterhalb der Zeilen entlang. Keinem anderen in meiner Klasse gelang das. Am letzten Tag vor den Ferien durfte ich vor der ganzen Klasse aus der Weihnachtsgeschichte vorlesen. Beim heiligen Klang der Schulglocke bekam ich von der Lehrerin ein Bibelbildchen für meine Leistung. Ich trug es nach Hause, klebte es in mein Fußballalbum und hütete es wie einen Schatz für die Ewigkeit. Das Album liegt noch heute in meiner Schublade mit den kostbarsten Erinnerungen.

Margot gefiel meine Erzählung. Sie kam am folgenden Tag wieder in die Bücherkiste, ich versorgte sie mit

Leseexemplaren von Neuerscheinungen. Wir verabredeten uns für das folgende Wochenende, danach für das nächste, irgendwann ging sie mit zu mir nach Hause, blieb über Nacht. Margots sachliche Art tat mir gut. Ich war mit einer nervösen Doktorandin der Germanistik zusammen, die selbst beim Vögeln an ihre Dissertation über das Todesmotiv in der Literatur dachte. Margot sagte bei der Liebe kein Wort. Das gefiel mir damals. Margot verließ ihren Ingenieur, ich meine Doktorandin, Margot und ich wurden ein Paar. Bald kam der Kinderwunsch hinzu, Susi wurde geboren.

Abend für Abend lag ich neben Susi im Bett, die Nachttischlampe ein leuchtender Globus, ihr Kopf an meiner Schulter, wir schauten in Bilderbücher, ich las ihr Geschichten vor. Als ich in der *Geschichte von Babar* an die Stelle kam, in der dem kleinen Elefanten die Mutter erschossen wird, veränderte ich den Text und gab vor, sie komme nur mal kurz ins Krankenhaus. Tags drauf überraschte Susi mich mit der Frage, warum die Mutter nicht wieder aus dem Krankenhaus heraus und nach Hause gekommen sei. Ich vertröstete Susi auf die nächste Folge mit Babar, doch die Mutter kam auch in ihr nicht wieder zurück. Irgendwann hörte Susi auf, nach ihrem Verbleib zu fragen.

Margot und ich heirateten. Was ein Ehevertrag ist, wusste ich nicht. Wir kauften die Wohnung. Sie bestand ursprünglich aus zwei Etagen. Margot wollte nach der

Trennung kein gemeinsames Eigentum. Sie wollte »reinen Tisch« machen. Ich musste mich neu verschulden und kaufte ihr nach unserer Scheidung die halbe Wohnung ab. Ich könnte doch die Wohnung verkaufen und eine kleinere suchen, so Margot, dann wäre ich raus aus den Schulden. So spricht eine Betriebswirtin. Doch ein Umzug war Susi und mir nicht zuzumuten. Heute leben Susi und ich nur noch in der oberen Etage, einer Dachmansarde. Die untere Etage habe ich nach umfangreichen Bauarbeiten abtrennen lassen und meiner Schwester Rosetraut vermietet. Margot wohnt wieder mit einem Mann zusammen. Es ist ihr ehemaliger Sparkassenfilialleiter. Er wurde nach Frankfurt versetzt. Als Susi mir das erzählte, übergab ich mich fast vor Lachen. Ob Margot erst in Frankfurt oder schon früher eine heimliche Liebesbeziehung mit ihm hatte, entzieht sich Susis und meiner Kenntnis. Susi findet das alles gar nicht lustig. Der Sparkassenfilialleiter ist nicht ihr Typ.

Endlich zu Hause. Mein Herz schlug schneller als sonst, als ich die Wohnungstür aufschloss und geradewegs zum WC eilte. Die Aufregung der letzten Stunde. Susi war nicht zu Hause. Auf dem Parkett im Flur lag ein Zettel. »Hallo, Papi, ich bin bei Rosa. Komme etwas später. So um vier.« Hin gekritzelt auf die Rückseite einer Pizzawerbung, unterzeichnet mit einem Herz mit durchstoßendem Pfeil. Wir beide pflegen noch den handgeschriebenen Kontakt. Die Briefchen legen wir uns auf die

Anrichte in der Küche. Sie beziehen sich in der Regel auf Uhrzeiten, die Heimkehr am Mittag oder am Abend betreffend. Und auf den Modus der Verköstigung, wenn ich es nicht schaffe, sie nach der Schule mit Selbstgekochtem zu überraschen. Vorbereitetes für die Mikrowelle oder sieben Euro für die »Sushibox« – reine Notlösungen. »Lass es dir schmecken, mein Schätzchen!«, schreibe ich auf den Zettel, wie immer oben rechts kommentiert von einer lachenden Sonne. Rosa, Susis beste Freundin, bekam kürzlich einen leibhaftigen Mops von ihren Eltern geschenkt. Deshalb heute Susis Verspätung. Gegen einen Mops im Körbchen hat ein Gyros auf dem Teller keine Chance.

Ich stellte die Schachtel mit Gyros und Reis sowie die Töpfchen mit Krautsalat und Zaziki in das oberste Fach des energisch brummenden Kühlschranks. Ich hatte ihn am Morgen auf die höchste Stufe gestellt, er musste sich erst an die neue Temperatur gewöhnen, bis er wieder in seine freundliche Tonlage fiel und den Sommer lang dabeiblieb. Ein Mops sei süß und pflegeleicht, redete Susi auf mich ein, er müsse nicht oft Gassi gehen und belle auch nicht so viel wie ein Dackel, sein Bellen sei nur ein Räuspern. Susi kannte meine Abscheu vor dem mündlichen Ausdruck von Tieren, dem Bellen von Hunden zumal, von wegen »Räuspern«. Der Mops im Allgemeinen röchelt und sabbert, die Zunge stippt permanent aus dem Maul. Ein Mops sei ein Freak. Stimmt nicht, entgegnete Susi, ich solle mir zum Vergleich Schäferhunde anschauen, wie nasse Lappen hingen ihnen die Zungen aus der Schnauze. Und ihre Zähne seien spitz und gefährlich. »Schäferhunde beißen, Möpse knabbern.«

Schon in meiner Kindheit hinderte mich das dauernde Gekläff der Hunde in der Nachbarschaft am Einschlafen und darüber hinaus grundsätzlich daran, ein positives Verhältnis zu diesen Lebewesen aufzubauen. Selbst jener erschlagene Mops in einem bekannten Küchenlied änderte daran nichts. Hunde waren mir noch nicht einmal eine Tonbandaufnahme wert. Alles, was mir heilig war, nahm ich mit meinem TK 17 L auf. Ein Vierspurgerät von Grundig. Ich bekam es zur Konfirmation. Meine Kindheitserinnerungen – eine einzige Collage aus Tönen und Geräuschen: die sanfte Vorlesestimme meiner Mutter am Küchentisch, das Vaterflöten von Volksliedern auf weiter Flur, der hervorruckende Kuckuck in der Wanduhr aus dem Schwarzwald, die ferne Samstagmittagssirene auf dem Dach der Volksschule, das Hupen des Zuckerbäckers auf Rädern beim Halt in unserer Straße, das Bimmeln des mobilen Eisverkäufers mit seiner herangeschobenen zweirädrigen Karre, das Heulen des Düsenjägers am wolkenlosen Himmel, das Tatütata der vorbeirasenden grünen Minna, das Blitzen und Donnern beim Gewitter im Sommer, das Prasseln des Regens auf die Terrasse, das Einlaufen des Badewassers am Samstagabend, die Klospülung beim Ziehen der Kette, das Pfeifen des

Wasserkessels auf der Herdplatte, das Aufheulen des Brummkreisels beim Stoßen des Achsenknaufs, das Surren der Lok von Märklin auf den Schienen, die abgefeuerten Schüsse aus der silbernen Zündplättchenpistole, das Platzen aufgeblasener Luftballons nach dem Nadelstich, das Zischen beim Eingießen von Coca-Cola ins Glas, das Brutzeln von Koteletts in der Pfanne, meine Rülpser, Vaters Schnarchen, sogar Uwes Fürze, alles nahm ich auf, alles wurde archiviert, alles wurde überboten von den Top Twenty auf BFBS.

Das Handmikrofon meines Tonbands sah wie eine Computermaus aus. Es hing vor dem Lautsprecher des Röhrenradios, das Kabel festgehalten von einem dicken Buch, ich nahm meistens die Bibel. Wenn das Mikrofon sich aus seiner für die Aufnahme optimalen Position löste und verdrehte, befreite ich es aus seiner misslichen Lage, nahm es in die Hand und hielt es so lange vor die strohfarbene Bespannung des Lautsprechers, meine rechte Hand in den linken Oberarm gestützt, damit er nicht einschlief, bis der Hit zu Ende war und ich die Stopptaste meines Grundig drücken konnte.

Selbst wenn ich es gewollt hätte, ein sauberes Aufnehmen von Hundebellen aus der Nähe war aussichtlos. Ich stellte einmal das Tonband aufs Fensterbrett, ließ das Mikrofonkabel an der Hauswand entlang herunterbaumeln und wartete mit dem gleichzeitigen Drücken der Start- und Aufnahmetaste, bis vor unserem Haus ein Köter aufkreuzte, stehen blieb und für mich zu Bellen anfing. Vor einem Spitz versagt jedes Mikrofon. Wer jemals neben einem Spitz gewohnt hat, wird dieses spitze Bellen in seinem ganzen Leben nicht mehr aus dem Kopf bekommen. Das Exemplar unserer Nachbarin hatte vom Küssen stets Spuren von Lippenstift auf seiner spitzen Schnauze. Trotzdem fand er keine Berücksichtigung in meinem Tonarchiv. Noch heute wache ich manchmal mitten in der Nacht auf und meine, sein Kläffen zu hören. Und demnächst das von einem Mops?

Nicht dass ich allen Tierstimmen eine Abfuhr erteile. An Wochenenden, an denen Susi bei ihrer Mutter ist, hole ich mir die CD mit den schönsten Vogelstimmen aus dem Regal, klappe das große Veluxfenster in der Dachschräge auf, lege mich für eine Stunde oder zwei auf Susis Bett, das einmal das Ehebett von Margot Bruch und mir war, einen Meter achtzig breit. Susis Zimmer geht zum Hinterhof hinaus, meins liegt gegenüber, eins mit Gaube, hin zur Straßenseite. Selbst bei geschlossenen Türen können wir uns hören, wenn wir uns ein »Gute Nacht« zurufen. Rosa und rot ist heute Susis Bettdecke, darauf liegen unzählige kleine Kissen und ein Ensemble an Kuscheltieren. Zu Margot Bruchs Zeiten war die Bettwäsche beige. Außer zwei Kopfkissen und meiner Nackenrolle lag da nichts herum.

Das Bett hat Margot nach unserer Scheidung nicht mitgenommen. Ich liege immer noch gern darin. Nach der Begegnung mit Simonetta musste ich in »meinem Bett« liegen. Nach dem Sitzen und Stehen im Casino hatte ich eine Rückenlage verdient. Und meine Bandscheiben eine Schonung. Ich schob den zwitschernden Tonträger in das Abspielgerät der Mikrostereoanlage am Fußende des Betts, legte mich hin und schloss die Augen. Der Tag war noch lange nicht zu Ende.

In meiner Kindheit war ich es noch selbst, der das Tonbandgerät am Ende einiger zusammengesteckter Verlängerungskabel in den Garten stellte und zu den Bäumen vorging, das Handmikrofon in die Luft gestreckt, Amsel, Spatz, Drossel, Sperling, Dompfaff, Fink und Rotkehlchen aufzunehmen. Abends spielte ich die Aufnahmen meinem Vater vor. Er konnte jeden einzelnen Vogel erkennen. Am Sonntag gingen wir, während meine Mutter das Mittagessen zubereitete, in den Wald. Das Schnitzen von aufgelesenen Ästen mit dem Fahrtenmesser klang nach Aufbruch und Abenteuer.

Alle fünfzig Meter blieb mein Vater zwischen den Bäumen stehen, streckte einen Zeigefinger in die Höhe, zupfte an meinem Anorak, legte dann den Zeigefinger der anderen Hand senkrecht an seine Lippen, stellte den Kopf schräg und zog die Augenbrauen hoch. Ich hielt ihn damals ob seiner pantomimischen Darbietung für etwas verrückt. Doch heute bin ich mir sicher, dass er mir auf seine Weise das genaue Hinhören, das Lauschen, die Geheimnisse der Natur mit allen Sinnen zu erfassen beizubringen versuchte. Das Knacken der Äste, das Rauschen der Baumkronen, das Rascheln im Unterholz – vielleicht ein Hase, vielleicht ein Fuchs –, das Summen der Bienen, vielleicht fing gleich ein Specht zu klopfen an, das Auffliegen von Krähen aus den Baumkronen – nichts sollte ich überhören. Wenn man ganz still sei und den Atem so lange wie möglich anhalte, könne man sogar das Flattern von Schmetterlingen hören, und tatsächlich: Das Flattern eines Pfauenauges klang in meinen gespitzten Ohren wie der Flügelschlag eines Vogels.

Einmal legten wir uns ins Moos und schauten auf einen Steinpilz. Wenn ich die Augen schlösse und den Atem lang genug anhielte, könne ich ihn wachsen hören. Mein Vater hatte mir nicht zu viel versprochen. Leises Knirschen und Knacken drang an mein Ohr. Selbst die Ameisen, unterwegs auf einer endlos langen Straße mit Gegenverkehr, konnte ich hören, als ich mein Ohr ganz dicht auf den Boden neben die Ameisenstraße hielt. Tatsächlich vernahm ich das Getrippel der Fleißigen als ein ununterbrochenes Knistern. Wir legten uns auf den Rücken, lauschten dem Rauschen in den Baumkronen. Wir blinzelten in die Sonne.

Ein anderes Mal nahm mich mein Vater zum Angeln in der Talsperre mit. Auf seinen Angelschein war er mindestens so stolz wie auf seinen Führerschein. »Angler« durfte ich ihn nicht nennen. Er bestand auf »Sportfischer«. Um fünf Uhr morgens stellten wir uns ans Ufer, die Vögel jubelten hinter uns in den Büschen und Baumkronen. Wir sprachen kein Wort miteinander. Man müsse schweigen, damit die Forellen anbeißen. Heute weiß ich, dass das nicht stimmt. Es ging ihm nur um das Genießen von Ruhe in der Natur. Die einzigen Geräusche, die wir produzierten, kamen vom Eingießen des schwarzen Kaffees aus der Thermoskanne in den Becher und beim Aufschlagen des Blinkers auf die Wasseroberfläche. Ich bin mir nicht sicher, ob meinem Vater der stille Aufenthalt am Ufer der Erholung vom Brüllen zu Hause oder dem Kraftholen für kommende Brüllattacken diente. Wieder zu Hause, schabten wir Erdreich aus den Rillen der Sohlen. Wir gingen auf Strümpfen durch den Flur und hörten nicht auf, miteinander zu flüstern, bis meine Mutter mit den Tellern zu klappern anfing und uns zum Essen rief. Beim Essen wurde nicht miteinander gesprochen. Als ich das einmal Susi zur Nachahmung vorschlug, erwiderte sie nur: »Das schaffst du ja doch nicht«.

Sonntags legte sich mein Vater nach dem Essen zum Mittagsschlaf hin. Uwe durfte zu uns herüberkommen, wir setzten uns vor das Radio in der Ecke des Wohnzimmers und hörten leise »Kalle Blomquist«. Auf dem Röhrengerät von Grundig lag ein Deckchen und darauf die *Hörzu*. Nach dem Hörspiel lauschten wir den Stimmen der Fußballreporter in »Sport und Musik«, Stimmen, die Uwe und ich mit künstlicher Heiserkeit imitierten, wenn wir mit zusammengeknäuelten Kniestrümpfen im Flur kickten oder lautlos durch das Zimmer fliegende Luftballons köpften.

Wenn kein Fußball kam und Uwe nicht zu uns durfte, setzte ich mich ans Fenster und schaute in den Himmel. Den ganzen Winter über hatte ich Vögel aus der Nachbarschaft mit Körnern und Speckringen angelockt. Sie erinnerten sich an ihren Wohltäter und flogen, selbst wenn es nicht schneite oder kalt war, in Scharen an mein Vogelhäuschen im Garten heran. Ich öffnete das Fenster, drückte auf die Aufnahmetaste, hielt das Mikrofon nach draußen und nahm das Gezwitscher auf. Auf den drei Brettern in meinem Hängeregal an der Wand standen die Schachteln mit den Tonbändern dicht gedrängt und beschriftet nebeneinander. Sie fielen später einem Umzug zum Opfer. Rosetraut konnte sie nicht retten. Was gäbe ich darum, diese Vogelbänder wieder abspielen zu können, wann immer mir danach zumute wäre, und das wäre es oft.

Heute lebe ich in der Großstadt. Am Morgen knattern die Elstern wie Maschinengewehre, und die Tauben gurren, wenn sich die Diebe verzogen haben, asthmatisch. In der Nachbarschaft zerreißt Baulärm die Luft.

Auch jetzt wieder, am Nachmittag auf Susis Bett, fingen die Tauben wieder an, mich am Träumen zu hindern. Mussten sie ausgerechnet heute das Singen und Jubeln, Zwitschern und Tirilieren aus den Boxen so unverschämt übertönen, an diesem Tag einer Wiederauferstehung, der

Wiederauferstehung Simonettas, an einem Tag, in dem auch in mir alles jubelte, tschilpte und tirilierte?

Dieses Mal ging es ums Ganze, ich musste mir einen Plan machen. Doch was zuerst: Simonettas Arbeitsplatz von zu Hause aus herausfinden, mit Anastasia Schluss machen, Susi den Mops ausreden oder die Tauben verscheuchen? Kaum hatte ich die Augen wieder geschlossen, verfluchte ich die mühsam vom Dachdecker zur Abschreckung der Tauben auf die Ziegel gesetzten schwarzen Krähen aus Plastik, die nichts bewirkten. Die Tauben taten so, als wären die Krähen gar nicht da. Sie hockten sich sogar daneben. Viele zu zweit. Das machte die Sache noch schlimmer.

Es war Margots Idee gewesen, diese Vögel aus Plastik aufstellen zu lassen. Margot. Es gelang mir nicht immer, wenn ich mich heimlich unter die Dachschräge auf Susis Bett zurückzog, zu vergessen, wie Margot einst neben mir gelegen hatte. Was, wenn Simonetta demnächst mit mir hier oben läge, würde sie das geile Gurren stören bei meinen Bemühungen, sie zu verführen? Würde das dauernde »Kru-Kru« unser Liebesspiel verhindern oder fördern? Könnte ich überhaupt an den Wochenenden, an denen Susi bei ihrer Mutter wäre, mit Simonetta in diesem Bett liegen, diesem Bett, in dem Margot und ich jahrelang nebeneinander gelegen, geschlafen und gelitten hatten vor Langeweile und Einsamkeit?

Mein eigenes Bett ist nur einen Meter breit. Es war

früher Susis Bett. Wir haben unsere Betten und Zimmer nach Margots Auszug einfach getauscht. Simonetta zu mir einzuladen wäre schwierig, wenn Susi zu Hause ist, sie könnte jedes Wort hören. Selbst wenn Simonetta und ich sturmfreie Bude hätten, müssten wir leise sein, denn Rosetraut unter uns ist neugierig. Mansarden eines Altbaus sind hellhörig. Könnten wir zu ihr nach Hause gehen? Gingen wir für das erste Mal in ein Hotel? Oder in einem Stadtpark? Ein süßer Schauder überkam mich bei der Vorstellung, an einem Ort liebliche Worte in ihre Ohren zu träufeln, an dem ich die größte Schmach meines Lebens erleiden musste. Also doch unter die Dachschräge für das erste Mal, alles umräumen, wenn Susi am Wochenende bei Margot ist.

Margot und ich im Bett? Wir wechselten bei der Liebe kein Wort miteinander. Sie wollte immer gleich zur Sache kommen, möglichst schnell zu Ende, sprachlos am Morgen, flink am Abend, damit sie nach dem Geschlechtsverkehr noch duschen konnte. Sie mochte nicht mit Klecksen auf der Haut einschlafen. Wenn sie zu müde für die Abenddusche war, wischte sie sich die Reste meines Samens mit Toilettenpapier aus ihrem Schamhaar. Das Zuschnappen des Aluminiumdeckels auf dem Badezimmerabfalleimerchen: ein Schuss. Doch selten nur konnte ich Margot am Abend, nein, nicht verführen, das ließ sie sich nie, das sei eine Inszenierung, das sei aufgesetzt, sie ließ sich im günstigsten Fall überreden, sie ging mindestens zwei Stunden früher als ich ins Bett, sie musste früh aufstehen, die erste Sitzung ihrer Sparkasse fand um neun Uhr statt.

In einem mutigen Moment bat ich sie darum, ihr einmal kleine Schweinereien zuflüstern zu dürfen. Nach diesem Vorschlag schlief sie gar nicht mehr mit mir. Sie sprach von »Regieanweisung«, ich gab ihr recht. Mein Argument, guter Sex käme ohne Theater, ohne Rollenspiel nicht aus, ließ sie nicht gelten. Ich hätte ihr von Ulrike erzählen sollen. Ulrike ging mit gutem Beispiel voran. Anastasia kannte ich damals noch nicht. Margot hatte ein spielerisches Verhältnis weder zur Welt noch zu mir. Auf dem Höhepunkt unserer Ausweglosigkeit war sie es allerdings, die mit einer knallharten Regieanweisung die Bühne betrat: »Dann such dir doch eine zum Ficken!« – Wäre sie es nicht gewesen, die das anwies – ich hätte es vielleicht getan.

Das Massieren vor dem Einschlafen war das Kühnste, was sie in unseren letzten zwei, drei Jahren an Körperkontakten im Bett noch zuließ. Ich begoss meine Hände mit Massageöl aus der Drogerie. Sie lag auf dem Bauch, der Rücken frei, ihre Beine dicht nebeneinander, der Kopf seitwärts auf das flache Kissen gelegt, die Augen geschlossen, ich über ihr, meine Knie links und rechts neben ihren Schenkeln auf die Matratze gedrückt, mein Geschlechtsteil wenige Zentimeter baumelnd über ihrem Gesäß. Hätte seine Spitze aus Versehen ihre Haut berührt, Margot hätte mich direkt wieder zurück auf meine Seite gescheucht.

Ihre Schlafanzughose zog sie hinunter bis zu den Füßen. Ausgehend von ihrem Nacken, glitten meine eingeölten Hände an ihrem Rücken hinunter, außen vorbei an ihren weichen Pobacken, die ich zusammenschob. Zwischendurch gab es einen Spritzer aus dem Fläschchen mit dem Massageöl auf meine linke Hand. Ich verteilte ihn auf ihrer Haut. Meine Daumen drückte ich in die Innenseiten ihrer Oberschenkel, direkt unterhalb ihrer Backen. Diese zog ich auseinander und ging mit meinem Ohr so dicht wie möglich an ihr Geschlechtsteil heran. Ich wollte hören, ob es zwischen ihren Beinen noch knistert. Wenn sie, Verdacht schöpfend, den Kopf drehte und mir von der Seite her einen bösen Blick zuwarf, tat ich so, als wäre ich zufällig dahin geraten und massierte weiter.

An ihren Kniekehlen und Waden verzweigen sich blaue Flüsschen. Es hatte Zeiten gegeben, in denen ich auf diesen Flüsschen mit den Fingerspitzen entlanggefahren war wie auf dem Amazonas in meinem Diercke-Atlas. Margot gähnte, bedankte sich für die Massage, zog die Schlafanzughose hoch, schlüpfte in die Schlafanzugjacke, verstaute ihren kompletten Leib unter dem Plumeau, »gute Nacht«. Ich blieb wach unter dem Dach bis zum Morgen, sie rechts, ich links von der Besucherritze zwischen den Matratzen. Sie atmete ruhig, ich weinte über das Ende der Liebe; das Gezwitscher der Vögel am Morgen ein Hohngelächter, das geile Gurren der Tauben ein übler Kommentar zu einer weiteren Nacht ohne Liebe.

Ich, jetzt mutterseelenallein im rosaroten Bett meiner Tochter, öffnete wieder die Augen, rollte mich vorsichtig von der Matratze, erhob mich und stellte zur Übertönung der Tauben das Vogelgezwitscher aus der Stereoanlage lauter. Die Vögel sangen jetzt so übermütig, als wäre es früher Morgen. Ich, wieder in Rückenlage, schob eine Rolle unter den Nacken, faltete die Hände auf dem Bauch wie zu einem Gebet und konzentrierte mich auf meine Mission. Wie erobere ich Simonetta? Bei der ersten Ansprache nur »Hallo« sagen? Oder schon einen ganzen Satz sprechen? Oder Simonetta ein Briefchen schreiben, mit der Telefonnummer nach der letzten Zeile: »Bitte entschuldigen Sie, wenn ich Sie auf diesem Weg anspreche. Ich bin der, der vergangenen Dienstag hinter Ihnen, wie Sie auch, Gyros mit Fritten und Krautsalat ohne Zaziki bestellt hat, ich würde sie gerne kennenlernen.« Aber was, wenn sie das zusammengefaltete Briefchen, kaum dass sie an ihrem Tisch Platz genommen und einen kurzen Blick darauf geworfen hat, zusammengeknüllt auf dem Tablett liegen ließ?

Und was, wenn Sigrid Raschke ausgerechnet dann ins Casino kommen und den liegen gelassenen Brief entdecken würde? Sie kennt meine Handschrift. Also keinen Brief. Besser eine direkte, unmittelbare, körperbezogene Kontaktaufnahme. Wie ein Detektiv morgens im Foyer des Media Centers herumlungern und warten, bis sie auftaucht? Mich im Kassenbereich des Casinos herumdrücken und ständig meinen Standort wechseln? Es könnte ja sein, dass ich dem einen oder anderen Stammgast, verharrte ich in einer Position, auffiele und so eine Meldung an den Abteilungsleiter Gastronomie über das verdächtige Verhalten einer Person provozierte? Oder sollte ich den Casinoroutinier geben und, wie jeder andere Hungrige, das Essen, ohne nach links oder rechts zu schauen, an der Theke abholen, mit dem Tablett einen freien Tisch ansteuern, mit dem Essen mir nichts, dir nichts anfangen, aber beim ersten Gabelstich mit Seitenblicken darauf achten, ob sie nicht endlich auftaucht, und dann sehen, was passiert?

Zufällig an meinen Tisch, mir direkt gegenüber, würde sich Simonetta nicht setzen, diese Möglichkeit schloss ich aus. Einen Zufall wie den zur Mittagszeit beim Anstehen vor den Vitrinen gibt es im Leben kein zweites Mal. Falls sie tatsächlich an einem der kommenden Tage ins Casino käme – ich, schon am Tisch, sie mit Blicken verfolgend –, würde sie wohl kaum mitten beim Essen aufstehen, Tisch, Tablett und Teller verlassen und mich fragen, ob sie in meiner Gesellschaft die Mittagszeit verbringen dürfe. Bliebe die Hoffnung, beim nächsten Mal mit der Kraft eines versierten Dränglers in null Komma nix den Platz direkt hinter ihr in der Schlange zu erobern. Dieses Mal würde ich sie an Ort und Stelle fragen, ob ich sie zum Tisch begleiten, ob ich mich zu ihr setzen könne, allein schmecke der Braten nicht so gut. Doch auch diese Hoffnung erschien mir trügerisch. Kaum auszudenken, Sigrid Raschke oder Hannes Zimba würden mich bei meinen Versuchen, der Angebeteten nahe zu sein, erwischen. Also doch eher den Gedanken weiterspinnen, sie auf dem Weg zu erobern, der meiner Natur entspricht und am erfolgversprechendsten ist: auf dem Wege der Sprache, unter gezieltem Einsatz der Stimme.

Kaum hatte ich begonnen, mir im Stillen immer neue Sätze auf meine Lippen zu legen, drang ein mir vertrautes Meeresrauschen mit anschließendem Gesang von Möwen und einem darüber gelegten Schiffstuten an mein Ohr. Susi hatte mir dieses Kurzhörspiel als Klingelton auf mein Mobiltelefon gespielt. Sie weiß, wie ich Melodiefetzen, herausgerissen aus Titeln, ganz gleich, welchen musikalischen Genres, von Pop bis Klassik, Schlager bis Oper, hasse. »Klingeltöne« haben mit einem »Klingeln« längst nichts mehr zu tun. In einem Zugabteil habe ich einmal ein Telefonklingeln in Form eines Hundebellens gehört.

Ich hatte mein Mobiltelefon, als wartete ich auf einen Anruf, mit in Susis Zimmer genommen. Es war aber nicht Susi, die anrief, es war, wie das Display zeigte, Sigrid Raschke. Doch ich ging nicht dran, ich stellte das Mobiltelefon auf stumm, wollte nicht noch einmal gestört werden. Ich warf es auf Margots, jetzt Susis Betthälfte, ich musste mich weiter auf Simonetta konzentrieren. Später erst würde ich die Mailbox abhören oder die SMS lesen, dann erst Sigrid Raschke anrufen. Ich fiel wieder in die Kissenlandschaft zurück, schloss die Augen, ein tropischer Vogel kommentierte die Verlegenheit meiner Situation mit einem lang anhaltenden Pfeifton aus den Boxen. Wie klingt Simonettas Handy? Der Klingelton des Handys verrate den Charakter des Menschen, hatte ich einmal gelesen. Demnach müsste es ein Windhauch sein oder ein leises Summen, das aus Simonettas Mobiltelefon erklingt. Aus Hannes Zimbas Mobiltelefon kommt »Freude, schöner Götterfunken«.

Mit Susi über meine Eroberungspläne sprechen wagte ich nicht. Noch musste ich ihr meine Liebesgeschichten verheimlichen. Nur bei einer Erfüllung, dachte ich, würde ich ihr von meinem Glück berichten. Ich hielt mich zurück, weil ich fürchtete, sie könnte meine Geschichten an einem Wochenende ihrer Mutter erzählen, aber die gingen Margot Bruch nichts an. Jetzt kam der Track mit der Soloamsel. Der Mops. Ich musste mir neue Gegenargumente einfallen lassen.

Selige Zeiten, als Stofftiere noch ihre Trostfunktion erfüllten. Stofftiere geben keinen Laut von sich, es sei denn, ein Brummbär ist der Freund des Lebens. Doch warum statt eines Mopses nicht ein Meerschweinchen? Es piepst nur vor Vergnügen beim Füttern. Meerschweinchen tippeln friedlich und nahezu lautlos über das Parkett. Oder ein Zwergkaninchen. Sie hoppeln auf weichen Pfoten in der Gegend herum und sind mucksmäuschenstill.

Meerschweinchen wie Kaninchen werden nicht so alt wie Möpse. Ich weiß, für Meerschweinchen oder Kaninchen ist Susi zu alt. Eine Katze? Nein, ein Elvis im Leben ist genug. Also doch ein Mops? Das Singen der Amsel verstummte, ein heller Pfiff ertönte aus den Boxen, es war, als hätte mein Vater im Jenseits seine Finger in die Mundwinkel gesteckt.

Was nur mache ich hier auf Susis Bett, angezwitschert von diversen Vogelstimmen aus den Lautsprechern, angewidert vom Gurren der Tauben, zur Raison gebracht von meinem Vater aus dem Totenreich? Wenn Susi jetzt hereingeplatzt käme! In Windeseile müsste ich, ehe sie mich auf ihrem Bett erwischte, den Tonträger aus der Anlage ziehen, einpacken, unter dem Pullover verstauen, das Mobiltelefon ergreifen, in mein Zimmer springen, wo die bunte Vogelschar neben all den anderen Geräusche-CDs, die ich mir im Verlauf meines Hörerlebens gekauft habe, nicht weiter auffiel. Fünf Tonspuren drangen gleichzeitig in mein Ohr: Susis Liebeswerben um einen Mops, Margots schroffe Verweigerungsrhetorik, das Gezwitscher der Vögel, das geile Gurren der Tauben, Simonettas liebliche Stimme. Das waren für den Moment vier Tonspuren zu viel.

Doch sosehr ich mich auch bemühte – Simonettas Stimme in meinem Kopf war nicht laut genug, die Stimmen der anderen zu verdrängen. Ich reckte mich hoch, sah mich um, der Zeitungsartikel über die grausame Züchtung von Möpsen lag noch da, wo ich ihn am Vorabend hingelegt hatte. Wenigstens hatte sie ihn noch nicht weggeschmissen. Susis Zimmer ist immer aufgeräumt. Nur ein BH lag deplatziert auf dem Boden. In dem Artikel stand, dass Möpse wegen ihres platt gedrückten Gesichts in Atemnot geraten und tot umfallen, wenn sie sich körperlich allzu sehr anstrengen. Susi hatte den Artikel offenkundig nicht gelesen. Die *Dame mit dem Hermelin* lächelte vom Poster auf mich herab.

Jetzt sang das Rotkehlchen in den Boxen. Ich dachte an Simonettas Hals, an ihre Augen, ihren engen Sommerpulli, ihr rotes Höschen. Ich legte zwei Finger an meine Nase, prüfte, ob sie nach Knoblauch rochen. Ich öffnete meine Augen und sah das aufgeschlagene, leuchtend gelbe Reclam-Heftchen auf dem Boden, *Woyzeck*. Büchner war gerade im Deutschunterricht dran, morgen war die Klausur, nein, ich würde Simonetta kein Briefchen schreiben, ich wollte mich nicht lächerlich machen, ich war mir jetzt sicher, ich würde sie auch nicht im Casino ansprechen – warum eigentlich hatte ich ihr nicht das heruntergefallene Messer aufgehoben?

Ich würde sie anrufen, sobald ich ihren vollen Namen wüsste. Jetzt flatterte eine Ente im Lautsprecher auf. Ich liebe diese Stelle, sie erinnert mich an ein Stück auf der Doppel-LP »Ummagumma« von Pink Floyd, in dem eine Fliege infernalisch brummt, ehe sie von einer Klatsche erledigt wird und der Klang der Natur surrealistische

Dimensionen annimmt. Oder sollte ich Simonetta zu Hause auf dem Festnetz anrufen, oder besser doch nicht, was, wenn sie nicht allein lebt, also besser doch ein Anruf hoch in ihr Büro?

Bildschirme in Susis Zimmer überall: der kleine »Loewe« am Fußende des Betts, die Mikrostereoanlage mit Radio und CD-Player daneben, Sperlinge alberten jetzt in den Lautsprechern, irgendwo lag der iPod herum, das Handy nahm Susi trotz Verbots mit in die Schule; auf dem Schreibtisch feierlich aufgeklappt stand ihr Laptop, notgedrungen mit Skype, damit die Mutter ihrer Tochter beim Telefonieren ins Gesicht schauen kann und umgekehrt die Tochter der Mutter, wenn sie sich auf ein Wochenende zu einigen versuchen, an dem sie sich das nächste Mal ganz real sehen. Sich sehen heißt, dass Susi zu ihrer Mutter fährt, nie kommt die Mutter ihre Tochter besuchen. Natürlich hat das mit mir zu tun. Weil Margot Bruch für die Deutsche Bahn arbeitet, bekommt Susi ihre Bahncard zum Sonderpreis.

»Was ist eigentlich mit dem nächsten Wochenende, bleibst du zu Hause, oder fährst du nach Frankfurt?« Eine Frage, die ich ihr später stellen müsste. Was erst, wenn ein Mops im Hause wäre, würde meine Tochter ihn mit nach Frankfurt nehmen, oder bliebe er bei mir, dem zum Hundesitter Verurteilten und somit Verhinderten, sich mit Simonetta zu treffen? Ein weiteres Argument gegen den Mops.

»Hallo, Papi!«, ertönte es endlich im Flur gegen vier. Ich liebe Susis reine Stimme. Eine Ansammlung von Raben krähte in den Boxen wie die auf den Drähten zwischen den Telegrafenmasten in Hitchcocks *Vögeln*. Ich, nun endgültig aus meiner Nachmittagsmeditation gerissen, erhob mich von der Matratze, drückte meinen Rücken durch, zog hastig die CD aus dem Gerät, ergriff mein Mobiltelefon, zog die rosa Tagesdecke auf Susis Bett: »Ich komme!«

Das Gurren der Tauben hielt unvermindert an. Ich griff in meiner Panik nach Susis BH, stellte mich, wacklig auf den Beinen und hüftsteif, auf das Bett, ließ ihn am geöffneten Dachfenster am ausgestreckten Arm kreisen; die Tauben flatterten von dannen, ich stieg vom Bett, der BH landete wieder ungefähr da, wo er vorher gelegen hatte, riss die Zimmertür auf, versteckte die CD hinter meinem Rücken und stand vor Susi. »Was hast du in meinem Zimmer gemacht, Papi?«

»Du weißt doch, die Tauben.« Ich gab ihr ein Küsschen auf die Wange. »Na, wie war's heute?«

»Gut.«

Wir gingen in die Küche. Ich holte ihr Gyros mit Reis, Zaziki und Krautsalat aus dem Kühlschrank, stellte die erhitzbaren Bestandteile des Gerichts in die Mikrowelle. »Trinken nicht vergessen!« Susi verdrehte die Augen. Sie goss sich eine Apfelschorle ein. Ich brühte mir einen Espresso, die Mikrowelle gab ihr befreiendes »Pling« von sich, das Gyros war fertig. Wir setzten uns einander gegenüber, Susi auf Margots alten Stammplatz, ich auf meinen alten, eine halbe Stunde, maximal, würden wir jetzt miteinander sprechen, ehe dann wieder jeder seines Weges ging, wir hatten an diesem Tag allerdings ein heikles Thema.

Mein Erlebnis beim Mittagessen im Casino, fürchtete ich, könnte mich allzu milde stimmen. Umso bissiger holte ich nun aus: »Wie soll es ein Mops mit seinen kümmerlichen Atem- und Stimmorganen und seinen Stummelbeinen schaffen, fünfundachtzig Stufen bis hoch in unsere Wohnung zu kommen? Wie könnte er es vermeiden, nicht auf seine heraushängende, sabbernde Zunge zu beißen und nicht in Ohnmacht zu fallen, ehe er in sein Körbchen flüchtet und zu winseln anfängt, weil er schon wieder pinkeln muss. Wir haben keinen Aufzug im Haus. Susi, nach einer euphorischen Anfangsphase, in der du mit Freude zur Leine greifst, bin hundertprozentig ich es, der mit Otto jeden Tag Gassi geht und draußen Slalom läuft, um den Fachgesprächen mit anderen Mopsbesitzern aus dem Weg zu gehen. Oder Rosetraut. Aber Rosetraut mag Hunde so wenig wie ich. Ein Hund braucht einen täglichen Ansprechpartner, der kann ich nicht sein. Ich bin, du weißt es, ein beziehungsunfähiger Mann, ein Mops ist doch ein Schoßhund für alte, bettlägerige Damen!«

Susi schaute, während ich dozierte, auf ihr Gyros und

stocherte mit der Gabel auf dem Teller herum. »Ich habe schon bei Rosa gegessen.« Ich weiter: »Sich in deinem Alter zu binden! Du nimmst dir alle Freiheiten. Mit einem Mops im Haus ist alles vorbei, keine Zeit mehr für deine Freundinnen, den Tanzkurs, Mathenachhilfe, Kino, Chillen. Ein Leben als alleinerziehende Hundemutter? Das kann doch nicht dein Ernst sein!«

Susi hörte auf zu essen, legte die Gabel zur Seite, schaute mich immer noch nicht an, wir haben beide keine Erfahrung im Streiten. Wie teilnahmslos starrte sie in den Raum. »Außerdem hast du doch einen festen Freund, reicht der dir nicht zum Kuscheln?«

Das hätte ich nicht sagen dürfen. Mädchen in Susis Alter haben, wenn es um den ersten Freund und die Liebe geht, keinen Sinn für Ironie. Zudem hatte ich in diesem Moment völlig vergessen, dass Susi drauf und dran war, mit Leo Schluss zu machen. Sie habe sich einfach zu früh gebunden. Schon zwei Jahre, seit ihrem vierzehnten Lebensjahr, war sie mit ihm zusammen: In Wahrheit wünschte sie sich einen Bruder. Sie begann zu weinen. Ich stand auf, holte ein Tempo, zog Susi sanft von ihrem Stuhl, setzte mich, dann sie seitwärts auf meinen Schoß, meine Arme fest um sie gelegt, meinen Kopf angelehnt an ihrem Oberarm. »Es tut mir leid, dass ich so blödes Zeugs über das Kuscheln und Leo gesagt habe, lass uns später weiter über den Mops reden. Fährst du eigentlich am Wochenende nach Frankfurt?«

Obwohl die Auseinandersetzung mit Susi zu Freude eigentlich keinen Anlass gab, schlug mein Herz schneller, nachdem sie die Frage bejaht hatte. Simonetta. Ich würde mich mit ihr am Wochenende treffen können. »Soll ich dir das Bahnticket im Reisebüro kaufen, oder willst du es selbst tun?« – »Mama mailt es mir.« Was, wenn Simonetta ein Haustier besäße? Einen Hund womöglich? Oder ein Kind oder Kinder, einen Mann obendrein? Wäre da noch Zeit, mit mir am Samstagabend auszugehen?

Susi, von meiner Ankündigung, später auf das Thema Mops zurückzukommen, ein wenig getröstet, schien jetzt doch Hunger zu haben. »Und sonst?« – Eigentlich wollte ich mit ihr über Woyzeck sprechen. Wie sie das finde, dass ein Mensch innere Stimmen höre, an ihnen verrückt werde, und die ihm dann auch noch einflüsterten, dass er seine untreue Marie umbringen solle; Marie, die den armen Hund betrüge, treibe es ja mit einem Tambourmajor. Das Laute siege immer über das Leise. Doch das ist nur meine Interpretation des Stücks. Gut, dass es keine Marie in meinem Leben gibt. Ich werde meine Simonetta vor jedem Tambourmajor, der in ihre Nähe kommt, zu schützen wissen.

Doch kaum ging das Gespräch über Woyzeck los, da klingelte es. Die Mädels aus Susis Klasse rückten an. »Wir chillen bei mir, ist das okay, Papi?« Natürlich war das okay. Zumal das Chillen der heutigen Jugend eine äußerst ruhige Form der Freizeitbeschäftigung darstellt. Das gemeinsame Beugen über die neuesten YouTubes verursacht keinen Lärm. Selbst wenn Susi und ihre Freundinnen Musik hören, läuft alles in gemäßigter Lautstärke ab. Nie musste ich zu Susi gehen und sie bitten, leiser zu stellen.

Es ist mir ein Rätsel, wie sich die jungen Menschen heute mit Lautsprecherschlitzen im Laptop begnügen. Manchmal ist mir, als müsste ich meinen alten Verstärker – »Natural Acoustic Dimension« – aus meinem Zimmer holen und samt zugehörigen Boxen, 100 Watt, für die Mädels aufbauen, damit sie mal endlich erleben, wie es ist, Johnny Cash oder Nick Cave in sattem Sound zu hören. Bei Musik herrschen für mich keine Gesetze zur Drosselung der Lautstärke. Wenn ich früher, als wir noch zwei Etagen hatten, unten bei mir aufdrehte, war es Susi, und nicht etwa der Geist meines verblichenen Vaters, die herunterkam und mich mit zornigem Blick bat, endlich leiser zu stellen.

Als ich sechzehn war, lagerten wir wie Mitglieder der Kommune 1 in Blümchenhemden auf zusammengeschobenen Matratzen. Meine Mutter war mir beim Auseinandernehmen und Wegtragen des Bettgestells und des Sprungrahmens in den Keller behilflich. Mein Vater bekam von der Aktion nichts mit. Wegen des, wie er fand, »Gestanks« der Räucherstäbchen betrat er schon seit geraumer Zeit nicht mehr mein Zimmer. Sein Gebrüll, die Lautstärke meiner Musik betreffend, drang auch durch die geschlossene Tür. Ich bin stolz, dass Susi ein Foto von mir mit langen Haaren, ein Foto aus jener Zeit, an die Magnetwand in der Küche befestigt hat. Von Margot gibt es dort kein Foto.

Wir »Typen« – so nannten wir uns selbstbewusst – hörten Embryo, Amon Düül und Tangerine Dream. An der gegenüberliegenden Wand standen übereinander Plattenspieler und Verstärker, links und rechts davon Lautsprecherboxen hoch wie Türme. An der Wand Poster von Angela Davies, Che Guevara und Frank Zappa auf dem Klo. Ich sehnte mich nach Uschi Obermaier. Die Plattenhülle von »Axis: Bold as love« klappte ich auf und stach die grobkörnigen Gesichter von Jimi Hendrix, Mitch Mitchell und Noel Redding in Schwarz-Weiß mit Reißzwecken an die Wand, deren gemusterte Tapete ich mit weißer und, an der Wand gegenüber dem Fenster, mit Flower-Power-Motiven überstrichen hatte. Und im Dunkeln psychedelische Musik. Pink Floyd: »Cyrus Minor«. Anschwellender Vogelgesang. Der Ruf eines Kuckucks. Aus der Mitte der Klang einer akustischen Gitarre. Dazu eine Orgel. »In a churchyard by a river/Lazing in the haze of midday/Laughing in the grasses and the graze.«

Nach der Tagesschau blieb die Mutter rauchend und allein und schweigend vor dem Fernseher sitzen. Der Vater verzog sich in seinen Bastelkeller und lötete oder hämmerte an etwas herum. Mein Vater zu Hause war Bohrmaschine, Lötkolben, Hammer. Er schaufelte Kohlen in den Kohlekasten, er mähte den Rasen, er schippte Schnee, er ließ das Holzrollo herunter; was er auch anfasste, es gab schmerzhafte Geräusche von sich. Meine Mutter rührte und schabte mit dem Kochlöffel in Töpfen und Pfannen. Dieser surrealistische Klang beim Zusammenstoßen von Tellern und Schüsseln in der Tiefe des Spülwassers! Sie füllte den Besteckkasten auf, stellte Geschirr in den Schrank und Teller auf den Tisch, drehte die Kaffeemühle, trat das Pedal der Nähmaschine von Pfaff. Dieses beruhigende Surren! Das Dampfen und Zischen des Bügeleisens klang wie die Lokomotive Emma bei der Abfahrt im Bahnhof von Lummerland. Meine Mutter schlug Sahne mit dem Krupps-3-mix, zog jeden Abend die Kuckucksuhr auf und die Gardinen zu. Die von meiner Mutter erzeugten Töne und Geräusche – Wohlklänge in meinem Ohr.

Doch dann wieder Streit. Mein Vater brüllte mit herunterhängenden Armen, die Hände zu Fäusten geballt, er schaute einen dabei nie an. Es war, als meinte er eigentlich sich selbst, den er anschrie. Meine Mutter schwieg beharrlich, wenn er brüllte, und legte zwei gestreckte Finger waagrecht über ihre Lippen. Die Ursache für den Lärm in der Familie war das Verlangen des Mannes nach Sex und die Unlust der Frau mitzumachen. Mein Vater war verzweifelt, dass seine schöne Frau seit meiner Geburt nicht mehr mit ihm ins Bett gehen wollte. Das weiß ich von meiner Schwester. Meine Mutter hätte den falschen Mann geheiratet, für Rosetraut stand das fest. Ich bin mir da nicht so sicher. Vielleicht war es umgekehrt. Als sie noch lebte, war ich immer auf der Seite meiner Mutter. Heute kann ich auch meinen Vater verstehen. Bei mir war es genauso. Seit Susis Geburt hatten Margot und ich kaum noch Sex miteinander. »Klimakterium«, hatte mein Vater einmal vor sich hin gezischt. Das Wort hatte ich damals nicht verstanden. Ich hielt es für einen Begriff aus der Wetterkunde. Als ich ihn kurz vor seinem Tod, lange nach dem Tod meiner Mutter, einmal fragte, warum sie sich dauernd gestritten hätten, sagte er wieder nur: »Klimakterium.« Auch meine Schwester hatte den falschen Mann geheiratet. Sind Scheidungen in der Geschichte einer Familie erblich bedingt? Margot, Margots Mutter, Margots Tante, Margots Onkel, ihr Bruder, ihre Schwester: ein einziger Scheidungsclub. Wenn meine Mutter nicht vorzeitig gestorben wäre, wer weiß, ob sie sich nicht auch von ihrem Mann hätte scheiden lassen.

Meine Mutter starb lange vor Susis Geburt. Wenn Susi mich fragte, wie sie »vom Wesen her« gewesen sei, erzählte ich ihr von der warmen Stimme ihrer Oma. Als die Kassettenrekorder aufkamen, habe sie selbst erlebte und erfundene Geschichten aufgenommen und uns vorgespielt. Wir hörten nicht hin. Die Bänder mit den selbst erlebten Geschichten meiner Mutter hat mir Rosetraut noch nicht gegeben. Sie weiß, dass mich die Geschichten und die Stimme unserer Mutter in eine Depression stürzen würden. Rosetraut ist die Archivarin meiner Erinnerungen.

Über unseren Vater spricht sie selten. Unser Vater schrie, allerdings immer nur zu Hause, mein Mathematiklehrer schrie, Margot Bruch schrie. Ich kann so wenig schreien wie meine Mutter. Ich ertappte mich dabei, wie ich im Streit mit Margot die Finger an meine Lippen legte, wie es meine Mutter tat, und schwieg. Mein Schweigen provozierte Margot. Ihre Stimme wurde im Verlauf der Jahre immer lauter. Einmal trat Margot Bruch vor Wut gegen die Wand. Ich hatte bei einem Essen mit Freunden wieder einmal die ganze Abendgesellschaft mit meinen Reden über den Lärm der Welt dominiert. Sie trug Schuhe. Die Wand war aus Rigips. Wäre sie aus Stein gewesen – der Tritt wäre zwar für die Tretende schmerzhafter ausgefallen, aber nicht so laut gewesen. Ich höre diesen Tritt noch, wenn ich an jener Wand vorbeigehe. Es ist die Wand neben Susis Zimmer. Man kann die Stelle noch sehen. Ich kann diesen Tritt aus meinem inneren Archiv der schlimmen Töne nicht vertreiben.

Wenn mein Vater im Bastelkeller tobte, verzog ich mich in die Waschküche, stellte eine leere Tonne Omo vor mich hin, holte zwei Kochlöffel aus der Küchenschublade, setzte mich auf einen Hocker und trommelte gegen das Toben an. »Mach dieses Gejaule leiser!« Er meinte The Beatles, The Beach Boys, The Mamas & The Papas. Es war die Zeit, da alles, was laut gestellt werden konnte, bis zum

Anschlag aufgedreht wurde. Auf den Straßen schleppten Studenten Megafone mit sich herum und skandierten politische Sprüche, ein Hallenkonzert war dann »fähig«, wenn die Lautsprechertürme auf der Bühne hoch bis an die Decke ragten. Alles musste laut sein, die Welt war ein einziger Sound. Miteinander reden brauchten meine Freunde und ich nicht, wir hatten uns auch so verstanden, wenn der Musikgeschmack übereinstimmte.

Aus Susis Zimmer vernehme ich die näselnde Stimme Bob Dylans, die Polypen hat er sich immer noch nicht herausnehmen lassen. Unglaublich, dass der immer noch gehört wird. Aber die Mädchen lassen das nur so nebenbei laufen, während sie sich weiter unterhalten und gleichzeitig auf die Bildschirme ihrer Mobiltelefone gucken und flink mit zwei Fingern auf die winzigen Tasten tippen; im Minutentakt blinken neue Nachrichten auf. Wir Sechzehnjährige dagegen sangen damals, in guter alter Wanderliedtradition, nach vereinten Kräften mit und fielen ein in den Refrain: »How does it feel/to be all alone/like a complete unknown/like a rolling stone«.

Was hört Simonetta? Egal, was, nahm ich mir erneut vor, ich wollte sie auswählen lassen, welche Musik zum Essen und zur Liebe angestellt würde. In meinen früheren Liebesbeziehungen konnte ich nicht anders als bestimmen, welche Musik zu welchem Anlass gespielt wird. Margot fand mich auch in dieser Beziehung »übergriffig«. Sie hat recht. Aber was hätte ich tun sollen? Sie hatte für meine Musik nicht viel übrig. Sie hatte sich nie Platten gekauft. Ich nahm mir vor, aus meinen Fehlern zu lernen. Mit Simonetta würde alles anders.

Doch da rauschten wieder die Wellen in meinem Mobiltelefon. Es war wieder Sigrid Raschke. O Gott, ich hatte sie ganz vergessen.

So viel für heute, verehrtes Publikum. Morgen erwartet sie Frau Rodenkirchen am Lesepult. Sie führt sie in die Geschichte der Klangschalentherapie ein. Ich selbst habe mich vor einigen Wochen einer solchen Behandlung hingegeben. Noch heute klingt und schwingt es in meinem Kopf. Aber was ist dieses Klingen und Schwingen schon gegen das, was ich ihnen nächsten Freitag zu Gehör bringen werde, wenn mir der Klinikdirektor weiter die Leseerlaubnis erteilt. Wie am Schwarzen Brett angekündigt, erleben Sie nach dem großen Erfolg in der vergangenen Woche zum zweiten Mal eine Präsentation des Sponsors unseres heutigen Abends: »Oho. Neue Hörsysteme«. Die Getränke am Büfett sind gratis. Viel Spaß!

8

Freitag, 6. August Länge: 40.05

Guten Abend allerseits, es gibt Unmut. Was ich hier Woche für Woche vortrage, sei vielen Patienten zu direkt. Zu persönlich. Die körperlichen Passagen in meinen Vorträgen seien vor allem für die, die auf Gehhilfen, Rollatoren und Rollstühle angewiesen seien, eine Provokation. Damit es nicht zu persönlich wird, habe ich mich zu einer Veränderung entschlossen. Ich erzähle nicht mehr in der ersten Person. Viele Patienten denken angeblich, dass alles, was ich Ihnen bislang zu Gehör gebracht hätte, eins zu eins aus meinem Leben abgeschrieben sei. Natürlich stimmt das nicht. Ich habe in der abgelaufenen Woche in meinem neuen Kapitel alles vom »ich« ins »er« gesetzt und also über ihn, Sigmund Seiler, und nicht mehr aus ihm heraus weitergeschrieben. Es ist meine letzte Chance. Ich trete zu mir selbst auf Distanz, damit Sie, die Zuhörenden, auf Distanz zu mir, dem Erzähler, und dem Erzählten gehen können. Ich bitte Sie allerdings, dies nicht zum Anlass zu nehmen, Sigmund Seiler zu verlachen oder gar zu verurteilen.

»Seiler, etwas Französisches. Sie müssen um achtzehn Uhr hier sein!«

Unter normalen Umständen wäre das für ihn kein Problem gewesen. Er wäre nach der Aufnahme, spätestens um halb sieben, wieder zu Hause gewesen, hätte mit Susi Abendbrot essen und anschließend zum Sprecherstammtisch gehen können. Er hatte seine Teilnahme dem Kollegen Hannes Zimba mittags versprochen, um ihn abzuwimmeln. Er hatte sogar schon Überlegungen angestellt, Zimba an der Theke beiseitezunehmen und ihn zu fragen, ob er, der jeden und jede im Media Center kenne, wisse, wer diese Frau von heute Mittag in purpurrotem Sommerpullover und eingerissener Jeans sei. Hochsteckfrisur, Tennisschuhe, sehr schlank. Doch er wollte es ohne Zimba schaffen.

In einem kurzärmligen Polohemd wie am Morgen konnte er auf keinen Fall noch einmal im MC auftauchen, da war Sigmund Seiler sich sicher. Heute und in alle Zukunft ging es nur noch in langärmligen, weißen oder hellblauen Hemden, die Ärmel bis zu den Ellbogen hochgekrempelt. Er fand ein gebügeltes Hemd im Schrank; ein Mottensäckchen, zwischen seine Kaschmirpullover gelegt, flog lautlos auf den Teppichoden. Er wählte dunkelblaue Socken aus der Schublade, legte alles auf einen Stuhl – sollte er überhaupt Socken anziehen? Simonetta trug ja auch keine. Seinem Korsett zur Festigung der Lendenwirbelsäule beim Gehen warf er einen bösen Blick zu. Den Stapel mit Herrenwindeln ignorierte er. Jetzt trat er vor das dreitürige Hängeschränkchen über dem Waschbecken. Die äußeren Flügel des Triptychons klappte er andächtig auf. Er wollte sich von allen Seiten betrachten.

Sigmund Seiler bereitete sich nicht wie für einen Termin vor. Er sagte zu sich selbst »Rendezvous«. Er sprach das Wort französischer aus als jeder Franzose. Seit Monaten war das Eau de Toilette, ein Weihnachtsgeschenk noch von Margot Bruch, nicht mehr zum Einsatz gekommen. Jetzt sprühte er sich rundherum ein, besonders sorgfältig hinter den Ohren. Er setzte seine Lesebrille auf und griff zur Pinzette. Monate waren es her, dass er sich sein Nasenhaar ausgezupft hatte. Er hatte in jüngster Zeit Härchen an den äußeren Bogen seiner Ohrmuscheln entdeckt. Sie zu entfernen, reichte sein leise surrender Rasierapparat.

Sigmund Seiler ist achtundfünfzig. Wenn er, nach seinem Lebensalter gefragt, zu einem mündlichen Geständnis gezwungen wird, beginnt er zu nuscheln. Das »d« im »und« verschluckt er. »Achtenfünfzich« – das darf einem Sprecher eigentlich nicht passieren. Was erst, wenn er ein stechendes »Sechzig« wird zugeben müssen?

In Seilers Alter beginnen an den unmöglichsten Stellen Haare zu wachsen, nur nicht da, wo er sie gebrauchen könnte, auf dem Kopf. Seinen Rasierapparat lässt er schon lange nicht mehr über Kinn und Wangen kreisen.

Das Rasieren am Morgen mit einem elektrischen Rasierapparat ist ihm zu laut. Er rasiert sich nass. Der Schaum im Gesicht lässt in ihm die Sehnsucht nach Schnee aufkommen. Wenn Schnee liegt, ist die Welt leiser als sonst. Nun suchte er sein Gesicht nach Mitessern ab. Er drückte sie vorsichtiger aus als sonst. Nur keine Entzündungen provozieren. Er nahm eine Büroklammer zur Hand, knickte das spitze Ende ab und kratzte unter diesem und jenem Fingernagel einen Schmutzrand weg.

Die Hosenfrage. Er entschied sich für eine tief sitzende, den Abdruck seines Geschlechtsteils nicht vollkommen verschluckende Jeans italienischen Designs, natürlich mit Knöpfen, niemals mit Reißverschluss, in Position gehalten von einem schwarzen Gürtel mit einer matt glänzenden Schnalle. Er bekam Lust auf Countrymusik, heute kein Townes van Zandt, der war zu traurig, er schob Alison Krauss in den Schlitz. Breitbeinig stellte er sich vor den mannshohen Spiegel im Flur. Er kam sich ein wenig vor wie Hannes Zimba und jener Wettermann mit den lustigen Augen. Den Gürtel hatte er sich selbst gekauft. Er lag seit Längerem in der hintersten Ecke des Kleiderschranks, zusammengerollt wie eine tote Schlange.

Diese Jeans, sagte er sich vor dem Spiegel, müsste Simonetta gefallen. An den Oberschenkeln war sie einhellig verwaschen. Ihr auf die Schnelle noch einen Riss im Stil von Simonettas Levis zuzufügen, hielt er für so übertrieben wie die Zurschaustellung des Bündchens seiner Boxershorts – heute mit kleinen roten Käfern drauf – oberhalb der Jeans. Er zog das weiße Hemd an, »button down«, kein Unterhemd darunter, und schließlich die blauen Designer-Turnschuhe, die ihm Susi in New York ausgesucht hatte. Hannes Zimba würde niemals in Turnschuhen ins Media Center kommen. Simonetta tat es. Also tat er es auch, er, Sigmund Seiler.

Nach dem Anziehen ging er aufs Klo. Nur nicht pinkeln müssen im Moment seiner ersten Worte an sie, dachte er. Besser jetzt schon, rein prophylaktisch. Sigmund war aufgeregt. Nach dem Händewaschen hauchte er sicherheitshalber in seine dicht vor den Mund gehaltene Innenfläche seiner linken Hand. Er hatte zu Mittag Knoblauch gegessen. Seine Zähne putzte er länger als sonst. Heute benutzte er sogar Zahnseide. Zahnreinigungskaugummis verabscheute er. Das Katschen und Malmen konnte er im eigenen Mund so wenig ausstehen wie in einem fremden. Das Gurgeln des Vaters beim Zähneputzen konnte Sigmund durch die geschlossene Badezimmertür hören. Überhaupt hasst Seiler das Zähneputzen. Das Herumbürsten im Mund klingt wie das Schrubben des Bodens in der Waschküche seiner Kindheit. Sigmund Seiler hielt sich die Ohren zu, wenn die Mutter ihn mit in den Keller nahm. Sigmund steckte sich Pfefferminz in die Hosentasche und ging, zufrieden mit sich wie lange nicht mehr, zurück vor den großen Spiegel im Flur. Er zog den Bauch ein und hielt ihn eingezogen, bis er in seinen Lupo gestiegen war, der direkt vor der Tür auf ihn wartete.

Für seine CD mit den »schönsten Glocken der Welt« war er zu nervös. Sicher war Simonetta schon zu Hause. Und wenn nicht, warum sollte er ihr an einem Tag zweimal begegnen? Er wollte jetzt gar nichts hören. Am liebsten hätte er beim Fahren die Augen geschlossen und geträumt. Er sprach sich Mut zu. »Ich liebe dich, bin toll, verrückt, von Sinnen/Zum Glockenspiele machtest du mein Herz/Und weil es bebt in Sehnsucht und Frohlocken/Drum tönt dein Name laut von allen Glocken./ Nichts, was die Liebste tut, kann mir entrinnen!« Cyrano de Bergerac zu Roxane. So wollte auch Sigmund sprechen, wenn Simonetta vor ihm steht. Doch er musste auf der Hut sein. Sigrid Raschke und Hannes Zimba. Sie könnten sich über ihn lustig machen. »Na, Seiler, so schick heute, und so aufgekratzt?« An einer roten Ampel spuckte er sich in die Hände und verrieb den Speichel auf seinen Wangen. Haben sie nicht zu viel von seinem Eau de Toilette abbekommen?

Endlich angekommen, kein Stau in Richtung Innenstadt, den Lupo souverän eingeparkt, ging er, »Brust raus, Blick voran«, hinein ins MC. Für den Pförtner hatte er keinen Blick. Er hatte noch zehn Minuten bis zur Aufnahme. Es hätte ja sein können, Simonetta säße irgendwo und beobachtete ihn beim Hereinkommen. Er gab sich einen Ruck, er fühlte sich stark, er war angriffslustig, er dachte an Cyrano de Bergerac, er hatte heute etwas Großes vor, er würde Simonetta mit seinen Worten und seiner Stimme erobern, mit seinem weißen Hemd und seinem breiten Gürtel, allein, sie wusste noch nichts von ihm und seinem Vorstoß.

Wir sind uns nah und ahnen uns doch kaum
Sie sehen, dass ein Mantel schleift im Düstren
Ich seh des weißen Sommerkleides Flimmer
Ich bin ein Schatten nur, Sie nur ein Schimmer.

Noch neun Minuten bis achtzehn Uhr. Sigmund Seiler versteckte sich gute fünfzehn Meter von der Essensausgabestelle entfernt auf der schräg gegenüberliegenden Seite, hinter den Kaffeeautomaten, und wartete. Wieso versteckte er sich eigentlich? Simonetta hatte ihn nach seiner Einschätzung am Mittag nicht registriert. Und wenn doch, dann hatte sie ihn sicher längst schon vergessen. Einen Euro nach dem anderen warf er in den Automaten. Irgendetwas mit seinen Händen musste er ja tun. Das Klacken des Automaten, das Zischen und Schlürfen des herauslaufenden Milchkaffees in die Tasse machte ihn noch nervöser, als er ohnehin schon war. Den Inhalt von drei Tassen kippte er, wenn er sicher war, das keiner guckte, in die Auffangschale unter dem Hahn, bis sie überfloss und eine Dame des Küchenpersonals kam, um die Pfütze auf dem Boden aufzuwischen. Die vierte Tasse nahm Sigmund Seiler mit zu einem Stehtisch. Sie fiel ihm fast aus der Hand. Denn sie kam.

Nein, sie kam nicht, sie schritt heran. Irgendetwas an ihrem Arbeitstag musste sie beflügelt haben. Simonetta schien deutlich gelöster als mittags. Das galt auch für ihr Haar. Es war nicht mehr hochgesteckt. Es fiel ihr auf die Schulter, seidig, wellig. Sie hatte ihre Handtasche dabei. Kein teures Modell. Sie hing an ihrer linken Schulter, ohne wirklich zu hängen. Dafür waren die Träger zu kurz. Unter dem rechten angewinkelten Oberarm eingeklemmt, transportierte sie einen Packen mit Briefen in DIN-A3-Format. Es war der Gang einer Balletttänzerin, eines Models, einer Schönheitskönigin.

Sie war wieder ohne Begleitung gekommen, ein gutes Zeichen, dachte Sigmund, anders als Roxane, die jemanden dabeihatte, als sie in den voll besetzten Theatersaal des Hotel de Bourgogne einzog, sich der Blicke ihrer Anbeter in den Logen bewusst. Anders auch als Simonetta Vespucci, die durch ihr Florenz wie auf einem Laufsteg ging, verfolgt von Jünglingen mit großen Nasen und Künstlern mit gierigen Pinseln. Warum kam Simonetta solo? War sie neu hier, war sie vielleicht unbeliebt, traute sich keiner, sie anzusprechen, würde er, Sigmund Seiler, der Erste sein? Er verschränkte die Arme vor seiner Brust, schloss die Augen, es war ihm, als hätte ihm jemand einen Degen gegeben.

Schweigt still zum letzten Mal!
Ich fordre zum Duell den ganzen Saal!
Schreibt eure Namen, ihr jungen Helden!
Ich geb euch Nummern. Einer nach dem andern!
Wohlan, wer will sich für die Liste melden?

Doch niemand forderte ihn zum Duell heraus. Simonetta blieb nicht im Casino, sondern ging, eine Abkürzung nehmend, an Seiler vorbei, direkt hin zur Postannahmestelle. Er folgte ihr im Abstand einiger Meter. Gérard Depardieu hätte jetzt den Mantelkragen hochgeschlagen. Sigmund stand direkt hinter ihr an der Postannahmestelle. Vor Simonetta war noch ein anderer dran. Seiler räusperte sich, sie drehte sich um, lächelte verlegen, sie schien ein wenig erschrocken. Zwischen ihren Brauen zwei dünne, senkrechte Falten. Ihre Lippen verzogen sich. Ihre Zähne schienen nicht wirklich weiß, eher gelblich, »bestimmt ist sie Raucherin«. Das Rauchen hatte ihrer Stimme noch keinen Schaden zugefügt.

Es war jetzt nach achtzehn Uhr. Er hat sich einen ganzen Satz ausgedacht, für ein Gedicht war die Zeit noch nicht reif, er hatte den Satz auswendig gelernt. Es war ein Erstsatz. Nicht unnatürlich, nicht künstlich dürfte er über seine Lippen gehen. Sein Mund war trocken. Die Zunge klebte an seinem Gaumen. Er musste aufpassen, dass ihm beim Sprechen des Satzes keine Schmatzer auf der Zungenspitze unterliefen. Sigmund Seiler wollte so klingen wie sie. Aber er hatte Angst, vor lauter Einfühlung in ihre Stimmlage könnte er in eine peinliche Imitation verfallen. Seine ohnehin schon weiche Stimme vertrug keinen zusätzlichen Weichspüler.

»Hallo, ich habe sie hier heute Mittag zum ersten Mal gesehen. Haben Sie morgen vielleicht Zeit …?«

So hatte er sich das gedacht. Hätte er sich jetzt, am frühen Abend, an seinen Text gehalten – er hätte sich auf immer und ewig blamiert. Er musste improvisieren. Nur das erste Wort seines Manuskripts blieb übrig: »Hallo!« Er legte die Betonung in dieser alles entscheidenden Situation unaufdringlich auf »Ha« und nicht auf »lo«. Er senkte die Stimme im Verlauf der Aussprache des Zweisilbers um eine ganze Oktave. Hannes Zimba hätte es genau umgekehrt gemacht. Er lässt sein »Hallooooo« zum »o« hin in die Luft fliegen. Um mindestens eine Oktave in die Höhe.

Zimba, Betonung auf »Zim« übrigens, und nicht auf »ba«, Zimba selbst hätte es gern umgekehrt. Denn so bekäme sein Name eine französische Note. Sigmund Seiler wollte nicht französisch klingen, jetzt nicht, vielmehr »cool«, wie Susi sagen würde. Nicht gleich alles auf einmal von sich preisgeben, das hatte er ein für alle Mal verinnerlicht. Doch von einem Preisgeben seines Selbsts war er noch weit entfernt, so nahe er ihr räumlich jetzt auch war. Er hatte jetzt nur ein Wort. Und das musste gut klingen.

Simonetta erwiderte sein »Hallo« und schaute an ihm vorbei, als fürchtete sie, jemand hätte den Dialog heimlich verfolgt. Aber da war sie wieder, diese Stimme. Sie betonte das »Hallo« mit derselben Lakonie wie Seiler. Hatte sie seine Betonung imitiert, oder ging ihr das »Hallo« im Seiler-Modus spontan so über die Lippen? Sie legte ihre Post auf die Theke, drehte sich um und ging geradeaus zum Ausgang des MC, ohne zu zögern, ohne sich nach ihm umzudrehen. Sie ließ ihn alleine zurück.

In diesem Moment machte Sigmund Seiler eine bahnbrechende Entdeckung. Er konnte den Absender der Briefe auf den Couverts erkennen! »Chiffre«. Er hatte also recht mit seiner Vermutung. Sie arbeitete für das Anzeigenblättchen. Morgen würde er bei ihr eine Anzeige aufgeben. Am Telefon. Eine Kontaktanzeige der klassischen Art. Er würde Simonetta bitten, ihm bei den Formulierungen zu helfen. Je ausgiebiger er Simonettas Unterricht in Anspruch nähme, umso länger könnte er sich in ihre Stimme vertiefen.

Ohne nach links oder rechts zu gucken, verließ sie das MC und ging auf den Besucherparkplatz zu. Sigmund Seiler war der Einzige, der ihr folgte. Er behielt sie im Blick, er hatte alles im Griff. Sie musste also auch eine freie Mitarbeiterin sein, sonst hätte sie, wie die Festangestellten, einen Tiefgaragenplatz. Unterwegs zum Lupo schlug sich Sigmund Seiler mit der flachen Hand auf die Stirn. Sigrid Raschke. Das Französische. Er hatte seinen Termin bei Voice vergessen. Doch wer, in Gottes Namen, denkt in seiner Lage an einen Termin!? Was jetzt herrschte, war der freie Wille. Es gab jetzt keinen Weg zurück. Er konnte da jetzt nicht hochfahren. Es gab jetzt nur eine Richtung. Und es gab nur einen Menschen, der diese Richtung vorzugeben das Recht hatte. Er musste hinter Simonetta her. Dieses Mal, nahm er sich vor, schnalle ich mich an.

Simonettas Auto, ein Opel in hellem Grünblau, stand nur drei Parkkojen neben seinem Lupo in der hintersten Reihe des Platzes. Er sah aus der Ferne zu, wie sie einstieg. Es war kein Einsteigen, eher ein Platznehmen, das eines Automobils höherer Klassen würdig wäre. Sie fuhr nicht direkt los. Hätte er Uwes Fernglas dabeigehabt, hätte sich seine Vermutung bestätigt: Sie machte sich zurecht. Es erregte Sigmund, wenn Frauen, kaum dass sie ins Auto gestiegen sind und den Zündschlüssel hineingesteckt haben, für ein, zwei Minuten sitzen bleiben und vorrucken auf dem Sitz, den Rückspiegel über der Windschutzscheibe verstellen, dann so dicht, wie es geht, mit dem Gesicht an ihn heranrücken und den Lippenstift auftragen, ehe sie alles in die Ausgangsposition bringen und losfahren. Sollte sie noch keiner ihrer Kollegen darauf aufmerksam gemacht haben, dass ihre Wimperntusche ein bisschen verschmiert war? Jetzt war die letzte Chance auf eine Korrektur vor dem Erreichen des Fahrziels gekommen.

Aber warum hatte sie sich die Lippen nicht schon oben

auf dem Etagen-WC nachgezogen? Warum hatte sie sich nicht oben die Wimpern frisch getuscht? Sigmund stellte sich vor, er wäre ihr Mann und würde sie bei ihrer kosmetischen Feinarbeit im Opel erwischen. Der Gedanke, sie hätte das für einen anderen Mann gemacht, wäre vor Kurzem noch Teil seiner Erregung gewesen. Teilen zu können, das hatte er im Umgang mit Anastasia Fuckmenow und Carla Frosch gelernt. Aber jetzt wollte er das nicht mehr. Kein Teilen. Keinen »Threesome«. Nur eine. Alles zu zweit.

Kaum waren Simonetta und der Opel außer Sichtweite, stieg Sigmund Seiler, nein, er stieg nicht, er manövrierte sich in seinen Kleinwagen hinein. Wenn Seiler in ein Auto stieg, war er wirklich fast sechzig. Das linke Bein zog er hinterher, er hatte heute viel gestanden, er hatte heute lange gesessen, er hatte wenig getrunken, der Flüssigkeitsverlust zwischen den Bandscheiben machte sich schmerzhaft bemerkbar. Die Funktion von Stoßdämpfern konnten sie zu dieser Stunde nicht mehr optimal übernehmen. Wenigstens hatte Simonetta ihn bei seinen Anstalten nicht beobachtet.

Jetzt, endlich auf dem Sitz angeschnallt, fuhr er los. Er verzichtete weiter auf musikalische Begleitung, er musste sich auf die Verfolgung konzentrieren. Der Feierabendverkehr war schon abgeebbt. Es ging gut voran. Er verlagerte sein Gewicht von der linken auf die rechte Pobacke, denn links nahm der Gluteus maximus Fahrt auf.

Bis hinunter zum Fuß auf dem Kupplungspedal schickte der Ischiasnerv seine Signale.

Sigmund Seiler wunderte sich über den Streckenverlauf. Er erschien ihm bis zur letzten Abbiegung, einer Stichstraße, identisch mit dem Weg zu Carla Frosch. Er geriet in Verwirrung, sollte ihn diese Nachbarschaft zwischen Carla und Simonetta erheitern oder beängstigen, in Schwingung versetzen oder lähmen?

Als Simonetta, nach einer halben Stunde Fahrt, endlich langsamer fuhr, ausrollte und schließlich vor einem rosafarbenen, dreistöckigen Wohnhaus mit zwei Eingängen und einem schlicht angelegten Vorgarten parkte, stoppte auch er, dreißig Meter entfernt vom Reiseziel, und sah wild schlagenden Herzens zu, wie sie zügig, schwungvoll, heiter geradezu, als erwartete jemand ihre Heimkehr, aus dem Auto stieg, die Fahrertür zuwarf und den Haustürschlüssel aus der Handtasche hervorkramte. Aha, sie klingelt nicht, es kann also nicht sein, dass sich jemand in der Wohnung befindet, jemand, der ihr die Haustür würde öffnen können. Er sah zu, wie sie aufschloss und hineinging. Er sah, wie die Tür von sich aus langsam ins Schloss glitt. Simonetta war verschwunden.

Sigmund lehnte sich auf dem Fahrersitz zurück, die Hände hinter dem Kopf verschränkt. Sollte er jetzt unter irgendeinem Vorwand klingeln und sich zu erkennen geben? Er hatte vor Aufregung vergessen, den Motor abzustellen, und holte es nach. Er stieg aus.

Ein Schlag war zu hören. Im Erdgeschoss, gleich neben der Haustür, rechts davon, wurde ein Fenster gekippt. Es war ihm, als hätte er einen purpurroten Ärmel gesehen. Das Kippen hätte doch auch der, der sie zu Hause erwartet, übernehmen können. Aber es hatte keiner getan. Simonetta musste es selbst machen. Sie war allein in der Wohnung. Vielleicht lebte sie sogar allein. Aber zwei Fenster zur Vorderseite hinaus, das ließ auf eine Quadratmeterzahl der Wohnung schließen, die Platz böte für mindestens zwei Erwachsene.

Sigmund Seiler stieg langsam, sehr langsam aus seinem Lupo, humpelte eher, als dass er ging, über den Bürgersteig, schaute nach links, schaute nach rechts, am Ende der Stichstraße erkannte er einen Fußballplatz, daneben einen Spielplatz. Er öffnete das niedrige Vorgartentörchen und näherte sich, ängstliche Blicke in beide Richtungen der Stichstraße werfend, so leise, wie es ging, über quadratische Steinplatten dem Klingelschild neben der Haustür. Gut, dass er Tennisschuhe trug und keine Schuhe mit Ledersohle. In Zukunft würde er, wenn Simonetta durch das Fenster schaute und ihm zur Begrüßung zuwinkte, über das Törchen springen. Seine Bandscheiben würden nicht mehr vorfallen, sein fünfter Lendenwirbel nicht mehr gleiten, sein Harndrang wäre wieder unter Kontrolle. Unten rechts, Erdgeschoss, das müsste ihr Name sein. Aus der Wohnung tönte heitere Popmusik.

Sigmund wusste jetzt ihre Adresse und ihren Nachnamen. Es war kein Doppelname, er war erleichtert, er klang nicht italienisch, nicht französisch, nicht russisch, sondern sehr deutsch: »Becker«, schlicht »Becker«. Aber wie sie sich bewegte, so bewegten sich Florentinerinnen. Simonetta Becker, das klang nicht besonders. Hoffentlich hieß sie nicht Barbara, auch wenn es ein Stabreim ist. Simonetta Seiler, das ist ein Wohlklang, nicht nur der Vokale wegen, auch der Rhythmus passt.

Zurück zum Lupo. Er hatte erst einmal genug gesehen, setzte sich ins Auto, er wollte weg. Beim Autoscooter hätte sich der Wagen mehrfach um die eigene Achse gedreht, derart hektisch betätigte er das Steuerrad. Dabei war ihm gar nicht nach Fliehen zumute. In einem Spielfilm würden gleich die Reifen quietschen. Er legte zur Beruhigung Cecilia Bartoli in den CD-Player und fuhr los. Er wusste noch nicht, wohin. Für den Sprecherstammtisch war es noch zu früh. Doch konnte er dort heute sowieso nicht hingehen. Hannes Zimba und die anderen von Voice würden ihn zur Rede stellen. Wo er denn geblieben sei, Sigrid Raschke habe auf ihn gewartet, er habe doch einen Termin gehabt, »etwas Französisches«.

Einem Verhör wollte sich Sigmund Seiler heute nicht stellen. Er hatte sein Handy zu Hause vergessen, also fuhr er dorthin zurück. Er hatte zwar keinen Hunger, aber er könnte mit Susi beim Abendessen das Gespräch über Woyzeck fortführen, sie schrieb schließlich am folgenden Tag eine Klausur. Er war aufgewühlt, er wusste jetzt, wie Simonetta hieß, wo sie wohnte, den Weg dorthin fände er in Zukunft blind. Einen Navigator, wie ihn Susi seit Jahren forderte, bräuchte er sich weiterhin nicht einbauen lassen. Stimmen aus dem Navigator kann er nicht ertragen. Stimmen, überall Stimmen.

Aber hier, am Rand der Stadt, war es still gewesen. Hier gab es noch nicht einmal Tauben. Hunde bellten hier leiser. Im Himmel hatten Schwalben fröhlich gezwitschert. Ein Gedanke freilich überschlug sich in seinem Kopf: Simonetta wohnt nur eine Querstraße von Carla entfernt. Sie leben in ein und demselben Viertel.

Sigmund Seiler sah sich zusammen mit Carla *und* Simonetta auf der gelben Liebescouch sitzen, Pistazien knacken, Rotwein trinken, er in der Mitte, auf seinem Schoß Elvis, eher eingequetscht als eingerahmt, die Fernbedienung in seiner Hand. Doch dann stieg Luigis Gesicht in Sigmunds innerem Kino auf. Er nahm sich vor, sich in Zukunft bei Simonetta für seine Visionen zu entschuldigen. Es brauche Zeit, bis sich die Dämonen der Vergangenheit in Luft auflösten.

Endlich war er zu Hause. Die Stufen im Treppenhaus holten ihn zurück in die Realität. An einem Tag wie diesem verfluchte Sigmund Seiler seine Wohnung. Sollte er jemals wieder in ein Dachgeschoss ziehen, dann nur mit Aufzug und einer automatischen Giftsprühanlage auf dem Dach gegen Tauben. Bei Rosetraut brannte kein

Licht. Sie war am Morgen in die Türkei geflogen. Drei Wochen Vier-Sterne-Hotel, »all inclusive«.

Auf der Küchenanrichte fand er eine Nachricht von Susi vor. Sie sei zum Abendessen bei Rosa, er müsse nicht auf sie warten, sie sei gegen zehn zurück. Seilers Mobiltelefon war an die Steckdose angeschlossen. In der Zeit seiner Abwesenheit wurde es vollständig aufgeladen. Mehrere Nachrichten von Sigrid Raschke waren eingegangen. Er drückte sie allesamt weg. Er konnte sie sich denken. Er legte sich Ausreden für den versäumten Termin am Nachmittag zurecht und blieb bei seiner Entscheidung. Zum Sprecherstammtisch würde er heute nicht gehen. Hannes Zimba wäre von Sigrid Raschke über sein Fehlverhalten längst informiert worden. Eine Verwarnung war sicher schon in seinem Postfach. Zimba wollte er heute nicht mehr sehen. Raschke erst recht nicht.

Statt wieder loszufahren, machte sich Sigmund Seiler ein Salamibrot. Er zog eine Flasche Barolo, ein Geschenk von Zimba zu seinem Geburtstag, aus dem Regal, nahm sich zur Feier des Tages ein Weinglas mit extra dickem Bauch und setzte sich an seinen aufnahmebereit brummenden Computer. Unter dem Eindruck der jüngsten Erlebnisse tat er endlich das, was er sich schon lange vorgenommen hatte: endgültig mit Anastasia Fuckmenow Schluss machen. Heute war der Tag gekommen. Auch wenn Simonetta nicht so schnell von seinem zurückliegenden Verhältnis mit Anastasia erfahren sollte, allein der Entschluss zu einem Geständnis löste in ihm ein Gefühl der Befreiung aus. Die Aussicht, ihr in den nächsten Wochen, wenn sie über ein gegenseitiges »Hallo« hinausgekommen wären, von seiner Entscheidung berichten zu dürfen, euphorisierte ihn. Mit vorgestrecktem Arm, zurückgelehnt in seinem Schreibtischstuhl, klickte er seine Favoritenliste an. Zum letzten Mal würde er sich seine Russin im Internet angucken. Seiler entschied sich, der angebrochenen Jahreszeit entsprechend, für die Kategorie »Beach«. Und da lag sie auch schon im Sand, in einem schwarzen Bikini, die Tube mit Sonnenmilch symbolbewusst in den Sand gestellt, ihre Haare am Hinterkopf verschnörkelt, vom Ufer her der Klang sanft heranrollender Wellen.

Als ahnte, ja spürte Anastasia den Blick eines hinter ihr Liegenden zwischen den Beinen, drehte sie sich zu ihm um, einem Fettleibigen mit gestreifter Badehose. Ihre Bauchlage behielt sie bei. Es war Sigmund, als lächelte sie nicht nur dem Spanner hinter ihr zu, er bildete sich ein, dass sie ihm, Sigmund, zuzwinkerte, es war ihm, als wünschte sie ihm für die Zukunft alles Gute.

Jetzt spreizte sie ihre Beine noch ein Stück weiter, hob ihren Po um einige Zentimeter an, er sollte bei seinem letzten Besuch die Aussicht vollends genießen. Sodann geriet die Szene ins Wackeln. Die liegende Anastasia wurde vom Kameramann herangezoomt. Den linken Unterschenkel hob sie an, hielt ihn eine Weile senkrecht in die Höhe und ließ ihren Fuß in der Luft, als wollte sie mit ihm winken, einige Sekunden lang kreisen. Sie schob einen Arm unter ihren gebräunten Leib und dann endlich das Bikinihöschen im Schritt ein wenig zur Seite. »Viewers 5.875, Did you like it? Yes: 5.865, No: 10«.

Sigmund Seiler starrte auf seinen vorgestreckten Zeigefinger, zögerte kurz, nahm einen kräftigen Schluck und stach zu. Mit einem Mausklick war alles vorbei. Auf immer und ewig war Anastasia aus seinem Leben verbannt. »Wir passten nicht wirklich zusammen.« Betonung auf »nicht«. Er korrigiere sich: »Wir passten wirklich nicht zusammen.« Betonung auf »wirklich«. Das gab dem Resümee einen endgültigen Klang. Keine Panikattacken würde es fortan mehr geben, wie früher, wenn er vergessen hatte, den Browserverlauf zu löschen. Endlich war er es, der mit einer Frau Schluss gemacht hatte. Niemand mehr würde ihm im Weg stehen oder liegen. Auf den Badetüchern der Zukunft läge nur eine: Simonetta. Und daneben er, Sigmund. Sigmund und Simonetta. Märchen heißen so. Oder Theaterstücke.

Sigmund Seiler war bester Stimmung. Jetzt verzieh er den Tauben ihr geiles Kru-Kru. Er ging seine Mails durch. Wo er schon einmal dran war, wollte er einen weiteren Schlussstrich ziehen. Er goss sich ein neues Glas Wein ein.

Seit geraumer Zeit ging er einer lukrativen Nebenbeschäftigung nach. Wie jeden Tag in den vergangenen

Wochen hatte er auch heute eine Nachricht von »Schmetterling« erhalten, um 13.12 Uhr. Betreff: Verabschiedung von KGB1JEL2. »Ich habe den Eindruck gewonnen, dass wir nicht wirklich zusammenpassen.« Im Anhang eine Routineerläuterung der Agentur.

> »KGB1JEL2 hat sich von Ihnen verabschiedet. Sie können den Nachrichtenverlauf mit KGB1JEL2 noch lesen, wenn Sie aus der Abschiedsnachricht auf den Reiter Postfach klicken. Diese Nachricht bleibt 30 Tage in Ihrem Posteingang. Wenn Sie den Verlauf sofort löschen möchten, klicken sie auf Nachrichtenverlauf löschen.«

Ohne mit der Wimper zu zucken, klickte Sigmund auf »Nachrichtenverlauf löschen«. »Nachrichtenverlauf?« Wenn »Schmetterling« gewusst hätte, wie sich der Briefwechsel mit KGB1JEL2 in den vergangenen Wochen entwickelt hatte, spräche die Agentur nicht von »Nachrichten«, es waren Exkurse. Exkurse in die Welt der Literatur, des Films und der Oper. Alles war gut gegangen, zumal er es geschafft hatte, KGB1JEL2 in ein Gespräch über Büchners *Lenz* zu verwickeln. Schon in der Phase des Matching hatten sie, wie die Hauspsychologen von »Schmetterling« hinter den Kulissen errechnet hatten, in den Kategorien Instinkt, Gefühl, Verstand, seelische Energie, Selbstkontrolle, Strebungen und Tendenzen, Häuslichkeit, Konventionalität, Kontaktbereitschaft, Durchsetzungswille, Pragmatismus, Introversion und Extraversion von hundert möglichen Punkten immerhin achtundsiebzig erreicht. Ein Höchstwert. Der Mittelwert liegt bei sechsundsechzig. Sigmund Seilers Bemühungen hatten Niveau.

Schon wenige Tage nach Beginn des Briefwechsels und der Freischaltung des Porträtfotos in seinem Profil stand fest: Sigmund und KGB1JEL2 würden miteinander telefonieren und sich, ein verheißungsvolles Gespräch vorausgesetzt, leibhaftig treffen. Bis zum persönlichen Treffen ging auch alles gut. Es war nur eine Frage der Zeit, ehe er bei ihr und sie bei ihm, um in der Terminologie der von Sigmund Seiler selbst gesprochenen Werbung für »Schmetterling« zu bleiben, »einen Landeplatz« fände. Das Rendezvous am Samstag vor dem Erhalt der Verabschiedung muss auf peinliche und peinigende Weise schiefgegangen sein. Die genauen Umstände entzogen sich Seilers Kenntnissen. Wie es zu der Tragödie kam?

Nun, das Ganze ging auf Vermittlung von Hannes Zimba zurück, von wem sonst. Er hatte Sigmund Seiler beim Sprecherstammtisch zur Seite genommen und ihm von einem Golffreund, einem Notar, dessen Frau ihn verlassen hatte, berichtet. Aufgrund von hoher Arbeitsbelastung und daraus resultierenden mangelnden Kontaktmöglichkeiten sei der Notar Kunde von »Schmetterling« geworden. Er lege großen Wert auf das Äußere. Schmetterlinge, die ohne Porträtfoto ihr Persönlichkeitsprofil formten, kämen für ihn von vornherein nicht infrage.

KGB1JEL2 war eine Ausnahme. Sie hatte ihr Porträtfoto von Beginn ihrer Partnersuche an von den Schmetterling-Administratoren freischalten lassen. Der Notar verliebte sich in das Gesicht wie weiland Christian in das von Roxane und war sehr angetan von ihrer Kurzbiografie, obwohl er das letzte Wort in der Aufzählung gern weiter vorn gesehen hätte: Dolmetscherin, promoviert, 46, geschieden, kinderlos, schlank, 1,78, Hobbys: Lesen, Oper, Theater, Kuscheln.

Es stellte sich schnell heraus, dass der Notar, 52, getrennt, kinderlos, sehr gut aussehend, sportliche Figur, Hobbys: Golf, Reisen, »Tatort«, Literatur und Oper, im Briefwechsel mit der Dolmetscherin in kultureller Hinsicht nicht mithalten konnte.

Mir bangt, sie sei kokett und flatterhaft
Mit ihr zu reden mangelt's mir an Geist
Die Sprache, die man heute schreibt und spricht
die lern ich blöder Bursch im Leben nicht.

O-Ton Christian. Literatur, Kunst und Musik hatte der Notar nur in sein Profil hineingeschrieben, weil Frauen so etwas immer gut finden. Wer ist schon gern ein Christian? Sigmund Seiler sprang für den Notar in die Presche wie weiland Cyrano für Christian. Für ein gutes Honorar übernahm Seiler erst den schriftlichen und später dann auch, in drei oder vier längeren Telefonaten, den mündlichen Teil der Kommunikation. Sein Golffreund habe im Gegensatz zu ihm, Seiler, so Zimba, keine erotische Stimme. Unvereinbar mit seinem guten Aussehen sei der Golffreund mit einer geradezu lachhaft hohen Stimme geschlagen.

Sigmund Seiler übernahm den Auftrag nicht nur wegen des Honorars. Er gab ihm die Möglichkeit, eine Rolle zu übernehmen, die der eines Cyrano de Bergerac in nichts nachstand. Der Säulenheilige aller Sprecher stand ihm nicht nur bei, Sigmund Seiler selbst war jetzt sein eigener Säulenheiliger geworden. So lange die Dolmetscherin und er sich nur schrieben, miteinander telefonierten und sich nicht sahen, ging alles gut. Sie verfiel der Stimme des falschen Notars und seinen Kenntnissen der Literaturgeschichte. Sie wunderte sich über das intellektuelle Niveau eines Mannes, dessen Leidenschaft von Berufs wegen vor allem beim Verfassen von Verträgen liegen musste und vom Hobby her: Golfen. Das war jetzt die Konstellation: Die Dolmetscherin war Roxane, der Berufssprecher Seiler war Cyrano, und der Notar war der Kadett Christian von Neuvillette.

Nach dem Abflug von Schmetterling KGB1JEL2 durfte Seiler davon ausgehen, dass das Treffen der Dolmetscherin und des Notars in einem Lokal mit französischer Küche und zwei Sternen auf katastrophale Weise gescheitert sein musste. »Ich habe den Eindruck gewonnen, dass wir nicht wirklich zusammenpassen.« »Nicht wirklich.« Diese Häme! Dieser Zynismus! Schluss gemacht in einem einzigen Satz! Und das nach einem Aufwand, den es bei »Schmetterling« auch nicht alle Tage gibt. Sigmund Seiler hatte den Notar bei der Vorbereitung auf das Rendezvous noch gewarnt, ja kein Gespräch über Georg Büchner oder sonstige Themen aus dem Bereich der Kultur anzuschlagen. Er hatte es wohl trotzdem getan. Der Notar mit der hohen Stimme musste sich übernommen haben, er war als Hochstapler entlarvt und mit einem Mausklick von einer Frau mit klaren Vorstellungen nach Hause geschickt worden. Gelöscht, vernichtet, eliminiert.

Was für den Notar eine Lebensniederlage, war für seinen Ghostwriter und Stimmengeber ein Triumph. Insgeheim fühlte sich Sigmund Seiler durch den Abflug von KGB1JEL2 von ihm, dem falschen Notar, auf ironische Weise bestätigt. Es reichte eben nicht, wie der echte Notar die besten Golfplätze, jede Menge Fünf-Sterne-Hotels und Sternerestaurants zu kennen, aber den *Lenz* nicht gelesen, nicht die *Geschichten aus Tausendundeiner Nacht,* keinen Botticelli und keinen Gerard Depardieu in seiner Paraderolle je gesehen zu haben. Der Notar tat Sigmund Seiler trotzdem leid. An einem Tag wie diesem wollte er die Nachricht vom weggeflatterten Schmetterling nicht an den Notar weiterleiten. Das hatte auch noch bis morgen Zeit. Heute sollte niemand eine Niederlage verkraften müssen. Anastasia war zwar gerade eine Niederlage beigebracht worden, doch darunter leiden dürfte sie nicht. Sigmund Seilers Abschied von Anastasia mit einem finalen Mausklick war für die Betroffene schmerzlos geblieben. Sie wird von seinem Abschied nichts mitbekommen haben. Eine Stimme mehr oder weniger würde ihrer enormen Einschaltquote nichts anhaben. Dennoch war es ihm eine Genugtuung gewesen, mit demselben Satz, den die Dolmetscherin an seine Adresse geschrieben hatte, Anastasia bedeutet zu haben: »Ich habe den Eindruck gewonnen, dass wir nicht wirklich zusammenpassen!«

Doch ein Abschied für immer, meine lieben Zuhörerinnen und Zuhörer, ist dies mitnichten. Wenn Sie – und die Klinikleitung – mir geneigt sind, werden Sie am kommenden Freitag Zeuge, wie unser Sprecher seiner Angebeteten näherkommt. Sigmund wird wieder, wie schon am Anfang unserer Geschichte, sehr dicht bei ihr stehen. Morgen Abend findet drüben vor dem Bücherregal eine Informationsveranstaltung statt. Frau Rodenkirchen wird sie in die Geheimnisse unserer Leihbücherei einführen. Gute Nacht.

9

Freitag, 13. August Länge: 43.52

Verehrte Damen und Herren, eine traurige Mitteilung. Professor Herrliberg hat mich aus dem Unterhaltungsprogramm genommen. Er könne nicht mehr garantieren, dass die Ereignisse, von denen ich erzähle, Ihrer Rehabilitation förderlich sind. Vor allem ältere Patienten litten zunehmend unter Schlafstörungen. Er sei auch schon außerhalb der Klinik kritisch darauf angesprochen worden, was hier Freitag für Freitag geschehe. Ja, es ist ein Fehler gewesen, das Lokalradio zuzulassen. Der Zentralverband deutscher Rehabilitationskliniken hat schon Kunde vom Treiben im »Siegerland« erhalten. Das »Heil- und Lesewochenende spezial« war keine glückliche Entscheidung. Es hat sensationslüsterne Menschen von außerhalb angezogen. Ihre Eindrücke wurden über die Grenzen des »Siegerlands« hinaus in die freie Welt getragen und haben dem guten Ruf der Klinik Schaden zugefügt. Und auch die Medien, über das Lokalradio hinaus, sind schon ins »Siegerland« unterwegs. Vor meiner letzten Lesung möchte ich Ihnen noch sagen, dass ich Frau Rodenkirchen zu großem Dank verpflichtet bin.

Sie war es, die meine Lesereihe initiiert hat. Sie hat dafür gesorgt, dass ich meine Geschichte heute trotz allem zu Ende bringen darf. Also ….

… Sigmund Seiler blieb an jenem sonnigen Tag nach den Dramen des Abschiednehmens am Computer sitzen. Sein Interesse galt jetzt nur noch Simonetta. Von zügiger Weinbegleitung beseelt, begann er zu googeln. Auf den Zufall, dass die von ihm so getaufte Simonetta tatsächlich so hieß, wollte er nicht bauen. Er kannte nur ihren Nachnamen: Becker. Ihr Vorname stand nicht auf dem Klingelschild. Unter ihrer Adresse, Stichstraße 1, war bei Telekom keine Becker gemeldet. Sie konnte, schloss Sigmund Seiler, noch nicht lange da wohnen. Oder sie ließ einen Eintrag im Telefonbuch nicht zu.

Beckers gab es viele in der Stadt, Seiler schaute sich alle an, viele weibliche Beckers darunter, sogar promovierte. Beckers mit allen möglichen Berufen, keine Journalistin oder Redakteurin dabei, keine Berufsbezeichnung, die passen könnte zu jemandem, der bei *Chiffre* arbeitet. Fotos von Becker-Frauen fand er reichlich im Internet. Alle möglichen Becker-Gesichter waren vertreten, nur nicht das von Simonetta.

Inzwischen war es fast zehn Uhr, Susi immer noch nicht zu Hause. Die Flasche Rotwein war leer, er öffnete eine zweite, schluckte seine dritte Voltaren für heute. Wie immer, wenn er mehr als eine Flasche trank, nahm er, um seinen Kater am darauffolgenden Morgen in Grenzen zu halten, noch zwei Aspirin und schrieb seiner Tochter eine Botschaft. »Susi, ich bin zum Stammtisch beim Franz, warte nicht auf mich, bis morgen früh, mein Schätzchen, Kussi. Papi! Denk daran, Rosetraut ist in der Türkei.« Die Sonne, oben rechts auf die Rückseite einer fotokopierten Einladung zum Grillen in Zimbas Golfclub hingekritzelt, fiel größer als sonst aus. Ihre Strahlen reichten hinunter bis zu seiner handgeschriebenen Nachricht und darüber hinaus. Ein Strahlen, wie er lange keines mehr gezeichnet hat. Augen, Nase und Mund im Gesicht der Sonne sahen fröhlicher aus als sonst. An die Stelle eines Punktes im Ausrufezeichen nach »Papi« setzte er ein kleines Herz.

Beim Franz. Seiler hatte in der Vergangenheit seiner Tochter zwar einiges verschwiegen, doch angelogen hatte er sie nie. Heute musste es sein, heute konnte er ihr nicht die Wahrheit sagen, dass er hinmüsse zu ihr, hin zu Simonetta am südlichen Stadtrand, er musste sie heute noch sehen. Kein Sprecherstammtisch heute.

Nein, er würde nicht klingeln, das ging zu weit, aber um ihren blaugrünen Opel vor der Haustüre herumschleichen, sich ein bisschen an den Sandkasten auf dem Spielplatz neben dem Fußballplatz setzen, einmal von der Rutsche rutschen, an ihren Fenstern vorbeigehen, das war für heute sein Etappenziel.

Vielleicht könnte er vom gegenüberliegenden Bürgersteig aus sehen, wie sie durch die Wohnung ging, mit Hausarbeiten beschäftigt, ihr Haar bürstete, die Pflanzen auf dem Fensterbrett goss. Vielleicht könnte er hören, welche Musik sie in der Nacht hörte, wie sie mit jemandem sprach, und sei es nur am Telefon.

Doch was, wenn das Fenster verschlossen wäre und er nichts hören könnte? Was, wenn die Vorhänge zugezogen wären? Was, wenn sie keine Pflanzen hätte? Er würde wohl gleich wieder nach Hause zurückfahren, das nahm er sich vor, morgen wäre auch noch ein Tag, und übermorgen und kommenden Dienstag, Dienstag ist ihr Tag bei *Chiffre*.

Er schlüpfte in seine Turnschuhe, stieg in eine schwarze Hose aus Leinen und zog seinen dunkelgrauen, dünnen Kaschmirpullover an, schwarz und grau, Farben, die ihn vor einem Entdecktwerden beim Stromern durch die Nacht schützen würden. Er wollte mit Johnny Cash losfahren, Susi hatte sich »Solitary man« ausgeliehen, er ging in ihr Zimmer, fand die CD im Handumdrehen. Im Flur stockte er. Das Korsett! Er hielt einen Moment inne. Doch ließ er es im Schrank liegen, obwohl es spät war, und je später der Tag, umso stärker wurden erfahrungsgemäß trotz der Medikamente seine Schmerzen, und umso sicherer fühlte er sich mit dem Korsett. Manchmal zog er, um an der Theke bei Franz keine schlechte Figur zu machen, das Korsett an, häufig im Winter. Selten im Sommer. Unter einem dicken Pullover konnte man die

Abdrücke nicht erkennen. Unter einem Polohemd schon. Auch unter einem dünnen Kaschmirpullover.

Er ging aufs Klo, vorsorglich. Dann ins Badezimmer. Er griff zur Schachtel mit dem Opiat. Eine Kapsel auf alle Fälle steckte er ins Portemonnaie. Das Handy kam in die rechte Hosentasche. Den Gedanken, seine Taschenlampe mitzunehmen, verwarf er. Noch kannte er das Gelände rund um Simonettas Wohnhaus nicht so gut. Ein wildes Herumblinken würde ihn verraten. Leise schlich er, damit die anderen Hausbewohner nichts mitbekamen, durchs Treppenhaus, indes sein Lupo schöpfte Verdacht. Er sprang beim Start nicht sofort an. Sigmund Seiler überfuhr die sich ihm in den Weg stellenden Ampeln bei Rot. Das hatte Tradition, das tat er schon, als ihn seine nächtlichen Liebesfahrten zu Carla Frosch führten. Carla – vielleicht auf dem Rückweg würde er schauen, ob sie noch wohnt, wo sie wohnte. Johnny Cash sang immer lauter, Sigmund Seiler fuhr immer schneller, ein Schreck fuhr durch sein Hirn: Simonetta könnte schon im Bett liegen und schlafen, die Wohnung läge im völligen Dunkel.

Doch als er in die Stichstraße einbog, sah er schon von Weitem – es brannte Licht. Kein Vorhang war zugezogen. Das Fenster war noch gekippt. Keine Topfpflanze versperrte die Sicht. Er rollte die letzten fünfzig Meter langsam heran. Nur nicht in Sichtweite der Erdgeschossfenster einparken. Besser da stehen bleiben, wo er schon am Nachmittag gestanden hatte. Parkplatzprobleme gibt es hier nicht. Er stellte Johnny Cash leiser, kein Ton sollte ihn beim Heranfahren verraten: Er brachte seinen schwarzen Lupo zum Stehen, den Sicherheitsgurt ließ er beim Abschnallen nicht zurückschnappen, die Autotür schlug er nicht zu, er lehnte sie nur an. Er gab sich einen Ruck, streckte sich durch, ging auf Simonettas hell erleuchtetes Fenster zu, blieb unterwegs stehen, zögerte, ging weiter und weiter, schaute auf seine Schuhe, es waren die falschen, die Sohlen aus Gummi könnten bei unkontrollierten Bewegungen spitze Schreie von sich geben. Die Vögel waren verstummt, keine Chance, das Quietschen der Sohlen mit dem Laut eines Vogels zu verwechseln.

Sigmund Seiler schöpfte Mut. Er nahm Anlauf. Er ging vor bis zum Fußballplatz, die Lampen an den Flutlichtmasten glommen noch, es war wohl Training gewesen; er setzte sich in den Sandkasten auf dem Spielplatz und schaute aus der Mitte zu den leeren Bänken hinüber, er kletterte die Stufen der Rutsche hoch, ihm wurde oben schwindlig, er rutschte nicht, er stotterte sich hinunter, die Hände fest an den Rohren links und rechts der Bahn. Unten angelangt, kam er aus der Hocke nur mit Mühe wieder hoch in den Stand.

Seiler verließ den Spielplatz. Er ging nicht auf derselben Seite zurück, er wechselte auf den Bürgersteig gegenüber, er pirschte sich heran. Auf Höhe von Simonettas Hauseingang blieb er stehen, schaute sich um, dann direkt in das erleuchtete Fenster hinein. Er stellte sich auf die Zehenspitzen. Kein Kopf, kein Profil, kein Schatten. Sie stand nicht, sie ging nicht herum, er sah nur die Deckenlampe, eine schlichte Kugel aus milchigem Glas, er sah das obere Ende eines Kleiderschranks. Hinter dem zweiten Fenster war es dunkel.

Wäre doch Uwe mit ihm gekommen, mit seinem großen Fernglas, sie könnten aus größerer Entfernung ins Fenster peilen. Für einen Moment erschien ihm Ulrike Gummersbach im Fenster, wie sie ihr langes Haar hinter die Schultern warf und auf den Moment wartete, ihm ihre Brüste zu zeigen. Warum zeigte sich Simonetta nicht, der Vorhang war doch noch nicht zugezogen? In diesem Moment ging das Licht aus.

Das Zimmer, in das er von der gegenüberliegenden Seite einen freien Blick werfen konnte, war Simonettas Schlafzimmer, das stand für Seiler jetzt fest, bestimmt zöge sie gleich, im Schein einer Stehlampe, ihren purpurroten Sommerpulli aus, ihre eingerissene Levis, ihr rotes Höschen. Bestimmt steckte sie gleich ihr Haar hoch für die Nacht. Schläft sie nackt, trägt sie ein Nachthemd oder ein ausgedientes T-Shirt in XL aus dem Bestand eines früheren Liebhabers?

Vor und hinter ihrem Opel und seinem Lupo standen nur drei weitere Autos in der Straße, keines sah aus, als könnte es das eines erfolgreichen Liebhabers sein, keines war ihrer würdig, auch sein eigenes nicht. Sigmund Seiler ist nicht Hannes Zimba. Der führe, leidenschaftlicher Weintrinker, der er ist, wenn er überhaupt mit dem Auto zu einem Rendezvous käme, dann nur in einem Modell der S-Klasse vor. Ein Mercedes oder ein Prachtopel war in der Stichstraße nicht zu sichten.

Jetzt überfiel Sigmund Seiler, von einer Sekunde auf die andere, wie das bei Bandscheibengeplagten so üblich ist, ein Ziehen in seiner Blase. Wo stand der Lupo? Zu weit entfernt. Es war zu spät, sich hinter ihn zu begeben. Er hätte vielleicht doch die Herrenwindel anlegen sollen. Kein Mensch war auf der Straße zu sehen, also drehte er sich um und pinkelte nahezu lautlos in den Vorgarten vis-à-vis von Simonettas Haus. Das Gras stand einigermaßen hoch.

In solchen Sekunden der Not ist manchmal eine leere Wasserflasche ganz praktisch. Aber die Wasserflasche in seinem Lupo war noch halb voll, er hätte das Wasser ausschütten müssen, um sie mit seinem Urin zu füllen. Doch das hätte er heute zeitlich nicht geschafft, im Gegensatz zu neulich, als er, in einem Parkhaus zum Stillstand gekommen, von seinem Übel befallen wurde und, noch auf dem Fahrersitz, eine leere Flasche vor sich hielt und sie mit einem scharfen, dünnen Strahl füllte. Keiner hat ihn erwischt.

Dem Tosen in seinem Kopf, der Trockenheit in seiner Kehle, dem Schlagen in seiner Brust, dem Stechen in seiner Hüfte, dem Ziehen in seinem Oberschenkel, dem Kribbeln in den Füßen und der Gefahr eines neuerlichen Harndrangs zum Trotz wagte er alles – er konnte nicht anders, er musste dahin, ganz dicht heran an das gekippte Fenster. Er öffnete das Vorgartentörchen, es gab einen kurzen Klagelaut von sich; er schaute hoch zu den Fenstern im oberen Stock, er drehte sich um, nichts Verdächtiges rührte sich. Er stand nun auf der Stufe vor der Haustür und dehnte seinen Oberkörper weiter nach rechts, so weit dem Fenster entgegen, wie es einem Gebrechlichen nur möglich war.

Weder ein Rollo noch eine Gardine, auch kein Vorhang hinderte ihn daran, einen Blick in das geheimnisvolle Innere zu werfen. Trotzdem schaffte er es nicht. Selbst wenn er sich direkt unter dem Fenster auf seine Zehenspitzen stellte. Ein Hannes Zimba, ja, der könnte, ohne sich am Fenstersims hochziehen zu müssen, hineinschauen und alles hören und sehen. Er würde, wie an der Theke beim Franz, hinter ihm stehen können und berichten, was er da in dem Zimmer sah. Doch er wollte keinen Berichterstatter. Er brauchte keinen Komplizen. Er konnte heute Hannes Zimba wirklich nicht gebrauchen.

So sehr sich Seiler auch bemühte, definierbare Geräusche waren nicht zu vernehmen. Keine Stimmen. Kein verdächtiges Geräusch. Keine Musik. Kein Laut. Simonetta musste also schon schlafen. Seiler schloss die Augen, er stellte sich Simonetta halb auf der Seite, halb auf dem Bauch liegend vor. Sie atmet ruhig, der Mund ist leicht geöffnet, er liegt neben ihr, ihre Hand in seiner, der Duft ihres Körpers in seiner Nase, er schiebt einen Oberschenkel zwischen ihre Beine.

Wie konnte es sein, dass sie von seinen Träumen nichts ahnte. Sigmund Seiler fand das absurd. Nichts von dem, was er da vor ihrem Fenster veranstaltete, bekam sie mit. Sein Herz schlug hoch bis zum Hals. Seine Beine zitterten. Seine Lippen waren trocken, seine Zunge belegt; pelzig und dick lag sie in seinem Mund. Zungenküsse wären jetzt ebenso unmöglich wie ein Zwitschern mit dem Vogelpfeiferl. Leise atmen, leise, ganz leise, die Lippen nicht aufeinanderpressen. Jetzt ja nicht pupsen, rülpsen oder husten. Ihm war, als müsste er durch die Ohren atmen, um sich nicht zu verschlucken. Nicht dass der Magen knurrt. Oder das Handy in der Hosentasche klingelt! Susi! Aber sein Handy stand auf »Vibration«.

Geräusche drangen jetzt an sein Ohr. Vom Rücken eines Möbelstücks, einem Verschieben, einem Umräumen, einem Arrangieren könnten sie herrühren. Geräusche, wie sie das Klappbett verursacht hatte, wenn seine Schwester es aus seinem Rahmen befreite und auszog. Seiler zuckte zusammen, er fror trotz der sommerlichen Temperatur. Dann ein Knacksen. Es konnte nur von einem Lattenrost herrühren, von einem Lattenrost, der in die Jahre gekommen war. Jetzt schlug jemand mit der Hand in ein Kissen oder Federbett, Seiler drängte sich noch einige wenige Zentimeter näher vor das gekippte Fenster; er musste balancieren, noch strauchelte er nicht, immer noch keine Stimmen, keine Musik, kein Fernsehton, kein Radio, kein Glockenklang, keine tickende Uhr, aber er konnte nicht mehr stehen, er bekam einen Krampf im rechten Unterschenkel, er musste das Standbein wechseln, der Ischiasnerv auf der linken Seite zog bis hinunter zu seinem Fuß.

> »Es wurde ihm entsetzlich einsam; er war allein, ganz allein. Er wollte mit sich sprechen, aber er konnte nicht, er wagte kaum zu atmen; das Biegen seines Fußes tönte wie Donner unter ihm, er musste sich niedersetzen.«

Büchners Lenz. Sigmund Seiler setzte sich auf die Stufe vor der Haustür. Kam das, was er hörte, wirklich von den Streben im Lattenrost und vom Puffen mit einer Hand ins Bettzeug?

In der Wohnung über der von Simonetta brannte immer noch kein Licht. Auch im Haus gegenüber war es dunkel und ruhig. Man geht in den Vororten spätestens nach dem Vortrag der Wetterberichterstatterin im Ersten ins Bett. Es hatte ihn keiner gehört, es hatte ihn keiner gesehen, er musste nicht fürchten, dass noch jemand das Haus verließ, vor dem er saß.

Gewiss, es könnte noch jemand aus der Innenstadt

nach Hause kommen, zurück aus dem Kino, dem Theater, aus einer Kneipe. Aber käme tatsächlich jemand noch so spät nach Hause, Seiler könnte den Heimkehrer herannahen sehen, er hatte einen freien Blick in alle Richtungen. Auch vom Fußballplatz aus war nichts zu befürchten, kein Beinstellen, kein Rempeln, die Spieler lagen längst im Bett und kurierten ihre Verletzungen aus.

Auf dem Spielplatz stieg schon seit Stunden kein Kind mehr auf die Rutsche. Im Sandkasten Ruinen von Burgen, ein vergessenes rotes Eimerchen und eine gelbe Schaufel. Seiler schloss die Augen, um besser hören zu können. Es war still in der Stichstraße, es war Dienstag, es war ein Wochentag, ein langsam fahrender Bus auf der Hauptstraße erfüllte die Stille mit der Gleichmäßigkeit eines Motors auf halber Kraft, eine Bushaltestelle in der Nähe hatte er auf der Herfahrt nicht gesehen, der Bus fuhr vorbei.

> »Es faßte ihn eine namenlose Angst in diesem Nichts, er war im Leeren, er riß sich auf und flog den Abhang hinunter.«

Sigmund Seiler riss sich zusammen. Er stand wieder auf. Er geriet mit dem Arm an das Buschwerk vor dem Fenster. Der Mond war sein Flutlicht. Einen weiteren Versuch wagen, noch einige Zentimeter näher heran an das Fenster, so nahe, dass er laut daran klopfen, noch besser ins

Zimmer hineinlauschen könnte, nein, das hielte er nicht aus und stellte es sich trotzdem vor.

Er bräuchte eine Kiste, irgendetwas, um sich daraufzustellen, doch woher eine Kiste nehmen? Angst bemächtigte sich seiner. Angst, erwischt zu werden. Die Vorstellung, ein Licht würde plötzlich hinter dem Fenster angeknipst, und er schaute direkt in das Gesicht der Fassungslosen, ihr Mund noch weiter verzogen als vor der Postannahmestelle, das »Hallo« halb im Mund stecken geblieben – ein Albtraum! Er wollte sie nicht sehen, heute noch nicht, er wollte sie heute nur hören, er wollte nur lauschen. »Gyros mit Pommes frites und Krautsalat, bitte. Ohne Zaziki!« Simonetta, sag doch etwas! Sag irgendetwas! Bestell etwas! Flüstere! Ich will deine Stimme hören! Doch da wurde einige Häuser weiter ein Licht angeknipst, ein Fenster geöffnet.

> »Endlich hörte er Stimmen; er sah Lichter, es wurde ihm leichter (...). Die Lichter schienen durch die Fenster, er sah hinein im Vorbeigehen: Kinder am Tische, alte Weiber, Mädchen, alles ruhige, stille Gesichter, es war ihm, als müsse das Licht von ihnen ausstrahlen.«

Läutete über Simonettas Schafzimmer da nicht gerade ein Telefon? Was, wenn Sigrid Raschke ihn verfolgt hätte und ihn hier einfinge: »Seiler, etwas Französisches!« Würde sie ihm auf der Stelle die Kündigung aussprechen? Was, wenn Hannes Zimba auf seinem Motorrad vorbei knatterte, würde er stehen bleiben, den Helm abnehmen und ihm die Hand schütteln, ehe er weiterfahren und ihn allein zurücklassen würde? Oder böte er ihm den Sozius an, Zimba vorn, Seiler hinten, seine Arme um den Bauch des Fahrers geschlungen. Steht da, ein paar Häuser weiter, vor der Garage nicht ein Mann? Mit einem Gewehr im Anschlag? »Machen Sie, dass Sie fortkommen, sonst rufe ich die Polizei!« Was mache ich nur, was ist mit mir geschehen! Einen Moment lang kam Sigmund Seiler zur Besinnung: »Du bist achtundfünfzig. Du hast eine minderjährige Tochter. Du trägst Verantwortung. Du hast einen Beruf.«

Aber es war nur seine innere Stimme, die brüllte. Die Bedrohung kam aus dem eigenen Kopf. Der Lärm der Welt kam aus seinem eigenen Körper. Das Schlagen seines Herzens übertönte die Geräusche der Nacht: das Rasseln der Außenrollos beim Herunterlassen, das Bellen eines Hundes in einer fernen Hütte, das Röhren eines Mopeds auf der Hauptstraße, das Anfahren der Verfolger im Fernsehgerät ein paar Häuser weiter, die Sirene des Notarztwagens auf dem Weg zu einem Infarkt. Sigmund Seiler wollte an seinen Ohren reißen, doch das durfte er nicht, er war hier, um Simonettas Stimme zu hören, er wollte sich ihre Stimme einverleiben, er wollte ihr Stimme besitzen, er wollte nicht wahrhaben, dass sie schon schlief.

Ein Steinchen ans Fenster werfen? Er verwarf den Gedanken. Die Lauerstellung drohte, ihm die Beine unter dem Rumpf wegzuziehen. Es war ihm, als stürzte er jeden Moment zu Boden. Er riss sich zusammen, wechselte in immer kürzer werdenden Abständen das Standbein, ging in die Knie, es knackte, direkt unter dem Fenster, er war jetzt ein Frosch, er hockte auf einem eisernen Rost. Von unten strömte kühle Luft zwischen seine Beine, er drückte seine Hände auf die Oberschenkel und stützte sich ab. Lange konnte er diese Stellung nicht beibehalten, er setzte sich auf den Rost, zog die Oberschenkel an seinen Oberkörper heran, den Rücken an die Hauswand gelehnt, wie ein Kicker müde vom Bolzen. Er drehte seinen Kopf zur Seite und hielt sein linkes Ohr an den rauen Putz. Er weinte.

Dann geschah es, das Schlimmste und Köstlichste, was ein rasend begehrender Mann auf der Liebespirsch draußen vor dem Fenster der Angebeteten hören kann: ein Stöhnen, Winseln und Flüstern, ein Schmatzen, Schlürfen und Saugen, das nur vom Lecken und Lutschen an den Geschlechtsteilen herrühren konnte, könnte … konnte, könnte … konnte, könnte … wenn … wenn das, was ihn marterte und erregte, tatsächlich aus dem Liebesraum hinter der Hauswand kam und nicht bloß durch seinen Kopf spukte.

Sigmund Seiler hörte alles und hörte doch nichts. Aus dem Zimmer drang ein Flehen an sein Ohr: »Komm!«

Immer wieder: »Komm!« In Stößen: »Komm!« Von »Komm!« zu »Komm!« wurde die Stimme in seinem Kopf lauter, sie hämmerte an seine Schädeldecke, ein »Komm!«, wie es selbst Carla Frosch nicht ausstoßen konnte, »Komm!«, »Komm!«, Komm!«, zwischen jedem »Komm« ein immer schneller werdendes Atmen, ein unregelmäßiges Atmen, fast ein verzweifeltes Atmen, ein glucksendes Atmen, ein Stoßseufzen, das jeden Moment in einen Schrei münden könnte, einen Lustschrei.

»Lustschrei« – Lust!, Schrei! –, die ganze Verzweiflung dieser Nacht steckte in diesen Silben. Bei vollem Bewusstsein würde Seiler die Betonung selbstverständlich auf »Lust« legen. Doch er war jetzt nicht bei Sinnen, er schloss die Augen, er sprach mit einer fremden Stimme.

Dies Gefühl, das mich
Hinreißt in Eifersucht und Leidenschaft,
Ist wahrlich Liebe, hat die Qual und Kraft
Der Liebe – und verlangt doch nichts für sich.
Mein Heil, ich gäb's für das deine gern,
Und ewig bliebe dir mein Tun verschwiegen;
Den Abglanz nur möchte ich erspähn von fern
Des Glücks, das meinem Opfer wär' entstiegen! –
Ein jeder Blick von dir läßt eine Tat,
Läßt eine neue Tugend in mir reifen!
Verstehst du nun? Beginnst du zu begreifen,
Daß durch die Nacht dir meine Seele naht?

O süße, süße Nacht! O holdes Werben!
Dies alles sag ich, und sie lauscht mir, sie!
Das ist zu viel! So hoch verstieg sich nie
Mein kühnstes Hoffen. Könnt' ich jetzt nur sterben!
Die Liebeskraft, die meinen Worten eigen,
Läßt sie dort zittern zwischen blauen Zweigen!
Ja, ja, Sie zittern wie das Laub im Wind!
Du zitterst! Und am leisen Blätterweben
Spür ich, wie deiner Hände süßes Beben
Leicht am Jasmingeranke niederrinnt.

Er küsst leidenschaftlich das Ende eines herabhängenden Zweiges. Roxane lehnt sich aus dem Fenster:

Geliebter, ja, ich zittre, bin entflammt
Und bin berauscht.

»Ja, ich komme, Simonetta, ich komme!«, wimmerte Seiler, er schluchzte, er winselte, er wiederholte sich. »Ich komme, Simonetta, lass mich zu dir kommen, lass mich hinein, in dich, hinein.« Es war der Moment, in dem der Fremde, von dem jetzt ein tiefes Schnaufen zu hören war, sein schweres Glied in ihre Scheide zu zwängen drauf und dran war. Doch sie war es, die ihn aufforderte, sie trieb ihn an mit einem »Fick mich!«. Sie sagte die beiden Worte nur ein einziges Mal. Zum »mich« hin fiel ihre Stimme steil ab. Hier war er wieder, ihr eigener Tonfall, sie sagte »Fick mich« mehr zu sich selbst als zu ihrem Liebhaber. »Und wie ich das will! Simonetta!«, antwortete Sigmund stumm, seine Lippen bebten.

»Ich ficke dich so hart, wie niemals ein Mann zuvor dich gefickt hat!«

Doch das war nicht mehr Sigmund Seiler. Das war nicht seine Sprache. Das war nicht seine eigene Stimme. Er verbarg sein Gesicht hinter beiden Händen. Er schämte sich. Simonetta war nicht Anastasia Fuckmenow. Der Lattenrost muss jeden Moment zusammenkrachen, es entstand eine gespenstische Stille. Er hatte in seinem Rausch nicht mitbekommen, ob die da drinnen hinter dem Fenster, hinter der Hauswand, zu einem Ende gekommen waren oder nur eine Pause einlegten.

Sigmund Seiler wollte nicht mehr sitzen, ein Gefühl der Dankbarkeit ergriff ihn, er kniete sich hin. »Lockerlassen, gaaanz lockerlassen!« Er erhob sich, hielt sich am Fenstersims fest, reckte seinen Kopf in die Höhe, als wollte er einatmen, was hinter dem Fenster geschah. Er hörte ein rhythmisches Klatschen. Die Szene peitschte ihn auf und erregte ihn maßlos zugleich. Simonettas Stöhnen wurde lauter, auch sie war nicht mehr sie selbst, das war nicht mehr ihre Stimme.

»Gyros mit Pommes frites und Krautsalat, bitte. Ohne Zaziki«.

Wo war diese Stimme geblieben? Wo die Süße ihres betörenden Tonfalls? Die Liebeskraft ihrer eigenen Worte?

Ihr Atem ging schneller und schneller, ihre Laute wurden spitzer und spitzer.

Und doch schien es, als wäre Simonetta um eine Kontrolle ihres mündlichen Ausdrucks bemüht, als wollte sie Lautstärke auf Dauer nicht zulassen, als schämte auch sie sich ihrer Schamlosigkeit. Vielleicht ahnte sie, dass jemand draußen war und ihr zuhörte, vielleicht hatte sie Sigmund Seilers Weinen gehört, vielleicht wollte sie ihn schonen. »Nein, lass dich gehen Simonetta, schrei deine Lust heraus!« Er vernahm ihr Bemühen, den Mann über sich, den Mann, den sie gerade erst kennengelernt haben musste, nicht zu verunsichern, nicht zu erschrecken, nicht zu verängstigen, nicht zu erdrücken mit ihrer Liebeskunst.

Die Bilder und Töne in Sigmund Seilers Kopf verselbstständigten sich. Er halluzinierte. Er sah, wie Guiliano de' Medici sich Simonetta von hinten näherte, ihre Beine eng zusammen, die Stirn auf die übereinanderliegenden Handrücken gestützt. Der eng geflochtene Zopf quer gelegt über ihr linkes, schweißnasses Schulterblatt. Auf dem anderen grinste ein schwarzes Totenköpfchen. »Komm! Leg dich zu mir!« Seiler ist es nicht, dem Simonetta ihren Befehl zuflüstert, den er dennoch wie durch ein Hörgerät in hundertfacher Verstärkung vernimmt, Worte, die er fürchtet, Worte, die er hören will. Sein Glied ist es nicht, das sie gleich mit ihren Fingern berührt, den feingliedrigsten, längsten, schönsten, die Sigmund Seiler je in seinem Leben gesehen hat. Wie ihre Fingerspitzen von seinen glühenden Wangen, den Hals entlang, an den Schultern hinunter, dann zwischen den Armen hindurch zu seiner Brust hingleiten, um seine Brustwarzen zu zwicken! Dieser sanfte, den ganzen Körper erfassende, elektrisierende, schöne Schmerz.

Oder ist es nicht doch Carla Frosch, die in den Vorgarten gekommen ist, Luigi einige Meter hinter ihr, und Sigmund mit ihren Fingern liebkost? »Und ich bin es doch, der auf ihr liegt! Nein, ich bin es nicht!« Nein, er ist es nicht, der jetzt über Simonetta kniet und seinen Schwanz in Stellung bringt. Er ist es nicht, der ihn in ihre Tiefe eintauchen lässt, sie ist es nicht, die ihn verschlingt, es ist ein anderer, es muss ein Gewaltiger sein, ein Ungeheuer, sein Feind.

Sigmund Seiler war nicht mehr von dieser Welt. Er stürzte hinab in die Hölle. Er hörte Stimmen, immer mehr, alle durcheinander, und er stimmte ein, redete mit, er war nicht mit ihr allein. UNSERE STIMMEN IN GOTTES OHR. In seinen Füßen kribbelte es. In seinen Waden ein Ziehen, in seinen Schenkeln steckte ein Schwert. Leise atmen, leise, ganz leise, die Lippen nicht aufeinanderpressen. Susi! Meine Susi! Aber ja doch, sein Handy stand immer noch auf »Vibration«. »Simonetta! Lass mich zu dir, ich schnaube nicht, ich schnarche nicht, meine Zähne stoßen in der Nacht nicht aufeinander, ich bin es, Sigmund Seiler, ich stand heute Mittag hinter dir, ich bin dein Beschützer, ich bin dein Mann, ich kaufe dir das Kleid mit den Pünktchen und Knöpfen vorn von oben bis unten, ich erzähle dir Geschichten, wie sie dir noch niemand bei der Liebe erzählt hat, ich flüstere, ich träufle sie dir in dein Ohr, Geschichten, wie einst der junge Mann aus Mosul der schönen Dame nach dem Freitagsgebet, wie einst Cyrano de Bergerac Liebesgedichte seiner Cousine Roxane zuflüsterte, wie einst Giuliano de' Medici seiner Simonetta Vespucci, wie einst der Abteilungsleiter seiner Wetterberichterstatterin mit dem glanzblonden Goldhaar, wie einst ich meiner Kollegin Carla Frosch.«

Sigmund Seiler hielt die Augen geschlossen, »oh, führe mich nicht in Versuchung«, fast hätte er sein Glied herausgeholt, doch das Messer in der Hüfte schmerzte ihn mehr als sein Geschlecht zwischen den Beinen. Simonetta fickte, jetzt, in diesem Moment, in dieser Nacht, einen anderen Mann. Sigmund Seiler hätte jetzt am liebsten bei »Becker« geklingelt. Oder seinen Vater angerufen. »Vater, schieb deine Zeige- und Mittelfinger in den Mund und vertreib die Geister mit deinem Pfiff!«

Warum nur hatte er das Messer, als es Simonetta im Casino vom Tablett gefallen war, nicht aufgehoben? Er hätte es tun und das Messer behalten, es in seinen Hosenbund schieben und unter dem Kaschmirpullover verstecken sollen. »Sie müssen mir aufmachen!« Er wollte hineinstürmen, es raste in seinem Kopf, der nicht mehr auf seinen Rumpf gehörte.

In Ermangelung edlern Wilds
Wünsch ich, dass ein Stich dir klaffe
In der Leber oder Milz.
Schau, mein Arm, der kräftig straffe,
Strebt nun, dass er dich erraffe.
Mein verhöhntes Antlitz räch ich,
Daß es keiner mehr begaffe;
Denn beim letzten Verse stech ich.

»Beifallsrufe, Händeklatschen in den Logen. Blumen und Taschentücher werden heruntergeworfen. Die Offiziere umringen Cyrano beglückwünschend.« Sigmund Seiler musste lachen, er saß wieder mit dem Rücken an die Hauswand gelehnt, angezogen die Beine, er wollte sich nicht mehr verstecken, er stöhnte, er schwitzte, er schlug sich mit den Handballen auf die Ohren, er schlug mit dem Hinterkopf an die Hauswand. »Eine Lust, die ihm wehe tat.«

Plötzlich spürte er ein Streichen an seinen Waden, ein Stupsen sodann, ein Schnurren drang in sein Ohr. »Was machst du denn hier? Elvis!« – Doch Elvis legte sich nicht hin, er stellte nur seinen Schwanz hoch und blieb für Sekunden stehen. Dann ließ er Sigmund Seiler allein zurück. »Schau, ich trage doch einen Kaschmirpullover!« Elvis hörte ihn nicht, er schlich weiter, und Sigmund Seiler rief ihm, der sich nicht umdrehte, hinterher: »Elvis, Elvis!«

In diesem Moment ein Knall. Das gekippte Fenster war jetzt kein gekipptes Fenster mehr. Es wurde zugeschlagen. Dicht gemacht. Verschlossen. Ohne Erbarmen. Es wurde still. Schluss mit dem Theater. Es rauschte in seinem Kopf. Der Vorhang hinter dem Fenster wurde mit schneller Hand zugezogen, kein Lichtschein fiel mehr in den Vorgarten, nur der helle Mond hinderte die Bühne an ihrer vollständigen Verdunkelung, die Lampen in den Häusern waren ausgeknipst, die Straßenlaternen Punkt Mitternacht verloschen. Sigmund Seiler zog sich hoch. Er wollte seinen Hosenstall öffnen, doch ein Fußgänger näherte sich dem Haus.

»Kann ich helfen?«

Seiler schüttelte den Kopf. Doch kaum war der Nachtschwärmer weitergegangen, floss es lautlos und warm an Sigmund Seilers Beinen hinunter, die Hose an den Oberschenkeln war im Nu klatschnass.

Es war nicht sein Wille, dass es aus ihm floss, es war nicht sein Entschluss, den schaurig schönen Ort auf der Stelle zu verlassen, es war Susi, die ihn wegzog, Susi, seine Tochter, die allein zu Hause war, Susi, Susi, Susi! Doch Susi war bei Rosa gewesen, es war nach Mitternacht, um zehn wollte sie zu Hause sein, sicher schlief sie schon, das Mobiltelefon zu bedienen war er außerstande. Seiler taumelte, Seiler schlingerte, Seiler kippte, jemand hatte ihm die Bandscheibe herausgezogen, den Gleitwirbel zertrümmert. Er war nicht mehr »Athlet«, er war nur noch »Täubchen«. Er lag vor der Treppenstufe, die Flügel zerbrochen, er konnte nicht aufstehen, er konnte nicht wegfliegen, er schrie nicht, er winselte, er lag auf dem Rücken, die Haustür öffnete sich. Jemand griff ihm von hinten unter die Achseln und zog ihn wie einen Ermordeten von der Tür weg. Der Täter sprach kein Wort mit ihm, er schleifte ihn über den Bürgersteig, zum Auto hin, Seilers Leinenhose bekam einen Riss, unterhalb der Pobacke, an der gleichen Stelle wie Simonettas Bluejeans. Wie konnte der Mörder wissen, dass Sigmund Seiler der schwarze Lupo gehörte? Wieso nahm er nicht Simonettas Opel? Oder sein eigenes Auto?

Hannes Zimba fährt zu seinen Rendezvous nie im eigenen Auto. Er trinkt gerne Wein. Und wenn es einen gibt, auch einen braunen Grappa. Er war mit dem Taxi zu Simonetta gekommen. Er griff in Seilers nasse Hosentasche und nahm den Autoschlüssel heraus. Er bugsierte Sigmund Seiler auf den Beifahrersitz. Hannes Zimba fuhr nun seinen Lupo. Warum nur hatte Sigmund im Casino das Messer nicht aufgehoben?

Im zweiten Gang ging es die Stichstraße hinunter zum Wendehammer. Nach dem Umdrehen schaute Sigmund kurz zu Simonettas Fenster hoch. Er sah, wie eine Hand den dunkelroten Vorhang vor dem verschlossenen Fenster zur Seite zog. So weit erst, dass nur ein Kopf zum Vorschein kam. So weit, wie Sigmund Seiler es liebt, wenn er heimlich schauen will, was da hinter dem Vorhang geschieht. Dann kam sie zum Vorschein, sie hob ihre Hand zum Gruß. Sie hatte ihr Haar wieder hochgesteckt. Sie lachte. Sie trug ein weißes T-Shirt, es war mindestens drei Nummern zu groß. UNSERE STIMMEN IN … konnte Sigmund noch erkennen, GOTTES OHR war schon ausgewaschen. Hannes Zimba erwiderte ihren Gruß. Sigmund Seiler auf dem Beifahrersitz starrte geradeaus durch die Windschutzscheibe. Sie redeten kein Wort miteinander auf dem langen Weg in die Stadt. Zimba fluchte nicht wegen der lang anhaltenden roten Ampelphasen. Sigmund deutete stumm auf die Glocken-CD. Doch Zimba schob sie nicht in den CD-Player, er lieferte Sigmund Seiler in der Notfallaufnahme des Marienkrankenhauses ab, er füllte für ihn die Aufnahmeformulare aus, verabschiedete sich, »mach's gut«, zog sein Handy hervor und bestellte ein Taxi. Flugs zurück in die Stichstraße, hin zu Simonetta ins Liebesbett. Den Lupo ließ er auf dem Besucherparkplatz stehen. Sigmund lag bewegungslos auf einem leuchtend weiß überzogenen Bett mit Rollen, ein Sanitäter fühlte seinen Puls, dann ging es langsam durch den Flur, hinein in den Patientenaufzug, warum hatte er Simonetta auf der Fahrt hoch zu Chiffre nicht angesprochen?

Mit Morphium von seinen Schmerzen erlöst, las Sigmund Seiler, ehe er wegdämmerte, die SMS, die Susi ihm um 22.17 Uhr geschickt hatte. Sie komme nicht nach Hause, sie bleibe bei Rosa. Er sprach auf ihre Mailbox.

»Ein Unfall, nichts Schlimmes, Schätzchen. Ich übernachte im Marienkrankenhaus.« Er habe sich beim Sprecherstammtisch eine Verletzung zugezogen, sie brauche sich keine Sorgen zu machen, sie müsse ihn nicht besuchen, sie möge ausschlafen, am Morgen stehe ja die Woyzeck-Klausur an. »Ich drücke die Daumen!«

Seine Schwester Rosetraut erreichte Sigmund auf dem Handy in der Türkei. Sie war voller Mitleid. Nein, sie müsse ihren Urlaub nicht abbrechen. Sein Kollege Hannes Zimba habe ihn freundlicherweise zur Untersuchung ins Krankenhaus gebracht. Dann noch eine SMS an Susi: »Im Gefrierfach gibt es für das Frühstück noch Brötchen zum Aufbacken. Komm zum Mittagessen ins Marienkrankenhaus. Es gibt hier eine tolle Kantine.«

Sigmund dachte, wie immer in schweren Stunden, an Margot, ehe er einschlief. Er wachte erst am späten Vormittag auf. Die Schwestern ließen ihn ausschlafen. Seine Rückenlage war stabil. Zum Frühstück frische Brötchen. Um zwölf die befreiende Nachricht. »Woyzeck super gelaufen, Papi! Wann kommst du nach Hause?«

Einige Tage später kam Fleurop und stellte ihm einen Blumenstrauß neben das Bett. »Gute Genesung. Wir brauchen deine Stimme!«, stand auf der Grußkarte, unterschrieben von Sigrid Raschke und mindestens einem Dutzend Kollegen. Der Einzige, der mit Füller unterschrieben hatte, war Hannes Zimba. Sigmund kennt diesen Füller. Voice steht auf der Kappe. Ein Geschenk von

Sigrid Raschke zum Dienstjubiläum. Auch er, Sigmund Seiler, wird ihn eines Tages bekommen.

Nach der Kernspintomografie befand der Chefarzt der Neurologie, dass man mit einer Operation noch warten und es mit einer konservativen Behandlung, sprich Physiotherapie und Training an Geräten, versuchen solle. Sigmund Seiler wurde in eine Rehabilitationsklinik überwiesen. Das »Siegerland« wurde Sigmund empfohlen. Susi blieb noch einige Tage bei ihrer Freundin Rosa. Rosetraut kam wieder aus der Türkei zurück. Susis Sommerferien begannen. Sie fuhr mit ihrer Mutter nach Florenz. Sigmund Seiler kam ins »Siegerland«.

Das ist das Ende der Geschichte. Sigmund Seilers Geschichte. Er wird sie Hannes Zimba zum Lesen geben. Er hat gute Verbindungen zur Hörbuchszene. Wenn er will, kann er auch den Fernsehschauspieler fragen, ob er den Text liest. So schwierige Worte wie »Haruki« kommen darin nicht vor. Vielleicht will es Hannes Zimba auch selbst machen. Und wenn dann *Der Liebesidiot* auf dem Markt ist, wird Sigmund das Hörbuch mit persönlicher Widmung an alle schicken: Bärbel Wunderlich, Uwe Bickenbach, Alfredo an der Adria, Ulrike Gummersbach, Margot Bruch, Carmen Graf, Sigrid Raschke, Carla Frosch, Anastasia Fuckmenow, falls er ihre Adresse ausfindig machen kann, Schwester Rita, Professor Herrliberg, Frau Rodenkirchen und allen voran: »Simonetta« Becker. Und er wird ins Museum gehen, sich hinknien und das Hörbuch, eingepackt in Geschenkpapier, Simonetta Vespucci vor ihr Bildnis legen. Ob er seinen Text Susi und Rosetraut zumuten soll, weiß er noch nicht.

Meine lieben »Siegerländer«, mir bleibt noch mitzuteilen, dass der örtliche Tierschutzverein morgen eine Delegation schicken wird. Ein fröhliches Schwanzwedeln wird die Räume der Siegerlandklinik mit Leben erfüllen. Viktor, Oskar, Rosalie und Sonnenschein werden vorgestellt. Sie haben weder Herrchen noch Frauchen. Sie leben im Heim. »Jeder Schmetterling findet bei uns einen Landeplatz.« Was den Kunden jener Partneragentur im Media Center versprochen wird, sollte auch diesen verlassenen Kreaturen ermöglicht werden.

Entscheiden Sie sich für eine neue Partnerschaft. Hunde sind treue Wesen. Einmal täglich mit ihnen Gassi gehen, so tun Sie auch etwas für Ihre Gesundheit, und die Tiere sind glücklich. Wer sich für Rosalie oder Sonnenschein entscheidet, sollte einigermaßen gut zu Fuß und nicht lärmempfindlich sein; sie springen gern an einem hoch und bellen. Wer Viktor oder Oskar in sein Herz schließt, kann beruhigt mit ihnen Gassi gehen, sie sind nicht mehr gut zu Fuß, sie ziehen einen beim Spaziergang nicht fort, es sind schon ältere Herren. Man kann sie an das Gestänge eines Rollators binden. Sie halten sich an die vorgegebene Geschwindigkeit.

Der schönste Mops hört auf den Namen Wilderich. Sein Porträtfoto hängt nicht mehr am Schwarzen Brett. Er ist schon vergeben. Ich habe ihn für mich reserviert. Sein Fell ist weich. Sein Gesicht ist eingedrückt. Wie nach einem Frontalzusammenstoß. Die schwarzen Ränder um seine Augen sind breit. Seine traurigen Augen sind entzündet. Die Zunge hängt ihm aus der Schnauze weiter heraus, als ihm lieb ist. Er muss sich häufig übergeben, weil er ständig seinen Schluckauf unterdrückt. Wenn er bellt, klingt es wie ein Räuspern.

Aber er bellt nicht oft. Bellen strapaziert seine Atmung. Er leidet unter einer Einengung seiner Luftröhre. Ich werde ihm Stimmunterricht geben. Wilderich hört noch gut. Allein kommt er die fünfundachtzig Stufen im Treppenhaus nicht hoch. Ich werde ihn tragen. Wenn wir morgen das »Siegerland« verlassen und uns zu Hause eingerichtet haben, gehen Wilderich und ich zusammen zur Physiotherapie. Ständiger Harndrang ist für uns kein Problem. Wir tragen Windeln. Susi weiß noch nichts von ihrem Glück. Ich werde ihr Wilderich in einem Körbchen überreichen. Für den Winter wird Susi ihm einen Pullover stricken. Einen roten.

Welcher Kurs hier am nächsten Freitag angeboten wird? Achten Sie auf den Aushang am Schwarzen Brett. Vielen Dank für Ihre Aufmerksamkeit. Gute Nacht.

Danksagung

Dank an Wolfgang Ferchl, der mich bei einer Wanderung motiviert, Nikolaus Heidelbach, der kritisch gegengelesen, Klaus Bittner, der immerzu nachgefragt, Claudia Vidoni, die das Manuskript lektoriert, und Dr. Schumacher, der mich bei Gesundheit gehalten hat.

Ohne die Liebe und die Anwesenheit meiner Kinder Friedrich Florian und Liselotte Marie wäre nichts gegangen.